Morpho 譯 黃千真／繪 haero

敢動我弟弟就死定了 III

CONTENTS

目錄

Touch My Little Brother and You're Dead

Touch My Little Brother and You're Dead

Touch My Little Brother

Touch
My Little Brother
and
You're Dead

#

第二十二次
#22 Round

二十二歲的羅莎莉特（3）

and You're Dead

阿斯特里溫的二十一歲生日派對順利落幕，被詛咒的二十歲就這樣平安過了一年。果然就是要把戀姐情結的孩子帶在身邊才是正確應對方法，看著每個聚在這裡的人，我頓時百感交集。

我在第二十二次人生遇到了葛倫，也看見了傑克的另一面，還把路克收為兒子，真的是大豐收。

坦白說，從我第一次見到路克就對他特別在意。我看小說的時候就覺得這孩子的人生未免太過曲折黑暗，有好幾次都為他氣得要命，差點摔爛我的平板。現在把他帶回家，看到他備受大家寵愛，我真的很高興。

里溫這小子也愛死他外甥了，在自己的生日時也不忘關心路克，拆完生日禮物還跟外甥說如果有想要的東西可以讓給他，氣氛一片和樂。

爸爸也很喜歡路克，傑克一有空就會專心製作路克的玩具，甚至連艾斯托都把她嗜之如命的一塊牛肉讓給路克。

託路克的福，洛克斯伯格百貨公司的營業額也連日創新高，他真的是滾進我們家的一塊寶啊。

如此一來，接下來只要實現阿斯特里溫的願望就好了。這個組合就算少我一個人，洛克斯伯格也能好好運作下去，我也能安心闔眼。

我對那位我摸不著心思的銀髮美男子阿斯特里溫說了生日快樂，又回去工作了。

在某個加班的深夜，我叫醒打盹的艾斯托讓她下班，突然看到餐廳的燈還亮著。

艾斯托明明在我旁邊，這時間還有誰會去餐廳？

我訝異地打開連接餐廳的廚房門，發現路克在裡面，他一手拿著乾麵包，還打開鍋蓋看鍋子裡有沒有剩什麼吃的。

我兒子在大半夜跑來廚房找剩飯，這時候我所能做出的反應就只有一種而已。

「天啊，你肚子餓嗎？」

「聲音！小聲一點！羅莎莉特小姐！」

噢，怎麼辦！要餓死了！再這樣下去我兒子要餓死了！

我大驚失色，本打算喚來值班僕人，隨即又摀住嘴。不行，我如果找人來處理，路克可能又要拒絕了。今天也是因為在阿斯特里溫的生日派對上，他拒絕了大家要他吃的各種食物，所以才會大半夜跑來這裡吧？

而且肚子空空的只吃一塊乾麵包夠嗎？要吃點能暖胃的熱食啊，這樣才能好好睡覺。

「……羅莎莉特小姐？您在做什麼？」

兒子，等著，就讓你媽來發揮一下久違的手藝吧！

我命令路克乖乖坐在餐桌前，隨即指示艾斯托削馬鈴薯，點燃爐火。我將清水倒入鍋中，再裝滿魚乾，忙著熬湯的同時還順便揉麵團，切菜，再撈起魚乾。

我和艾斯托一起把麵團撕成小塊，和蔬菜一起放入滾水煮，再加入鹽巴調味，做出一鍋看起來挺像樣的麵疙瘩。

其他的不敢說，但泡麵、年糕湯和麵疙瘩，我是真的很拿手。我親手煮的泡麵，還被稱讚過這是連離家出走的媳婦都會跑回家吃的美味佳餚，但令人難過的是，我現在手上沒有泡麵。

「艾斯托，剩下的妳自己會吃完吧？」

「是，小姐。」

我替路克和自己各盛了一碗麵疙瘩，剩下的整鍋都交給艾斯托。我早就知道會這樣，所以連同艾斯托的份煮了一堆，揉麵團這麼辛苦也是值得的。

「來，快吃吧，明天還要忙呢！」

我把碗放在餐桌上，並將湯匙遞給路克，這孩子看了食物又看了我一眼，顫抖地接過了湯匙。

「……這是羅莎莉特小姐親自做的嗎？」

「難不成看起來像艾斯托做的嗎？」

「不是……嗯，您說的對……」

廢話不多說，該開動了。我舀了一匙麵疙瘩放入口中，嗯……大海的味道在口中散開，又香又鹹，正是適合深夜吃的美味。

交替咀嚼到我揑得比較柔嫩的麵疙瘩，和艾斯托用力和麵的有嚼勁麵疙瘩，形成了和諧的口感。

艾斯托似乎挺滿意的，抓著鍋柄像用喝的一樣大口進食；路克先是懷疑地皺眉吃了一口，接著才露出一絲笑容。

好險，我本來還擔心在沙泰爾出生長大的高級舌頭如果不把麵疙瘩當成食物該怎麼辦，那個平常只吃一點就會放下餐具的挑食孩子，今天連配料都吃光光一副津津有味的樣子真是令我感到非常欣慰。

這就是為人母的心情嗎？多吃點，再長點肉吧，路克，你現在真的太瘦了。

「很好吃……我吃飽了。」

哇啊啊！天啊，你吃完一整碗了嗎？

清盤的路克真的太乖巧太可愛了，我在他額頭親了一口才把碗收走。

我稱讚把整碗麵疙瘩吃光的路克真的太乖太棒了，這時也吃完了的艾斯托把鍋子丟在桌上，自信滿滿地對我說。

「小姐！我也吃飽了！」

「……」

……她想怎樣？

我看著艾斯托許久，想不出我應該怎麼回應，就決定忽略她了。總之三個人都吃了消夜，拍拍飽足的肚子，趕快回去睡覺吧。

我又在路克額頭親了一口表示晚安，接著走向我的房間。艾斯托送我回房後說了「小姐，祝您好眠。」我也簡單回應要她慢走，結果這傢伙居然超沒禮貌地直接甩上我的門走了。

門板發出快掉下來的聲音，我看了看門的合葉是否還安好，幸好我的門看起來還沒有掉下來的跡象。

如果艾斯托是刻意用力關門，門不可能沒事，所以應該是外面某個地方的窗戶還開著吧，因為氣壓差的關係，門才會自己關上。

我用侍女提前準備好的清水刷牙洗臉，換上睡衣接著上床睡覺。

正當我就要酣然入睡之際，突然感受到一股奇怪的氣息，那是一種有點霉味又讓人心情不太好的魔力氣息。

是使用黑魔法時會出現的混濁氣息。

我本來在想說是不是瑞姆睡到一半又在亂撒顏色了，但這股氣息和瑞姆的感覺有點不太一樣……

「呃喔！」

是黑化的王者之劍！

突然想起這點的我瞪大雙眼，立刻從床上跳起穿上外套。

哇靠！這東西為什麼會現在出現！

我急得連油燈都忘了拿，穿著拖鞋就衝向別館。話說回來，我要油燈幹嘛？我可以用魔法啊！我是白痴嗎！

「追蹤！閃閃發亮！」

一方面現在是緊急狀況，一方面也是因為大半夜，應該不會有目擊者，我就讓這些小燈泡飄在我身邊，大跨步跳下階梯，直接衝往別館地下室，把被灰塵覆蓋的碗櫃往旁邊推。

後面有扇關著的門，在我第二十二次人生十六歲時，雖然是個空空如也的空間，但如果那個令人忌諱的魔力再度出現，插下這把劍的人就有可能在這扇門後方。

「……」

等一下，既然如此，這邊還積灰塵就不合理了啊。

如果有人經過此處進入房間，肯定要先撤掉碗櫃，就算進去再出來恢復原狀，也不可能會積這麼多灰塵。

而且還是累積好幾年的厚厚灰塵。

「咳咳咳！」

可惡，所以那個黑化王者之劍是憑空出現的嗎？

若真是如此那就更扯了，我氣沖沖地踹開碗櫃，老舊的碗櫃歪斜後，立刻倒下並發出一陣噹啷聲，接著是碗盤破碎的聲音。

無論什麼事，肯定都有因果關係，就如同我踹倒碗櫃，碗盤因而落地破的過程一樣。

總之呢，等等，如果我要打開這扇門，首先得解除小燈泡的魔法，再把魔力轉為自身的力量……

「可惡，為什麼我不能雙法齊施啊！」

都有人能輕鬆三法齊施了！為什麼！為什麼我就不行！說啊，是因為我笨嗎？現在是把我當傻瓜了嗎？氣死了！

「呀啊啊！」

我憤怒到氣喘吁吁，還用腳狂踹門板。

呼呼，先冷靜一下好了，我現在太慌張又太氣了，沒辦法冷靜下來思考。先鎮靜下來，冷靜點，深呼吸……呼，哈，呼，哈，把魔力轉為自身的力量，再把鎖頭一一對上……

「呃啊啊！我不管了！指定個體。體格強化，釋放！」

我耗盡兩環魔力強化體格，朝著前方揮出正拳，一拳打破門板走進房間裡面。

我很忙，沒有那個美國時間慢慢解鎖，既然有足夠的力量又何必動腦呢？那是身體不夠強壯，讓腦袋辛苦的笨蛋才會幹的事。

「……！」

出現了！真的出現了啊啊啊啊啊！

我走進房間，以前曾見過的那柄散發強大氣息的黑色長劍就插在那裡！

我滿懷希望地覺得自己這次好像能順利去死，在原地蹦蹦跳跳，然後又為了測試這是現實還是夢境，甚至還前滾翻了一圈。

前滾翻是我沒有現實感時常做的習慣動作。最初穿越到這本書裡時，因為我是從床上滾下來才變成了下午兩點的十六歲羅莎莉特，我想說會不會再滾幾次就能從夢裡醒來，所以很認真地嘗試過。

當時我還跑到床上嘗試各種前滾翻、側翻、後翻等等，但都沒有回到現實世界，真的很累，現在想想這真的是很悲傷的回憶。

總之既然確認現在這個狀況不是夢了，接著該確認一下那把散發強大氣息的劍了。第二十次人生，我不假思索地直接伸手觸摸，結果沒過多久就死了，現在總算有時間能仔細端詳。

「唔……」

坦白說，光靠肉眼，我也沒辦法判斷它到底是什麼東西，不過它以前不是被好幾條鐵鍊圈住嗎？現在為什麼剩一條呢？

「嗯……」

不管了！果然還是要摸一下吧！

它現在好像也不是暴走狀態了，只要和當時的那把劍再多聊一次，應該就能找出擺脫十六歲羅莎莉特的反覆毀滅輪舞曲的辦法吧！

我下定決心朝著劍伸出手，這時候——

「羅莎莉特！等一下！」

啊啊啊啊！大半夜的是誰！誰會跑來這裡啊！

我被呼喚我的聲音嚇得停止動作，回頭看才發現是塞基先生跳過被我打爛的門，快速跑了過來，拉著我遠離那把劍。

「妳又不知道那是什麼，怎麼可以亂摸！」

「……咦？」

這老頭怎麼怪怪的，不是，不是怪怪的，該說是不奇怪嗎……

「塞基先生。」

「怎麼了？」

看吧，超怪的！說話比平常字正腔圓，叫他塞基先生他也沒生氣。

「你的記憶是什麼時候恢復的？」

「……什麼意思？」

「為什麼沒糾正我要叫您『把拔』呢？」

「那個……」

「為什麼沒喊『我的女兒』呢？」

「我……」

看吧，老頭，不要逃避我的眼睛，給我講清楚！

「您應該有話要跟我說吧？」

「那個，不是我刻意要隱瞞……」

不是刻意隱瞞還會是什麼，我剛打算指正他現在一直胡說八道的問題，結果又聽到有人朝著地下室而來的腳步聲。

真是的，大家為什麼都不睡覺？

「呀啊啊啊！是哪個傢伙在我的地盤用黑魔法——」

這不是我們家的複合式印表機瑞姆．巴特小姐嗎？

完全出乎意料的人穿著她平常喜歡的妖冶睡衣，雙手抓著木棍衝來，感覺是想活捉入侵者。

我看著她笑了。

「地盤？」

「喔？羅莎莉特小姐怎麼會……」

「妳在我們家做了地盤標記嗎？」

「您怎麼知道？」

嗯，好，妳也跟我走。

我帶著兩個人往上走，還遇到嗅到魔力氣息趕來的艾斯托，於是我們一起攜手走進別館的會客室。

哈哈，真是的。魔力感知能力出眾的幾個人竟然三更半夜聚在一起，這都是什麼跟什麼啊。

我交代值班侍女幫我泡杯茶，讓大家坐下後，首先走向艾斯托。我必須要一個個了解狀況。

我問艾斯托為什麼來這裡，但這傢伙感覺像在吃東西的舉止反而更讓我在意。

「妳在吃什麼？」

「嗯？」

喂，這裡明明什麼都沒有，妳到底在吃什麼，給我吐出來！

我以為艾斯托是撿了什麼怪東西吃，嚇得叫她快點吐出來，艾斯托卻搖搖頭不張嘴。

「吐出來！妳到底在吃什麼！」

沒辦法了，就算用強迫的手段也要讓她張嘴。擔心她是不是吃了值班侍女養的動物或植物，我抓住艾斯托的腦袋逼她張嘴，用手把她正在咀嚼的東西挖出來，結果我整隻手都充滿了水果香。

這什麼？木瓜？是木瓜嗎？

放了一顆。

「小姐好過分！我想說這放在桌上沒人吃才吃的……」

「這是當成芳香劑用的，幹嘛吃啊，笨蛋！」

說起來，最近是木瓜產季吧？我有看過其他僕人因為它的香氣不錯，在每個房間都

「對不起，我還以為妳又亂抓別人養的東西吃……」

我搬出傑克的故事向艾斯托道歉，她眼眶含淚地說自從我命令她不准再亂吃別人養的東西以後，就一直都有乖乖遵守命令。

這孩子為什麼要因為這種事哭呢？好了，不准哭！

「明天的點心，妳可以吃掉我的份，別生氣了。」

「好。」

其實這才是妳的目的吧。

一說要給她吃點心就立刻不哭的艾斯托，繼續咀嚼著口中剩下的木瓜，但那個應該沒什麼味道才對，到底為什麼要吃呢？妳剛剛不是還吃了一大堆消夜嗎？

「好，所以我們艾斯托小姐為什麼會來這裡？」

「我聞到奇怪的味道，出來看到那隻奇怪的毛怪，想說她如果做壞事就要揍她。」

艾斯托一指著瑞姆，後者就倒抽一口氣抖了一下。好吧，她確實是會因為這種原因跑出來的人。

「那麼瑞姆．巴特小姐又為什麼要在別人家做地盤標記呢？」

「那個，黑魔法師本來就都會在自己的地盤這樣做啊……」

嗯，好吧……所以妳才會在我們家跑來跑去是吧？我原本還以為妳是注意力超級不集中才會這樣，雖然我覺得有部分應該也是這個原因。

「對不起，我擅自在別人家做地盤標記。這句話罰寫一千次，要親筆寫。」

「親、親筆嗎？」

既然是悔過書，當然是親筆啊。我找來紙筆，瑞姆一臉欲哭無淚的表情開始寫起悔過書。如果讓她一個人待著可能又會耍小聰明，在她寫完之前，要讓她盡量待在我身邊才行。

接著，該是時候審問塞基先生了。

因為是重頭戲我才擺到最後，必須慢慢詢問他有關記憶的問題，但這老頭居然先開口了。

「她是黑魔法師？」

啊，對，雖然我知道你的學習熱忱高昂，但可以先請你坐好嗎？

「如果您對瑞姆亂來，我會邀請真魔塔主前來一趟。」

「這算是威脅嗎？妳明明連那個臭女人住哪都不知道。」

「亞蘭王國西邊沙漠地帶最尾端的卡托山脈第七座山峰，暗號是世界上最偉大的瑟蕾娜・金。」

「我不會動那姑娘一根汗毛的。」

對嘛，就這樣乖乖待著不是很好嗎？

我叮嚀瑞姆字體要寫工整一點，並大口喝下侍女泡的茶。

冷靜點，只要好好打起精神，就能把塞基先生到底經歷過什麼事情都挖出來。他是很簡單的男人，是非常非常容易搞定的男人，只要我自己穩住就沒事。

「您是什麼時候恢復記憶的？為什麼要隱藏這件事？為什麼會跑來別館地下室？關於那把劍，您知道些什麼？」

「一題一題問吧，搞得我都頭暈了。」

「我如果一題一題問，您就會回答嗎？」

「不，這部分是機密。」

哦……這樣啊，我也不覺得一次就能問出答案啦，總要有點這種小小的反抗才是我們塞基先生啊。

我還在想該用什麼方法威脅塞基先生，突然想到他超討厭的真魔塔主姐姐，所以我決定開啟金瑟蕾娜小姐這個話題。

「瑟蕾娜小姐的單邊眼鏡，就是您幫她製作的吧？」

「等等，妳怎麼知道——」

「瑟蕾娜小姐說……啊，好像是非常缺乏什麼能力的關係，如果不保密就……哎呀，到底是什麼！」

「洛克斯伯格家的傢伙果然卑鄙！什麼事情都知道！」

其實這並不是能透過洛克斯伯格家通信網知道的事，但塞基先生不知道更細節的內幕也無妨。就算我說這是我第十二次人生在真魔塔打滾時，跟真魔塔主姐姐培養了交情才知道的事，他肯定也不會相信我的。

真魔塔的主人金瑟蕾娜其實是個超級空間白痴，沒辦法用眼睛目測東西大概距離多遠或多深，施放法術時動不動就出包，把很遠的地方變成一片火海，所以塞基先生才幫她打造了空間座標測量儀器。

也就是說呢，雖然看起來是為了要帥才戴單邊眼鏡，但其實並非如此。如果摘下鏡片，真魔塔主姐姐就會變成完全沒辦法執行精細作業的無行為能力人，這對她是非常致命的弱點，所以沒幾個人知道。

我也是在第十二次人生和真魔塔主姐姐賭酒時才偶然得知這件事。當時我們兩人拿著高粱，妳一杯我一杯的，金瑟蕾娜小姐先醉倒，把能說的、不能說的都講完了就睡了過去。

可能也是因為缺乏對事物的立體空間理解能力，她甚至還是個超級大路痴，也因為這樣，她幾乎足不出真魔塔，不然可能一出門就會找不到回家的路。

「……」

等一下，所以說真魔塔主大人當時和阿斯特里溫對決，也開啟了座標測量儀器嗎？她明明是睡到一半匆匆忙忙跑出來打架的耶？

而且就算對方是入侵者，她應該也不會隨便就使出致人於死的攻擊……

「……」

算了，再繼續想下去好像會覺得越來越委屈。

更重要的是機密，那個機密，我一定要聽到塞基先生說出那個機密是什麼。

「所以您打算什麼時候才要跟我說機密？」

「啊……那個真的不能講。」

為了抱著頭說那件事真的不能講的塞基先生，我一直利用金瑟蕾娜小姐的故事威脅他，我只說了「座標」二字，塞基先生就來回看著艾斯托和瑞姆，在我旁邊耳語。

「這件事真的只能讓妳知道。」

「好。」

「魔塔亞蘭分部觀測到，這顆星球的時間是停滯的。」

「……！」

這我也知道好嗎，臭老頭！

雖然我被嚇到了，但並非因為塞基先生口中的機密，而是魔塔怎麼會知道這件事？難道重生後還擁有之前記憶的人不只有我嗎？除了我，還有人察覺到這個狀況嗎？不過……星球？這裡也是行星嗎？

「……星球的意思是？」

「喔，我們塔裡有人的興趣是觀測天體……」

我知道那個前輩，不就是那個在塔頂擺了臺天體望遠鏡，沒事就會上去觀星的人嗎？

總之，在我還是十六歲羅莎莉特時，那位喜愛觀星的魔法師像平常一樣觀測這顆星球的衛星，卻發現了之前從未看過且規模不小的隕石坑。

那些隕石坑如果是受到撞擊而成，在我們星球應該會看到流星雨出現，但當時並未觀測到類似跡象。而且從隕石坑的風化程度判斷，應該已經形成了一段時間。

為防萬一，那位魔法師將相關訊息報告給了上層，於是，包含塞基先生在內的魔塔亞蘭分部一陣騷動。他們懷疑沉寂了數十年的「那個女人」，很可能又要出來胡作非為，這個消息甚至傳到了真魔塔……

「那女人是誰？」

「差點毀滅文明三次的女人。妳一定要插手嗎？」

「不要。」

是我錯了，你不要告訴我好了，我光是自己的事就處理不完了。

我是真心不想插手塞基先生的事，所以我用盡全力假裝不知情，並詢問這和塞基先生的記憶有何關聯。

「我曾經去找那女人吵她幹的好事。」

「嗯。」

「我輸了。」

「……嗯。」

「所以被扭曲了記憶丟包在路邊。」

「原來如此……」

「幾天前昏倒時就有點恢復記憶了，可能是感應到那女人的魔力，魔法就解除了吧。」

喔……好喔……嗯……你真是辛苦了。

反正塞基先生說，他怎麼看都覺得那把插在地下室的劍是那女人的傑作，接著堂而皇之地要求要住在這裡進行研究。

「那把劍」和我的重生有關，塞基先生則說「那把劍」肯定是「那女人」插在這裡的，所以想詳細調查……

那麼，有需要對塞基先生據實以告我的狀況，請他協助嗎？

不，這想法太愚蠢了。

不管我有沒有講，他本來就想研究了，何況隨便透漏自己的祕密風險太高，很可能反而對我不利。

光是得知瑞姆．巴特是黑魔法師，塞基先生就一副恨不得把人抓回去解剖研究的模樣，我不能仗著自己是羅莎莉特就認定坦白祕密也能平安無事。

既然塞基先生恢復記憶，就不能再相信他了，還是且戰且走吧。

看著似乎打算把生活費和研究費都交給我處理的塞基先生，我發表了我的立場。

「好的，我會協助您。」

「……真的嗎？」

「當然，這不是為了全人類嗎？」

都說到星球還有時間流動這種層級了，如果不趕緊導正，那就會擴大成影響全世界的重大事件吧。

我溫柔笑著說這是為了全人類的福祉，需要什麼幫忙儘管提出，這老頭卻一臉狐疑地看著我。

「少騙了，小鬼，我這幾年都在這裡生活，怎麼會不清楚妳的為人？」

「……」

「這對妳一點好處都沒有，妳怎麼可能出頭？妳在打什麼主意？」

哇喔，這招沒用，不知道是不是因為恢復記憶的關係，賽基先生好像開始會起疑了。

「好難過喔，塞基先生，難不成您希望我向您收取您在公爵家滯留的費用？」

「這樣我反而舒坦！付點錢又算什麼。」

「那截至目前為止，您在我們家吃飯、睡覺、娛樂、研究、毀損器物及破壞建築的費用也一起付清吧！」

「……」

「雖然要整理過後才能提供明細給您，但差不多要五百萬枚亞蘭金幣吧，如果您用白金幣支付，我會再算便宜一點。」

塞基先生嘀咕著就算把他名下的不動產都賣掉也不夠付這麼多錢。

所以啊，你為什麼要和洛克斯伯格爭論錢的問題呢？如果賽基先生的直系祖先不是諾伊特倫而是愛達尼利，或許還有討論空間。

總之，再這樣下去雙方不可能達成共識，我決定搬出我的殺手鐧。

我轉身將我的眼皮捏到發紅，同時回憶著和三皇子成婚在即卻重生的那天，試著擠出眼淚。

就算現在想起來也還是委屈得想哭，啊，但現在只需要掉一點眼淚，回想這件事情好像會變成放聲大哭。怎麼辦，不管了，就這樣吧，就假裝我超傷心好了。

「把拔！您就這麼不相信我嗎！」

「不是，那個，什麼把拔……」

「是您要我叫您把拔的啊！還說我是您的女兒！明明成天溫柔地叫我女兒不是嗎！」

嗚嗚，那是我好不容易才訂好的婚禮耶，因為三皇子說要守護婚前貞潔，我們連嘴唇都沒碰過，就等著婚禮那天到來才能歡愉幽會。我每天捏著我的大腿，一直等著要歡愉幽會耶！

「一個做女兒的人！想要請把拔來一起生活！您的意思是要我不要有這種心情嗎？要讓一個做女兒的不能盡孝嗎！」

「不是！不是那個意思！我當然不是那個意思！」

好，差不多了，再搧風點火一下就好。

作好準備的我回過頭看著把拔，落下斗大淚珠，塞基先生頓時嚇了一大跳。

「我只是……我只是因為很感謝把我當作女兒看待的把拔，只是喜歡被疼愛，所以才想要幫忙而已啊！」

「好、好啦，羅莎莉特，是我沒有體諒妳的心情，妳是我的女兒！是我獨一無二的女兒！」

塞基先生一下子跳了起來，緊抱著我跟我一起哭。

真謝謝您是個很好搞定的老頭，把拔，您真的超級好騙。

「那就照之前的做法，所有滯留費用都由我來負擔，研究那把劍時有發現什麼新東西時，請提交報告書，就像平常的研究報告一樣，按照公爵家格式即可。」

「好！妳也算是參了一腳魔塔的事，也確實有知情的權利！」

「既然您恢復記憶了，也順便指導我如何提升法術環位，和電磁感應魔法跟雙法齊施的方法吧！」

「雙法齊施是天賦的問題，這我也沒辦法處理。」

哼，果然是天賦的問題，難怪不管我怎麼努力都沒辦法成功。

差不多處理完關於那把劍的調查，以及塞基先生繼續住在公爵家的協商後，我安慰著一直接受我幫助深感愧疚而哽咽的塞基先生，把他送回研究所後又回到座位上。

瑞姆依然在寫悔過書，艾斯托看起來沒有任何想法。雖然處理了一些不想被其他人知道的事，但被這兩個人知道應該也沒關係吧？反正她們看起來都是對於記住這種事情毫無動力也沒能力的孩子。

重點是如何解釋突然出現在別館地下室的劍，以及要幫忙我繼續調查那把劍的塞基先生，這件事情才是問題所在。雖然只要爸爸一聲令下讓所有人三緘其口就能處理的事，但如果牽扯到塞基先生，也不知道爸爸會不會乖乖聽我的話……果然還是只能請威爾從中斡旋了嗎？

「羅莎莉特小姐。」

「嗯？」

我總覺得，如果要請爸爸不要妨礙塞基先生，爸爸應該死都不會聽我的。

在我左思右想的同時，正在努力寫著「對不起，我擅自在別人家做地盤標記」的瑞姆向我搭話。

「那個大叔是不是很笨啊？」

「不會啊？」

「那他為什麼沒發現小姐是在假哭？」

那個……是因為塞基先生的ＥＱ和ＩＱ一樣高得要命吧……

雖然我把這句話說得淺顯易懂，但瑞姆還是完全無法理解，我就叫她繼續寫悔過書了。

該叫值班僕人去聯絡威爾了，看來我還是得稍微透漏我的隱情。

我一早就先會見威爾，兩人一起前往黑劍所在地。

塞基先生恢復記憶、魔塔在追擊一名危險女子，以及這把黑色長劍與那個女人有關的部分，我都告訴威爾了。同時我也主張這主要還是魔塔的事，我們最好還是不要牽扯其中，並希望他下令這裡以後禁止閒雜人等出入。

威爾看著那把插在別館地下室散發著強大氣息的黑劍後，接受了我的意見，他也說那是魔塔的責任，接著向公爵請求下達別館地下室的出入禁令。

只要是威爾．布朗說的話，不只是公爵，就連威廉爵士和布朗女士都不會有意見。威爾．布朗更是從約翰到艾斯托等布朗兄妹都害怕的對象，所以出入禁令很順利地在宅邸內傳開。

我們家的人平常就會盡全力迴避那些沒必要負責的麻煩事，在這種狀況下，再加上威爾．布朗的建言，那情況就更完美了。

自從我讓塞基先生在心無旁騖、無人干擾的環境下專心研究那把劍後，跟塞基先生相處的時間也自然而然地變多了。

一旦工作結束，我就會立刻找他確認調查進度和接受訓練，學習醫療小撇步，了解電磁感應魔法的原理，每天都很樂在其中，而且感覺再過不久就能到達三環這點也讓我心情好得不得了。

就這樣每天不分晝夜跟著塞基先生跑，某天，公爵突然把我叫到他的辦公室。

我說我午餐時間要邊散步邊和塞基先生討論事情，希望爸爸講重點就好，結果他皺緊眉頭朝我臉上丟了一疊紙。

「這是什麼？」

我撿起地上揉爛的紙攤開來看，發現是度假勝地簡介。金色的圖標燦爛輝煌，看起來是愛達尼利賭城。

「妳休假吧。」

「什麼？這麼忙耶，我幹嘛去休假？」

「叫妳去就去。」

總而言之，我好像得休假了。

爸爸的提議來得非常突然，但接下來的說明非常有邏輯。

不久後就是桃樂絲．愛達尼利的公爵就任典禮，代表洛克斯伯格家的下任公爵大婦與阿斯特里溫將一同出席，還能趁這時候搞定里溫的特休假。

能出去玩我當然很開心，何況這趟旅程不只能搞定洛克斯伯格家必須出席桃樂絲小姐公爵就任典禮的需求，還能滿足阿斯特里溫強力主張的「要和姐姐一起度假，不然死也不去」這個條件，簡直再完美不過。

雖然如此，我總覺得哪裡怪怪的，該說是從天下沒有白吃的午餐這個信念所產生的排斥感嗎……

「妳不去那就我去。」

「不！我去！我會盡全力把事情辦好的！」

哎呀，怪又怎樣，能去玩最重要！

我接下公爵的吩咐，開開心心地回到辦公室。

一聽到我們要去愛達尼利賭城度假的計畫，大家雖然也都覺得非常奇怪，最後想玩的心情還是戰勝了一切疑惑，所有人都發出了歡呼聲。

因為要服侍我們，所以包含莉莉和維奧萊特在內，還需要幾位僕人同行。辦公室裡每個人都興奮地討論出遊的穿著與行程。

嘰嘰喳喳的人群中能看見離開印刷室小憩的瑞姆·巴特，但一下子少了這麼多工作人手，公爵肯定會很忙，我可不能連複合式印表機都帶去。

我說完理由，並向瑞姆道歉沒辦法帶她去，她一邊喊著「羅莎莉特小姐是大壞蛋」一邊哭著跑出辦公室。

雖然我也很心痛，但是還能怎麼辦呢？如果沒有印表機，公爵很可能會因為過勞而昏倒耶。

我思考著之後要再去安慰她，順便問她想要什麼伴手禮，便聽到維奧萊特傳來貴客來訪的消息。

「小主人！小少爺來了！」

咦，我唯一的兒子路克．洛克斯伯格有何貴幹，怎麼會大駕光臨我的辦公室呢？

我開心得跳起來，喊著快讓他進來，便看到路克拿著一堆雜物和海報走進來。

我是找路克討論選美大賽商品事業的事，順便看看他，說大家都要一起去度假，勾引他要不要一起去，結果得到了他太忙所以不去的回覆。

路克．洛克斯伯格裝出世界上最忙的模樣，還真的只想簡單談完公事就離開，我急忙派出阿斯特里溫。

世界上最纏人又噁心的阿斯特里溫才黏著路克吵鬧三十分鐘，就得到他親口說出他也會去，拜託放開他的答案，里溫隨即跑來找我擊掌。

因為我真的對我這令人驕傲的弟弟阿斯特里溫感到非常自豪，跟他擊掌、碰拳、邊唱歌邊配合節奏拍手後，快慢交錯地踩了幾個舞步才冷靜下來。

既然要去賭場，那當然要帶點賭博資金，我轉動辦公室金庫的轉盤，拿出金庫的金幣袋，路克和葛倫立刻衝過來搶走我手中的金幣袋。

路克拿出金幣攤在桌上，葛倫依序把十枚金幣堆成一座塔，連續堆了三座……路克又不是握壽司匠人，怎麼有辦法只憑感覺就正確地拿出三十枚金幣？

「您最近不是也因為資金問題而困擾嗎？就帶這些去賭場吧。」

「沒錯，羅莎莉特小姐平常就有許多大筆的開銷，玩樂的金額應該要從一開始就設好上限。」

你們為什麼這麼有默契啊？我們是要去賭場耶，三十枚金幣是能玩什麼？

我一噘嘴反駁，沒想到這兩人就像早就套好一樣，一起囉嗦個沒完。

「三十枚金幣是洛克斯伯格領地小康家庭一個月的生活費了，才不是小錢。」

「撇開金額多寡的問題，羅莎莉特小姐就是有多少花多少的個性不是嗎？那從一開始就帶少一點出門，這樣才妥當吧。」

「不是，我哪有有多少花多少……」

「六兆。」

路克啊，你眼睛不要充血，好可怕。

我一說可怕，路克就說希望羅莎莉特小姐也能明白錢很可怕這件事。

被他這樣無止境的嘮叨，我最後也只能摀住耳朵說明白了。

比起被兒子罵到顏面盡失，我還是乖乖聽話比較好。

我洩氣地收下只有三十枚金幣的袋子，此時阿斯特里溫偷偷向我打手勢，吸引我的目光。

令人驚訝的是，這小不點攤開了七根手指，然後握緊拳頭，又豎起大拇指。我偷偷觀察路克跟葛倫有沒有發現，小心翼翼地跟著豎起大拇指。

太好了，看來阿斯特里溫要拿私房錢借我七十枚硬幣！一百枚金幣就是能享受賭博的金額了！

心情大好的我繞緊金幣袋的裝飾繩，結果又被路克嘮叨說像我這樣大喇喇拿著錢袋去愛達尼利，不用十秒就會被扒走。

我之前都不曉得，這孩子真的好愛碎碎念喔。

特休的早晨來了。

我和辦公室所有人一致認為休假時光一分一秒都不能浪費，於是一大早我們就帶著行李大遷徙。

大家都拿好各自行李以及賭城的自由通行券，飯店是爸爸幫忙預約的，要給桃樂絲姐姐的公爵就任禮物也帶上了。

接著只要去盡情玩個三天兩夜就好了！

我開心跳上第一輛馬車，在車上不斷跺腳期待出發，葛倫上車後坐在我旁邊，然後是路克坐在我的對面。遠遠跑來的傑克抓著阿斯特里溫的手，把他關進第二輛馬車，這幅光景也是再熟悉不過了。

「羅莎莉特小姐，我能確認您的金幣袋嗎？」

「嗯？為什麼？」

這孩子怎麼突然搞這齣啊？

我忍著因為沉甸甸的錢袋導致的腿麻躲在葛倫身旁，坐在對面的路克則是催促我快點交出來。

「剛剛您走路時發出的聲響不是三十枚金幣的聲音，請讓我確認一下。」

你有超能力嗎？

我對我兒子的聽力感到讚嘆與神奇，也感到噁心，然後緊緊勾著葛倫的手臂。

其實我把里溫借我的錢跟原本的錢分成兩部分，一半放在行李，一半綁在襯裙裡，所以路克的指責也不能算錯。

我的錢袋裡現在總共有五十枚金幣。

「我把它綁在襯裙上，如果要拿下來，就要掀起裙子喔，沒關係嗎？」

「對。」

孩子，你可以試著拒絕一下嗎？即便我是你媽，而且你對女人毫無興趣，怎麼可以說你要看成年淑女的裙底呢？

我做出驚愕反應，使勁把裙襬往下拉，這時候我唯一的丈夫葛倫少爺替我說話了，他讓路克冷靜後，然後笑著說出聽起來更恐怖的話。

「感覺確實多帶了一點錢，就放過她吧，我看應該是五十枚金幣左右……」

什麼東西，你也有超能力嗎？

聽到五十枚金幣讓我心一沉，身體還抖了一下，葛倫可能覺得我這反應很有趣，居然還摀住嘴無聲偷笑。

「雖然現在放過您了，但您真的有必要培養自制力，之前也是這樣，即便不拿出六兆，大家好好協商一下就能用更合理的金額……」

「馬夫！快點出發！車子已經坐滿了！」

我朝著正要走向第二輛馬車的艾斯托招手，讓她坐在路克旁邊，關上車門後敲著車廂牆壁，催促著快點出發。

礦山富婆能讓沙泰爾家得到的財富，以及侯爵夫人死後路克再娶的金額全部加總最多也只要四兆，這句話我已經聽膩了。

再繼續聽這種話，我恐怕再也當不了溫柔的媽媽了。我如果真覺得這些錢花了很可惜，就會去找卡伊納．沙泰爾要他找錢給我，然後把這孩子趕出去了。我又不是爸爸，才不會把孩子趕出家門。

沒聽見路克說的話，偷偷轉移話題。

好險這孩子應該是沒想惹我發火，嘆了一口氣就順著我的話題聊下去，也因此我們才能和樂融融地聊著天，抵達目的地。

既然都出來休假了，氣氛如果變糟糕，對彼此都不是好事。

一踏入愛達尼利領地，周圍的氣氛立刻肉眼可見地改變了。雖然我還真沒來過幾次，但每次來都覺得這是個冷漠無情的地方。

平民居住的地方陰沉又缺乏生氣，感覺隨時就會有強盜衝出來搶劫馬車，但隔著一堵牆區分開來的高級住宅區，卻是輝煌燦爛到令人瞠目結舌的程度。

漂亮的建築、美麗的林蔭、穿著漂亮衣服的漂亮人們，眼前的貧富差距誇張到只能用有夠殘酷來形容！

正因如此，愛達尼利領地才會治安敗壞，人民也是因此才會紛紛成立巡守隊吧。這裡甚至有即便看到刻著公爵家徽章的馬車，依然打算搶劫的罪犯出沒呢。

雖然是個挺有錢的領地，但這裡也真的有很多事情要處理。我替即將就任為公爵的桃樂絲姐姐祈禱安康的同時，馬車平穩地駛進了賭城。

這裡又是個和高級住宅區不同炫富等級的世界。

明明是白天，以魔水晶為動力的燈泡依然閃爍耀眼，噴水池噴出五顏六色的水柱，位於城中央最大的飯店外牆甚至鑲著金箔，幾乎要把人閃瞎。

攤位上放滿紅酒和甜點，擁有賭城自由通行券的貴賓隨時都能享用美食……看來我要抓緊艾斯托的韁繩了，不然這孩子今天可能會把這裡的食物統統掃空。

正當我盤算之後也要交代傑克、維奧萊特以及莉莉看緊艾斯托時，發現葛倫看向馬車外的眼睛突然瞪得圓圓的。他可能沒料到那棟聳立於城中央，鑲滿金箔的閃亮飯店就是我們的目的地，當馬車一停在飯店門口，他就抓著我的手，來回看著飯店和我。

「該不會是這裡吧？我們要住的地方……」

「當然。」

洛克斯伯格家族出來度假，不用最高級的設施還像話嗎？本來應該是要占一座愛達尼利公爵家的別墅才對，但人家要準備就任典禮，應該正忙得不可開交。

當我提到訂了這家飯店套房時，葛倫便說了句很奇怪的話。

「您很快就會面臨財政緊縮，一定會。」

「反正我已經是乞丐了，休假補助金難道不應該從公爵大人的口袋出嗎？」

我疑惑地歪著頭，我的丈夫也跟著我歪頭。感覺互相沒在同個頻率上對話讓我有點慌張，但路克似乎聽懂了我們在講什麼。

「不要被嚇到，好好聽我說，葛倫先生。」

「嗯……什麼？」

「帶我出行的費用和蓋新的百貨公司花的錢，全部都是羅莎莉特小姐的私房錢。」

「……什麼？」

「提供參考，依照亞蘭當地匯率，六兆拉爾古勒羅德大概等於五萬枚白金幣，不過羅莎莉特小姐到現在也騙了不少人投資很多錢，光是呼吸個半天就能累積一百枚左右的金幣。」

「什麼？五萬……白……」

少爺……到目前為止，你都把我說我很有錢這件事情理解成什麼了呀？

我一臉無言地盯著葛倫，只見葛倫的肩膀咻地垂下來，又扭捏著想鬆開我的手。他身上穿的衣服和我買給他的飾品加起來應該也有千枚金幣，如果把這個事實告訴他，他搞不好會暈倒呢。

難怪，路克就算了，連葛倫少爺都要限制我出門玩耍的經費，原來他是把我變成乞丐這句話，理解成整個公爵家變乞丐了啊……真是的。

反正現在誤會解開了，就放寬心好好玩吧。對，這樣反而更好，葛倫也能安心享受假期，我也已經有在進行某種程度的反省了。

路克指責的部分其實也可以算是我的痛點，畢竟從過往經驗來看，到目前為止，我確實是有多少就花多少，這也不僅限於金錢，還會亂發空頭支票，魔力也是不留點儲存的量就統統用完，這……是我的錯。

可惡，我耳邊好像又響起威廉爵士說「是小姐的錯」的聲音了。不管了，我要去玩了。

我摀住耳朵想逃離威廉爵士的聲音，走下馬車。

確認預約人姓名登記入住後，我們先抵達套房參觀房間內部，這裡有八張床，三間客廳，家具也非常高級，我很滿意。

我在客房把行李攤開，在附近逛了逛，大家一起吃飯後太陽就下山了。以不夜城聞名的愛達尼利賭城，現在開始才是最美麗的時刻。

時間也差不多了，終於可以去賭博了嗎？

我帶著一大票人準備踏進愛達尼利公爵家直營的ＶＩＰ賭場，好巧不巧，才剛踏進入口就因為不符合服儀規範被抓了。

不曉得是不是因為現任公爵不久就要退任，現在剛好在舉行活動。現場按照尺寸備有公爵平常喜歡穿的服飾，我們被告知男性必須穿著指定服飾，女性則要用公爵夫人喜歡的花裝飾後才能入場。

我們只要在衣服或頭上別個小蒼蘭就行了，但男孩子應該會覺得煩吧。如果要他們把原本的衣服換成公爵穿過的衣服才能進場……

「……」

等一下，愛達尼利公爵的衣服……難道是那件縫開得很大，露出整個後背的衣服嗎？

賭場接待人員剛好穿著其中一款公爵的衣服，我直勾勾盯著他看，然後仔細掃視我們這群人之中的男生。

「很好。」

太棒了，真的是太好了。

謝謝縫開很大，還露出整個後背，謝謝，太感謝了。

「莉莉、維奧萊特，後續就交給你們了。」

「我們會竭誠服務的，小主人。」

「包在我們身上，小主人。」

好，我相信妳們。特別是維奧萊特的眼光，不管是什麼都能做成一件作品吧。

我抓了一把放在入口處的小蒼蘭，一半插在我的頭髮，一半插在艾斯托胸口。本想帶著艾斯托一起進場，結果卻收到男生要換衣服的指示，我小聲地叫了個女性接待人員過來，讓她稍微看看艾斯托的胸部才好不容易進場。

我把我持有的所有錢都換成籌碼，開始享受賭博時光。

然後事態就發展成這樣了。

我坐在玩二十一點的桌子，不停摩擦著雙臂驅除寒意。你問我為什麼ＶＩＰ賭場內會冷？是因為我只穿一條襯裙坐著的關係。

穿著衣服的時候還不曉得，這裡還真是意外地透風耶。

「要停牌嗎？」

「等一下，等等！」

呃啊啊啊啊。

我的天，為什麼又拿到十五點啊！再這樣下去肯定是莊家贏，我必須再要牌才行，但數字實在太尷尬了，搞不好會爆掉。

但是……應該不會吧，難道又會拿到七以上的牌嗎？我今天再怎麼倒楣也不會這麼誇張，所以我要再拿一張……

「加！我要加牌！再給我一張！」

我又收了一張莊家發的牌，緊閉雙眼祈禱著拜託出現六以下的牌，微微睜開眼睛，結果是一張寫著十的紅色卡牌。

爆了。

「這盤是莊家勝利，當鋪就在籌碼交換處左側。」

這我也已經知道了好嗎，臭小子！除了身上這件襯裙，我其他家當都已經在那邊了，怎麼可能不知道！

還留有最後一塊堡壘的我抱著頭，只穿著一件無袖慢跑衫和一條褲子還赤腳的艾斯托抓著我的肩膀，她即使已經是這副模樣了也還是毫不覺得羞恥地向我提議。

「小姐，還有我的褲子。」

「妳脫掉那件就只剩內褲了，不可以。」

「我只穿內褲也沒關係。」

不行，我有關係。

除了不太好看之外，以後要是被布朗夫婦知道，我可能會被臭罵怎麼讓一個大閨女脫個精光在外面亂跑。

反正這是最後的選擇了吧，因為這條是禮服式的襯裙，我還能去當鋪典當我最後的最後一項東西，現在是二選一的時候了。

是絲襪呢，還是胸罩呢？

這是維奧萊特做的機能性胸罩，價格應該比一般胸罩更高，但要脫這個的話有點……在外面我是有點抗拒，但如果脫掉絲襪，應該真的會非常冷。

我想在被其他人發現之前趕緊把本錢賺回來，至少把禮服的一部分贖回來。要是被同伴發現，丟臉是一回事，路克肯定會把我罵爆。就連現在也是像路克所說的，我又把身上的錢輸光了才會變成這模樣。

「妳這是什麼德行？」

「呀！」

嚇死我了！

還以為我被發現了，嚇得立刻轉頭，結果有個我好像在哪裡看過的王儲站在那。那個一頭金髮又笑嘻嘻的傢伙，還真的是我們家王儲。

「……您這是什麼德行？」

「這題應該是我先問的吧？」

該怎麼說呢，醜死了。

我們家王儲殿下……哎唷，到底該怎麼形容啊，看起來是什麼希臘神話會出現的宙斯侍童，唉，大腿以下也未免太空虛了吧，什麼鬼。

「這副德行都不覺得丟臉嗎？」

「妳為什麼老是挑我想講的話說呢？」

不，我想襯裙應該更好一點。

殿下的羞恥心可能已經消失殆盡，他穿著只靠一顆金鈕釦維持住衣服形態的飄逸丘尼卡，頭上還戴著一個像月桂冠之類的奇怪裝飾想維持形象，腳的部分……被看不出到底是鞋子還是繩子的東西綁著。

「噢嗚……出去的時候請不要說我們認識。」

「我們哪時候認識了？」

「您都三十歲了。」

「妳難道還沒三十歲嗎？」

對，我已經幾十年都沒能活到三十歲了。

這句話已經衝上喉頭，但我硬是把它吞下，準備離開位置。哎呀，今天吵架的話對我不利，還是先去二選一吧。

「等等，為什麼要閃躲我？」

「誰閃躲您啊？」

「妳不是正在躲我嗎？」

「我是要去當鋪做二選一，請不要跟來。」

「即使是像公爵千金這種厚顏無恥的人，在我面前露出皮膚都不覺得害臊嗎？」

這又是在講什麼屁話？

一聽到泰奧多爾說的話，雞皮疙瘩就從我的後腰爬到後頸，導致我全身發抖。太可怕了，這是我今年聽到的話裡面最可怕的。

他選用的每個單字都已經超越驚悚，到了詭譎的境界。

皮膚？害臊？到底在講什麼屁話啊！

我很想翻白眼反駁他，但是此時此刻耳邊突然傳來了最不想聽見的那道嗓音。

「羅莎莉特小姐！」

「呃啊啊啊啊！」

路克！是路克！路克抱歉！對不起，我是這種媽媽！

我嚇得不輕，一下就躲到王儲殿下身後，如果這裡只有我一個人，肯定會被嘮叨一波，但如果把泰奧多爾當成擋箭牌，路克、葛倫少爺還有傑克．布朗都會為了遵守基本禮儀而閉上嘴巴。

這是我第一次覺得泰奧多爾的存在如此令人感激，懷著這種心情的我緊緊貼在殿下背後並抓著他的衣服。

突然，只聽到叮的一聲。

……叮？

為什麼會有叮的聲音？

這真是個奇怪的聲音，我用目光尋找聲音來源，發現一顆金鈕扣劃出一道拋物線飛行，而被我抓在手上的殿下衣服，也變成一股微妙的重量。

喔……

怎麼辦呢？

我不敢抬頭，因為我的手上披著一條又輕盈又長的薄紗織物。

我已經猜到那顆飛出去的金鈕扣造成的後果，但我實在沒辦法輕易面對。

「對不起。」

我用蚊子般的聲音好不容易才道了歉，赤裸的殿下則是一動也不動。

VIP賭場貴賓室內一片寂靜。享受賭博樂趣的人們，以及受邀來到賭城而努力拓展人脈的人們在外頭熙熙攘攘，但這裡非常安靜。

沙發上躺著換好衣服正在降火氣的泰奧多爾、兩個在旁揮著扇子的王室侍女、兩個擔任護衛的近衛騎士，以及我，室內總共有六個人，但沒有半個人開口。

就……嗯……因為發生了那種事情，如果王儲不主動先讓大家喘口氣，有哪個不敬的傢伙敢開口呢？

當然，換作是平常的我，看到王儲在這麼多人的場合出洋相，肯定會毫無顧忌地噴出一百個不同的單字狠狠蔑視他一頓，但我現在是以加害人的立場站在這裡，根本不敢吭聲。

我的腿開始麻了，自從殿下被送進這裡之後，我一直跪在地上，下半身的血液循環根本不通暢。

但至少傑克迅速地搶走我手上的薄紗織物裹在泰奧多爾身上，所以實際目睹殿下醜態的人應該不多。

而且重點是殿下有穿內褲啊，又不是光屁股被全天下看到了，生氣成這樣就有點……我也是不小心的啊，到底該說這不合理還是什麼呢？

「妳肯定覺得妳是不小心的，我太過分了吧？」

「對。」

「閉嘴。」

不是啊，是你先問我我才回答的，幹嘛叫我閉嘴？我撇嘴對他的隨心所欲表示抗議，我們家王儲殿下就拿起沙發抱枕丟向我。

我雖然能躲開，但還是選擇了挨打，畢竟如果這樣就能讓他消氣，反而是我賺到，甚至可以說是超級走運。

「妳肯定覺得讓我打幾下就能了事的話就賺到了吧？」

「對。」

「妳還是閉嘴吧。」

這次是一顆紅蘋果飛過來，但被這個打到會痛，該躲了。

我一撇頭閃過蘋果，他露出了不滿的笑容。

「這次又為什麼躲開？」

「……」

「說。」

「不是叫我閉嘴嗎？」

「妳還真的是完全讀不懂空氣啊。」

坦白說，我只是沒有必要看殿下臉色才這樣的啊，還想怎樣？

我嘴巴超癢，很想講這句話，但是泰奧多爾短暫皺起眉頭，又說出奇怪的話。

「妳為什麼會來這裡？」

「……因為有特休。」

「妳覺得我會相信這個理由嗎？」

「是真的，我們是全家一起來玩……」

「我看妳肯定又是叫妳的手下打聽我的行程吧！」

「先生，我們真的是在對話嗎？」

總覺得我最近和周遭人的溝通都出了問題，難道是我的亞蘭語能力不夠好嗎？

也是啦，除了撰寫公文，我平時進行日常對話的情況，都是用帝國語寫信給路基烏斯……我自己是覺得我在帝國語日常會話這方面進步很多，但因為同時使用兩國語言，難道我也走進兩國語言都講不好的零國語人狀態了嗎？

是不是該跟路基烏斯中斷筆友關係了呢……但那傢伙文筆很風趣，我實在是捨不得放下耶，而且跟他當筆友還能得知帝國皇室的謠言，有些也有機會成為值錢的最新情報，真的是非常有幫助。

「妳既然這麼想要，那就允許妳在新任愛達尼利公爵就任典禮負責護送我吧。」

這又是什麼晴天霹靂的消息啊？我在休假期間還要護送王儲嗎？我為什麼來度假還要替王儲收拾殘局跟處理公務啊？

難怪他才會說什麼行程之類的根本聽不懂的話，原來是要整我才在那邊鋪哏是吧？

「殿下，雖然這件事情是我不對，但把我為數不多的休假用這種方式……」

「不滿嗎？」

「對。」

「那就依照洛克斯伯格家喜歡的方式，我們依法辦理吧！」

他是說在公共場所侮辱王室時處以無期強制奴役刑的部分嗎？就算爸爸和負責審判貴族的法院人員都偏袒我，肯定也有部分奴役工作是無法避免的，國王陛下也會因為可以合法使喚小頑固而開心地叫我辦事吧。

要我去拔磚頭縫長出來的雜草或其他勞役都沒關係，但想到我在做這些事情的同時，我們家就會有很多工作堆積如山，我整個人瞬間清醒過來。

「我會安全護送您到就任典禮的，殿下。」

「哼，厚臉皮。」

我為什麼還得聽你罵我厚臉皮啊？

果然是無法溝通。我真的好想見約翰・布朗啊，他可是能聽懂酒醉的四小節公主在亂吠什麼的王族語專家，如果約翰也在場，他肯定能很親切地告訴我殿下現在到底在講什麼東西。

「那麼，因為我的衣服也有點問題，也要跟孩子們說這件事，請給我一點時間……」

「我懂，給妳一點梳妝打扮的時間還是可以的。」

可惡，臭小子，我又不能直接扭斷他脖子。

但我現在立場不利，也只能屈服了。等著瞧，下次被我找到把柄你就死定了。我要增加王儲宮殿的間諜人數了，你就不要被我抓到把柄！

我咬牙切齒地彎腰後退，離開了貴賓室。一關上門我就氣得朝空中拳打腳踢，接著聽見阿斯特里溫的聲音。

「姐姐，您還好嗎？」

「哦，我還……」

我還好啦，但你看起來好像不太好……那身打扮又是怎麼回事？

我以為剛剛看到王儲殿下那個宙斯侍童裝扮後，對於其他造型應該已經免疫了，但看到我引以為傲的弟弟這副模樣，還是免不了受到衝擊。

這是什麼？兔男郎嗎？你穿的是兔男郎裝嗎？緊身皮褲，以及只大概遮住胸和腹部的上衣，脖子戴的那個不曉得是頸鍊還是襯衫領子的布料，反正看起來真的很可怕。

好吧，愛達尼利公爵可能人生中偶爾有一次這種著裝，但我覺得那位應該不至於要戴上兔耳穿整套耶？這形狀看起來又不像兔耳髮箍，難道是髮夾？這是怎麼固定住的？

因為實在太神奇了，我捏住阿斯特里溫的兔耳，手中有種蹦蹦跳的感覺，阿斯特里溫突然——

「啊～」

發出奇怪的呻吟聲，我嚇得趕緊鬆手。我剛真的差點就要揮拳揍我唯一的弟弟了。

「里溫啊，你這身打扮是怎麼回事？」

「姐姐不是喜歡兔子嗎？所以我就努力打扮了一下。」

「嗯……」

好吧，你開心就好。

只要他閉嘴，看起來還是挺可愛的，重點是他還考慮到我的喜好才挑這套衣服，不覺得很乖嗎？

這套一看就知道是依照愛達尼利公爵的尺寸等比例縮小的，腰很緊，胸的部分看起來是硬拉緊後隨便縫的，因為腰部側線往後傾斜。好歹我也在維奧萊特旁邊觀摩學了幾手，這點程度我還是多少能看出來。

里溫的努力值得嘉獎，我摸摸他的頭誇獎他又乖又可愛，接著快速轉頭尋找傑克和路克。

我們身高優越又俊秀的路克．洛克斯伯格，自信滿滿地穿著開岔到大腿高度的旗袍站在那。

太美了！

我給那一身高傲優雅的設計加分！

超棒的！

好，再來是傑克！我們選美大會優勝者傑克在哪？

我四處張望尋找，才發現偷偷躲在後面傑克．布朗，乍看之下他穿著一條很正常的無袖毛衣……

喔？除了穿一條褲襪之外好像也沒什麼特別的啊。

「等一下，小姐？為什麼要靠過來？不要過來！」

他一直把手背在後面看起來怪怪的，而且我越靠近他就跑越遠，後面肯定還有藏什麼東西。

「艾斯托！抓住傑克的手臂！」

「是，小姐！」

「放開我！給我放手，妳這臭豬！」

喂喂喂，在外面講話要好聽一點！

我要傑克注意言詞，然後踏著輕快喜悅的步伐走到傑克身後，他的背整片都是裸露的，用點心搞不好連股溝都看得到呢。

「哎呀！天啊啊啊！傑克．布朗，你好大膽喔！」

「所以我才叫您不要過來啊！」

「太棒了！一百分！」

「您還真開心啊，這位小姐！」

嘻嘻嘻嘻嘻嘻，所以葛倫少爺人呢？我們葛倫少爺在哪呀？

正當我想尋找我獨一無二的夫君葛倫少爺，路克就擋在我面前，要我先把衣服穿好。

「天啊，這是你幫我贖回來的嗎？我兒子好善良喔。」

「您總不能只穿著一件襯裙四處跑吧？」

「還懂得體諒媽媽，我兒子長大了。」

因為我覺得路克實在太乖了，踮起腳尖要摸摸他的頭，但這孩子超無情地把我的手拍掉，催促我快點把衣服穿好。

我傷心地抱著禮服，阿斯特里溫說他的頭隨時隨地都能隨便我摸，但我拒絕了。

我現在根本沒有想摸里溫頭的欲望。

「但我自己不會穿耶。」

「雙手舉高，艾斯托拿著前裙。」

……兒子，你為什麼會知道女人的禮服要怎麼穿呢？

雖然我非常好奇，但還是先聽路克說的話擺出萬歲姿勢，前後兩片都穿好後，路克讓我轉一圈，一套很蓬鬆的巴斯爾裙襯禮服裝扮就完成了。

連緞帶綁法看起來都超複雜又漂亮，路克以前到底是經歷過什麼事啊？

「所以，我唯一的丈夫跑去哪了？」

「他拚命說他死也不換衣服，現在應該也差不多放棄了吧。」

路克重新把我鬆掉的髮飾綁緊，我遠遠就看到維奧萊特拿著一把楊杖，莉莉則是抱著某個人靠近。

我不看也知道肯定是葛倫少爺，但我還是刻意用雙手遮住雙眼，嘿嘿，好看的東西要留到最後再看。

什麼時候睜開眼睛好呢？想著這件事的我不斷跺步，直到維奧萊特說現在可以睜開眼睛了，輕輕抓著我的手放下。

我緩緩睜開眼，只見葛倫少爺用雙臂遮住胸口，愣愣地站在原地。

這如果要用語言來說明呢，就是透視裝！全透視！萬歲透視！透視嘉年華！

少爺穿著一套白色透視裝，但很搞笑的是這衣服的布料甚至遮到脖子，裹著全身皮膚，袖子末端還是手套狀，連手指關節都包得有夠緊。

但有什麼用呢？因為是透視裝，早就都看光了。

「太棒了……噢，真的太棒了！」

「所以我才說我不想穿啊！我現在就回去……」

不要，幹嘛這樣，不要走！

因為真的太適合他了，我急忙勾著葛倫‧霍芬‧洛克斯伯格的手，輕拍他的手臂，然後誠懇地說：「謝謝你。」

「……什麼？」

「謝謝你。」

雖然感覺不太夠，但我能說的就只有這句話了。

我緊緊挽著葛倫，讓他無法逃離，接著依序跟維奧萊特和莉莉擊掌。兩個人都辛苦了，因為有妳們，我今天真的好開心啊，真是太棒囉！

「好的，很抱歉的是，我現在要講一個壞消息……」

已經盡情參觀完了，那就要來講剛剛發生的慘劇了。

因為我把王儲殿下的衣服扒掉，今明兩天我都要隨侍在泰奧多爾身邊。大家都對此發出可惜的嘆息聲，葛倫少爺倒是嚇得開始怪罪我。

「脫、脫掉嗎？什麼意思？」

「那個……」

這麼看來，葛倫才剛到呢，正當我想要向他說明事情原委時，貴賓室的門打開了，作好出門準備的王儲殿下走了出來。

他看起來依然是個宙斯侍童的模樣，跟剛剛不一樣的地方就只有肩膀上多了一顆釦子而已。

「我拉了那條紗，結果就掉了。」

「啊……」

這下倒是省了說明的力氣，葛倫少爺看到泰奧多爾的樣子就立刻察覺到剛剛發生了什麼事，並拍拍我的肩膀。他安慰我說這不是我的錯，這股溫柔讓我差點忍不住落淚。

「那就走吧。」

好好好，走吧，我會看著辦的。因為殿下的吩咐，正當我放棄一切要鬆開抓著葛倫少爺的手，阿斯特里溫經過我身邊，直接抓住王儲殿下伸出的手。

「……怎麼了？」

「我是阿斯特里溫・洛克斯伯格，殿下。」

「我不是在問這個。」

「這也不是需要勞煩姐姐的事，護送一事就由我來負責吧。」

哎唷，這個弟弟果然沒白養。他怎麼會做出這麼稀奇的事啊？

我興致盎然地看著兩人，殿下可能是太驚恐了，想盡辦法要掙脫阿斯特里溫，但阿斯特里溫仍死命地抓著殿下的手。

不曉得是不是因為怎樣也甩不掉對方，累得氣喘吁吁的殿下用力踩了阿斯特里溫一腳，再次要他讓開。

「我說得很清楚，是命令羅莎莉特・洛克斯伯格負責護送，你這傢伙強出什麼頭？」

「以洛克斯伯格領地的慣例來看，緊急狀況時，我有代理姐姐的權力。」

「現在應該不是緊急狀況吧？」

「法律本來就是隨著每個人碰到的狀況而有不同解讀嘛。」

哇，我弟弟真是會說話，雖然是個薛丁格的阿斯特里溫，但不管怎麼看都是我弟弟沒錯，薛丁格又怎樣呢？他依然還是洛克斯伯格啊。

「我本來覺得你還年輕，想放你一馬，沒想到你竟然如此無禮，你也想因侮辱王族而接受奴役刑嗎？」

「打從一開始姐姐就沒有侮辱殿下吧？這種沒看點的身材，應該沒人會特別注意看啊！」

「你！」

可愛的里溫啊，這樣就太過分了。

換作是平常，我肯定會捧腹大笑，但我今天畢竟也有錯，急忙上前打了里溫的背尋求諒解。

當然我也不忘瞞著殿下戳里溫的腰，我的弟弟，你很棒，真是優秀的好伙伴。

「因為他年紀還很輕，才會不明事理地強出頭，還請身為大人的殿下多多海涵。」

「妳在旁邊看戲看這麼久，一開口就要我讓步？」

「哎唷，兩個大塊頭的男人在吵架，我嚇得不敢吭聲啊。」

「哈哈。」

等一下，你也有點反應啊，只顧著笑是什麼意思？

他忽略我，對葛倫少爺說平常真是辛苦了，居然會想要犧牲自己跟這種女人生活，他說要代替全亞蘭的男人致上謝意……

臭小子！你這是什麼意思！再講一遍啊！

「他又不是洛克斯伯格，這人為什麼會在這？」

哎呀，王儲殿下，原來你還記得路克是在亞蘭做生意的孩子啊。看來這人意外地還有聰明的一面，心情變好的我開始介紹路克。

居然說路克不是洛克斯伯格，我兒子會傷心的。

「看來是消息傳得晚了，王宮還沒收到我收了一名養子的消息嗎？」

「那件事我已經聽說了。」

「這位就是我的兒子，路克・洛克斯伯格。」

殿下看了我一眼，又看了路克一眼，然後又來回各看了一次，歪著頭問：「妳認真？」

「是。」

「不，我覺得妳瘋了。」

為什麼和我兒子講一樣的話呢？

路克也莫名跟著點頭，害我有點傷心，所以我決定連這部分也一起忽視掉。

依照吩咐擔任王儲殿下賭場護衛的我，向路克苦苦哀求才獲得籌碼，開始專注於把艾斯托的外套和劍櫝回來的事情。

因為她沒有一絲抱怨地站在那，我甚至都忘了，艾斯托到現在還穿著一條跑步衫光著腳呢。

後來我果然又變成了乞丐，是多虧有葛倫的奮鬥，才好不容易把艾斯托的東西贖回來。

笑面泰奧多爾可能是很享受看我一貧如洗的樣子，甚至還哈哈笑著觀戰，阿斯特里溫則是忙著挑釁殿下。

這兩個傢伙初次見面時感覺關係不錯，為什麼現在突然變成這樣？以前還曾經抓著頭大吵，真不知道第一次人生的王儲為什麼想把他納為儲妃耶？

不過，嗯，那時候……雖然也有點記憶模糊了，但阿斯特里溫好像不是這樣長大的……

唉……我這次到底做錯了什麼？到底是選錯什麼，才會導致他長成這樣？

他們站在輪盤前小小聲地咒罵著彼此，我安靜地看著感覺一觸即發的兩人，此時傑克悄悄提醒差不多該回去了。

也是，時間晚了，錢也花得差不多了，確實該離開了。

我召回了分散在各處玩耍的洛克斯伯格家成員，說要回飯店了。我雖然也對王儲殿下提出「因為時間已晚，明天再見」的提案，但不知道為什麼殿下一臉不滿地笑著說出令我意想不到的話。

「我聽說格雷絲公主受到妳的盛情款待，對我就這麼疏忽嗎？」

「我不是只負責護送嗎？」

「聽起來妳好像很討厭繼續跟我待在一起。」

「對，很討厭。」

「哈哈，那我說什麼都要跟上去了。」

噢，這傢伙又是為什麼這麼纏人啊？

難道他從三十歲開始分泌想夾在這些小朋友之間玩的荷爾蒙嗎？我想起在大海另一頭的路西路西皇子，陷入沉思。

「……」

好吧，三十歲會有這種行為還是情有可原，我第一次見到路西路西時，他不也是如此糾纏我嗎？

算了，我們就得陪他玩啊，不然還能怎麼辦？我叫傑克過來，在他耳邊說王儲殿下上了年紀好像有點寂寞，我們還是陪他玩一下好了，然後叫他把這些話告訴其他人。

傑克將這番話傳達給其他人，洛克斯伯格家全員便開始用同情的眼神看著殿下點點頭，接著我們誇張地笑著帶泰奧多爾回到了飯店。

雖然泰奧多爾應該會超級討厭我的親切招待，但這不關我的事。

移動時，殿下差遣僕人去向愛達尼利通報自己的行程，看來直到桃樂絲姐姐就任典禮那天，殿下應該都住在愛達尼利公爵家。我真的搞不懂他到底在想什麼，竟然說要跟我們一起玩。

就算聽說四小節皇女和路基烏斯皇子炫耀過跟我玩很有趣，因此覺得好奇，但我真的看不懂這個光是看到我的臉就會感到厭煩的傢伙，硬要在這裡參一腳到底是什麼心態。

但不管泰奧多爾在不在這裡，我們既然都來度假了，當然就要全力以赴玩到底。今晚我已經準備好一路喝到掛了！

「……大家這是在幹嘛？」

總算是擺脫那套有夠醜的宙斯侍童服，穿回平常衣服的泰奧多爾看到我們家孩子跑來跑去的樣子，表達了他的疑問。他帶著僕人和近衛騎士坐在沙發上，翹著二郎腿斜眼盯著我們。

雖然在不習慣的人眼中或許會覺得很怪，但這才是我們洛克斯伯格家玩樂酒局的真面目。之前路基烏斯看到我華麗的技巧也是笑得東倒西歪，相信王儲殿下也會滿意的。

孩子們按照人數把大酒杯排好，小心翼翼地開始往上疊小酒杯，我對堆得很美的玻璃杯塔感到滿意，接著拿出準備好的酒瓶在地上敲了敲讓它起泡，砰一聲扭開軟木塞，接著依序把酒倒進大酒杯。

酒與氣泡的比例真是太美了，我填滿最後一個杯子後，負責小酒杯的阿斯特里溫也在桌子尾端填滿酒杯。

小杯的酒光澤絕美，但不能太期待度數就是了，是非常適合當第一杯的好酒。阿斯特里溫說他準備好後，我握緊拳頭往桌上重擊，小酒杯就像骨牌一樣撲通跳進大酒杯裡。

「第一杯要乾喔！」

我一舉杯大喊，大家都各拿一杯酒喊出乾杯。用手撐著腰，咕嚕咕嚕大口喝酒，喝下最後一滴後，不禁發出爽快的讚嘆聲。

總算是活過來了，我一直跟著泰奧多爾跑來跑去，真是又焦心又口渴，差點以為要死了。

其他人點了客房服務，張羅要玩的遊戲，我正準備製作下一杯酒而敲打酒瓶，但突然感受到一股非常冷冽的視線射了過來。

翹著二郎腿坐在沙發上一動也不動的王儲殿下，一跟我對上眼就冷冷地拋出一句。

「真的瘋了。」

真是的，反正你也會跟我們一起玩啊，少在那邊裝模作樣。

我們度過了狂亂的一夜，雖然我到中間就有點斷片，但我依稀記得大家都玩得很盡興。路克喝了第一杯就睡了，葛倫是哭著睡著的，跟我喝到最後的阿斯特里溫和王儲殿下也都乖乖認輸，我則是撐到最後並確認了警衛狀況。

為了應對可能發生的狀況，要讓艾斯托和傑克能立刻衝出去，所以我讓他們睡在離玄關最近的房間；我指示王儲殿下帶來的近衛騎士和飯店護衛分兩班輪值，然後大大打了個哈欠。

太累了，睡醒再洗澡應該沒關係吧。

抱持這個想法的我隨便走進一間房間倒在床上。哎呀，飯店的床鋪真鬆軟，真不愧是愛達尼利最貴的飯店。躺在舒服的床鋪上，我也漸漸有了睡意。

睡意纏身的我隨便脫掉身上的衣服，丟到床下，再把整個腦袋埋進枕頭，真是太累了，所以我一下就睡著了。

直到太陽曬屁股，我才好不容易睜開眼睛。

其實我還想繼續睡，但因為一直聽到旁邊傳來窸窣聲，我也只能起床。

因為陽光太刺眼，那個在旁邊動來動去的人又很吵，正當我打算揍他的背，把他的臉轉過來確認是誰時，那顆閃著金光的後腦勺映入眼簾。

「呃……」

好討厭，救命。

早上睜開眼睛第一個看到的，竟然是我們家王儲殿下的黃金後腦勺。

在我確認殿下跟平常一樣，戴著綿羊眼罩和耳罩，抱著喜歡的娃娃睡覺時，我就又背對他躺下了。雖然看到綿羊玩偶旁邊躺著新的羅莎莉特．洛克斯伯格二代讓我有點驚訝，但仔細想想，反正這隻娃娃每晚都會追上來，他還是放棄掙扎抱著睡會比較舒服一點。

原來是個比想像中適應力更好，也懂得變通的人呢，真叫人刮目相看，那就繼續睡吧。

我用力拍軟枕頭，縮起身體準備入睡，卻不曉得為什麼有股氣息噴到我的臉。我微睜眼睛，結果眼前出現好像還在夢鄉徘徊的葛倫少爺。

「……！」

靠，嚇死我了，我差點就叫出聲！他為什麼在這？我躺下前明明沒看到他啊？

殿下在我右手邊，可能是因為我有點醉意和睡意，才會跑錯房間躺錯床，但左邊還有葛倫少爺就真的是意料之外的事。

而且，我確定我是把脫下來的衣服跟絲襪丟向葛倫躺著的地方，也很確定那個地方本來是空的。

真是的，我旁邊就已經沒什麼空間了，他居然還縮在那邊睡也真是厲害。

我覺得沒有棉被還蜷著身體睡覺的葛倫很好笑，忍不住捏了他的臉一把。

「唔嗯……」

他沒醒，只是皺著一張臉，葛倫少爺真的很可愛。

但感覺再捏下去他就會醒來，我鬆開手，原本皺成一團的表情又恢復安詳，呼吸聲也變得平順。

嗯……

好可愛，糟糕，近看才發現他的眼睫毛很長，皮膚也很光滑，髮絲會隨風飄動，而且還很神奇地散發出好聞的香味。

嗯……淫……不是，我是說他把瀏海放下來跟梳上去的時候，給人的印象真的很不一樣。放下來是桃花，梳上去是牡丹，真是多變的少爺啊。

我抓著葛倫的瀏海往上往下移動，享受著他的百變模樣，然後猛地回頭確認殿下還在睡，輕輕在葛倫的額頭親了一口。

嘻嘻嘻，他不喜歡，超級不喜歡。我在葛倫臉上親了好幾口發出啾啾聲，他又皺著臉發出掙扎的聲音。

我覺得他就連在睡夢中也這麼討厭肢體接觸實在很可惡，所以我最後在他嘴唇也吻了一口，他發出嗚咽聲。

不曉得是在作什麼夢，甚至還發出細微哭聲的葛倫少爺，露出了全世界最委屈的哭臉。

還是別再玩了，他會被我吵醒。

「呃呃呃呃。」

被少爺嚇得我都不想睡了，還是起床吧。

我放棄睡回籠覺，偷偷下床。

正打算披著飯店提供的睡袍走出房間，卻發現泰奧多爾一個人獨占整條棉被。我實在看不下去，就一把將被子扯過來蓋在葛倫身上，結果殿下又瞬間滾到有被子的地方。

明明還在睡覺，真是會找被子。泰奧多爾跟葛倫少爺面對面貼在一起睡覺的樣子……看起來有點……

算了，不關我的事。

哈哈！

既然他們友好地睡在一起，硬要搶他們被子就太過分了，隨他們去吧。

作出這個決定的我一邊伸展身體做晨操，悄悄走出房間。我輕聲關上房門，走向客廳想看看有誰已經起床。驚人的是，擺出死魚眼的路克・洛克斯伯格居然枕著阿斯特里溫的膝蓋。

我兒子明明和我叔父一家人素昧平生，究竟是怎麼學到那副死魚眼的？

「發生什麼事情了，居然讓你們這麼溫馨？看起來真不錯。」

我說的話不帶一絲謊言，是全然發自真心的。我兒子躺在變成舅舅的阿斯特里溫腿上，而我弟弟正溫柔地讀書給他聽。

而且我看了書的封面，是我也知道的作品。作者寫了以弗雷帕里凱利農和蘿拉梅里西亞為主角的科幻小說而出名，這是他的早期作品。

沒錯，好像是什麼……以女海盜為主角的童話故事。初版只印了三百本，現在是超級珍貴的童話讀本，想買比摘星星還難。

我也一直很想看一次，沒想到居然還能這樣遇到這本書。

「那個，可以讓我也插在我們里溫和兒子之間……」

「羅莎莉特小姐。」

我本想在我兒子腳邊找個位子，摸摸他可愛的腳指頭一起聽童書朗讀，結果路克突然跳起來闔上那本書，並冷眼看著我。

「未來一小時，預約已額滿。」

……預約？什麼？難道這個空間是路克的出差地嗎？但他也沒在工作，只是在聽我弟弟讀童話書不是嗎？

「兒子，什麼預約？」

「我們說好以一小時一百枚金幣的代價，換取躺在阿斯特里溫的腿上聽童話朗讀。」

里溫啊，你付錢了嗎？

我小心翼翼地詢問，只見我引以為傲的弟弟一臉驕傲地點頭，呼呼……我居然還帶著這種弟弟生活嗎？真是要瘋了。

「不是，那個，不然就……一起呢？兩人的費用……是多少？」

「我不接受賒帳，媽。」

呃，這小子講到錢就真的很一板一眼耶，但聽到他叫我媽媽還是很開心，嘿嘿。

雖然還很早，但我要現在就去當鋪典當衣服嗎？要去現在已經開門的賭場把錢賺回來嗎？當我還在認真考慮時，突然聽到兩個成人男性的尖叫聲。

我猜大概是葛倫少爺和我們王儲殿下起床了吧，然後我毫不意外地看到笑面泰奧多爾一臉惱怒地笑著衝進客廳。

「變態！他是變態！那個不要臉的變態闖進我房間！」

不久後，葛倫少爺也瘸著腿出現了。

「這、這是誤會，我明明是跟著羅莎莉特小姐……」

「嗯？」

噢吼吼吼，這傢伙是怎樣？

聽到葛倫發言的我不自覺揚起嘴角，什麼？跟著我進臥室？呵呵，這傢伙，呵呵，真是的，該不會是我聽錯了吧？

「哎呀，葛倫少爺，跟著我進臥室又是什麼意思？」

「那個，我是，就，我真的沒有不懷好意……」

葛倫少爺大概是現在才發現自己說錯話，急忙摀住嘴巴，顯得非常慌張。他那副模樣讓我兒子的眼神找回殺氣，並立刻站到我旁邊。

「什麼不懷好意？沒有人懷疑你。我爸爸只是要去找媽媽，這是再自然不過的事情。」

「你說的對，路克。我反而想知道所謂的不懷好意是什麼。」

「我也想知道，媽，所以那個不懷好意到底是什麼呢？」

「是我太愚鈍又傻氣了，少爺如果沒詳細說明，我也無從得知，好冤枉啊。」

「我的腦筋也不像爸爸那麼靈活，如果沒詳細說明我也無從得知，好悲痛啊。」

我們一邊說笑，一邊靠近葛倫少爺，他臉色慘白地轉身撞到牆壁，又逃走了。

少爺，我們怎麼可能會放過你呢？路克跟我緩緩配合葛倫少爺的速度走近他，但這該死的王儲殿下居然放走路克，迅速朝我伸長手臂，一把抓住我的臉。

儘管我走得再慢，被他的手抓住的衝擊也依然存在，我也不禁發出詭異的聲音。

「嗚嘔。」

「意思是妳先闖進我房間是吧？」

現在這才不是重點！給我放手！我要去逗葛倫少爺啊！

我為了擺脫殿下而不斷掙扎，但這個死沒禮貌的三十歲傢伙抓著我的臉轉向他。他好像說什麼有話要跟我單獨談，我大喊不能就在這裡講嗎？他卻瞪了阿斯特里溫一眼，小聲跟我說。

「妳弟弟不是在這裡嗎？洛克斯伯格千金應該也不希望這種敏感的事被傳到外面去吧？」

「什麼敏感的事情？」

什麼啊？我睡覺的時候發生了什麼天大的事嗎？

因為王儲帶著一臉認真的笑容，我也只能跟著認真起來。該怎麼說呢？這傢伙總算下定決心要成親了嗎？既然這樣，他必須選擇我們家的小姐或尼美爾尼亞公國的公主才行耶。

「殿下，恕我冒昧，我姐姐是已經成婚的淑女了。」

「然後呢？」

對啊，這跟這件事又有什麼關聯啊，弟弟？

我訝異地跟笑面泰奧多爾一起回頭看向阿斯特里溫，他走向我們，並抓住殿下的手臂。

「不管地位再怎麼高，抓著成年女性的臉拖著走應該都不是有禮貌的行為吧？」

「你這傢伙這麼用力抓著我的手臂倒是很有禮貌？」

「哎呀，我只是輕輕抓而已，非常抱歉，我是第一次碰觸這麼高貴又柔弱的人。」

「你想死嗎？」

「如果是為了姐姐，死也在所不惜。」

嗯……里溫啊，你的願望應該不是代替我而死之類的吧？如果真的是這樣，那我需要擬定對策，看是要想辦法讓他打消念頭，或是製造出能讓里溫實現願望的情境才行。

「衛兵！衛兵在外面吧？把這傢伙拖下去！」

但我仔細想想，之前里溫也曾因為代替我乾掉一杯檸檬汁而死，甚至代替我擋了路克的刀，但重生也沒有因此暫停，看來這應該不是正確答案。

正當我還在探究結論的時候，王儲殿下好像比想像中更生氣，甚至氣到把近衛騎士找來了。

不是啊，這傢伙今天的舉動為什麼這麼誇張？平常就算我比較調皮，我們頂多也只是互相鬥嘴而已耶，現在他居然這樣對待比我還年輕的孩子，做人好歹也展現一點雅量吧？

「殿下，請冷靜，小朋友年紀還小嘛。」

「妳認真嗎？那個身材比我還壯碩的傢伙是小朋友？」

「重點是如果真的打起來，會出事的應該是近衛騎士。」

「……什麼？」

真是的，這些人喔，搞清楚狀況好嗎？

近衛騎士徹夜值班已經很辛苦了，我擔心他們會受傷，希望殿下能收回命令，但已經太遲了。

聽到泰奧多爾生氣而趕來的騎士已向里溫伸手，阿斯特里溫這段時間跟傑克交手過，以訓練為藉口的生死之戰也都沒白費，眨眼間率先出手。

他擊中距離最近的人下巴，讓對方暈頭轉向，接著又扭了向他伸手的人手腕，抓住對方肩膀，然後固定在桌上。

全身發出「咯咯咯」怪聲的其中一名騎士失去意識，阿斯特里溫也不放過其他搖搖晃晃的人，他踩著沙發跳起來，一腳踹向對方胸口。

在地上打滾的男人身上也發出怪聲，應該是肋骨之類的地方斷了吧。

「啊啊啊，我只是為了壓制想要襲擊我的變態，抱歉。」

既然都要裝傻了，好歹也演得像一點吧？里溫。

阿斯特里溫雙手抓著自己的臉，裝無辜地嘻笑著，我也只能代替弟弟道歉。

「對不起，殿下，我弟弟最近在學舞臺藝術，情感表現力有點……」

「這是現在的重點嗎？」

「王室不是還有瑪卡翁先生在嗎？」

「瑪卡翁只要聽到洛克斯伯格就會氣得咬牙切齒，要是告訴他這件事，妳覺得他會開心嗎？」

哎唷，我們之間非要這麼傷感情嗎？

要參加逗葛倫少爺派對肯定是太遲了，阿斯特里溫還讓殿下更加生氣，看來有必要把這兩人分開了。這小不點應該是看著我平常的行為有樣學樣，但要調皮也得看當下狀況調整程度啊，這其實很不容易的。

看來我以後要找時間傳授他幾招。

「維奧萊特、莉莉！從王室派遣過來的孩子們！準備外出了！」

我拍拍手呼叫王室侍女和我們家孩子，把替泰奧多爾更衣的工作交給侍女，然後另外叫了僕人。

要把受傷的近衛騎士帶回王宮讓瑪卡翁先生治療傷口，護衛的人力缺口也必須再找人補上，以保障殿下的安危。

因為泰奧多爾喜歡安靜的地方，我先向客人請求諒解，淨空一整層天空吧檯後讓工作人員準備早餐，並把傑克．布朗叫來通知我們家孩子各自想辦法解酒，之後還能有一段自由時間。

傑克即使因為宿醉而一臉憔悴，也不忘嘮叨我和泰奧多爾單獨外出葛倫少爺會不開心，要我自重。但我堂堂正正地抗辯說我會帶艾斯托一起去，並不是兩個人而已。

傑克．布朗無力地轉身，說著小姐從以前就沒救了，但我實在不懂他幹嘛又突然罵我。

總之，準備就緒在玄關前等候的我，勾著不曉得為什麼早早就準備好外出的泰奧多爾，叫了阿斯特里溫過來。

我為了讓這個煩死人的傢伙消氣，要陪著他出門是一回事，但還需要在殿下面前表演一場教訓小孩的秀。

「阿斯特里溫，直到我回來為止，你要寫一篇悔過書，主題是很抱歉對王儲殿下失禮了。」

「我只是為了姐姐……」

「哎唷！我有說你可以回話嗎？」

我迅速彈了阿斯特里溫的額頭一下。這孩子壓著額頭，演出很痛的感覺。

「字數三千字上下，不許使用重複單字。」

「哼！」

阿斯特里溫抓著他的胸口，喊著平常他常喊的狀聲詞，聽過這麼多遍，我居然也習慣了。

「等等，羅莎莉特小姐，我沒聽說您要跟殿下外出啊？」

哎呀，這不是剛剛逃走的葛倫少爺嗎？

他好像很心急，甚至扶著剛剛還在追趕自己的路克的肩膀，一登場就衝向我。他的語調聽起來有點生氣，抱怨著即便是為了公務出門，也應該要和他說一聲，我偷偷看了一下泰奧多爾的眼色，然後走向葛倫。

我緊貼著葛倫，用殿下聽不見的聲音在他耳邊說著剛剛發生什麼事，結果他突然抓著我的手臂將我推開。

「等、等一下，羅莎莉特小姐，太近了，呼吸……耳朵！」

「……」

這位到底為什麼要一直讓人一大早就起色心呢？

因為葛倫老是紅著臉把我推開，在講完該說的話後，我又故意在他耳邊吹了口氣。

他倒抽一口氣。

效果十分顯著。

葛倫現在已經知道我是故意要整他，就打了我的手臂，我哇哈哈地笑著把統率家人的工作交給他。

能讓我放心把我的位子完全託付出去的對象，全世界只有葛倫你一人啦。說完這句話，我親了一下他的臉頰以表達信任，結果他又急忙抓著被親的地方張大嘴。

「路、路上小心！」

「好喔。」

收到葛倫少爺熱烈送行的我，勾著王儲殿下的手臂，朝著天空吧檯的方向大步向前走，走進電梯並向電梯服務人員說要到天空吧檯的樓層。

直到剛剛都沒說半句話的泰奧多爾，這時用倍感荒唐的語氣說道：「怎麼會有妳這種女人？」

好險電梯服務人員是男的，萬一是女的，肯定會搞不清楚狀況就因為殿下罵人而跪下吧。

因為有先淨空場地，附餐廳的天空吧檯連一隻螞蟻都看不到，空曠又安靜。我要好好吃頓美味早餐再向國王陛下請款，我可是把我國最貴飯店的天空吧檯整層包下來耶，究竟帳單上會出現多大的數字，我也很期待。

「艾斯托，妳去廚房另外吃，殿下覺得甲殼類和章魚、魷魚這類食材很噁心所以不吃，記得嚴選看起來最漂亮的食材讓他們準備。」

「是，小姐。」

接著是不是該要一把銀湯匙，確認有沒有被添加怪東西，還有負責先試毒用的小碟子呢？我叫人來交代一堆事情準備用餐，結果泰奧多爾直勾勾盯著我看，一臉氣呼呼。

「真的是照顧我安危到了噁心的程度。」

「這是作為臣子應當做的事。」

「但未免太誇張了吧？」

「這是愛啊，這都是我對殿下的情感太過滿溢的緣故。」

他怎麼這樣？快找我碴啊？為什麼只是若無其事地攤開餐巾呢？

他嘟囔著這是早就知道的事，不用特別說出來，反而害我覺得很噁心，只好緊抓著銀湯匙。

這傢伙王儲當久了，惹我生氣的技術也越來越進步了。以後只要讓我抓到一點點可以找碴的把柄，你就死定了。

我乾笑著戳戳桌上的食物，確認有沒有被下毒並試了味道。

我一說全部都是正常料理，可以用餐後，殿下立刻把我嘗過味道的部分挖掉，並命令服務生把那些丟掉後開始用餐。

那些是用我乾淨的叉子和湯匙裝一小口來吃的，完全沒沾到我口水，但殿下盤子裡的料理卻被他挖到只剩下一半。

他在惹毛我這方面真的是專家耶，既然這樣，怎麼不乾脆把我趕出去自己吃呢？幹嘛要和根本不想見的人一起同桌吃飯？

「看來您昨晚喝多了，好像沒什麼胃口。」

「不，我的食欲一切正常。」

「那只吃這麼一點點夠嗎？」

「看來妳貴為貴夫人也吃得像豬一樣囉？」

「您就是吃得這麼少，該長的地方才沒長吧？」

「總比妳吃這麼多，還是有地方沒長來得好吧？」

「我的肉體和知性一切完美。」

「我也一樣。」

「怎麼可能？」

「妳是想跟我單挑嗎？」

呵呵呵，對啊，要試試看嗎？要不要一大早就互扯頭髮大吵一架啊？

我帶著情緒用力扠下鰤魚排，殿下也用力扠了顆沙拉盤裡的番茄。

我還在考慮要不要直接把手上的鰤魚排扔向朝殿下的臉，但發現那個死愛乾淨的傢伙嘴邊沾到醬汁，一股憐憫之心油然而生。

啊……人老的話，嘴邊神經就會退化，這人年過三十就連自己沾到醬汁都不知道，還繼續吃飯啊。

我嘖嘖幾聲，先確認飯店人員有沒有發現這件事，然後連忙攤開餐巾，離開位子。殿下見狀，身體靠向桌子另一頭，皺著眉頭直勾勾盯著我。

「您能炫耀的也就這張臉了，還是注意一點吧。」

我替他擦嘴後坐回原位，殿下又皺著那張特別愛假笑的臉開始瞪我，接著他用力閉上眼睛，揪著頭髮，最後勃然大怒地拍桌起身。

「妳在耍什麼花招！妳以為這樣我就會被妳騙嗎？」

「……什麼？」

「妳真是隻花蝴蝶啊，還這麼沒節操爬上我的床！再繼續這樣下去，我就不准妳繼續護送我了！」

嗯？什麼意思？我不用工作了嗎？

不知所措的我正打算說聲謝謝時，泰奧多爾氣得說他要回愛達尼利家了，還說是因為我糾纏不休，他才特別撥出今天的時間，但現在實在忍不住了什麼的。胡亂發火的男人連剩下一半的早餐也不吃完，氣沖沖地離開天空吧檯。

然後在完全離開餐廳前，還轉頭對著我大喊。

「不准跟上來！」

啊……好喔……

我不發一語點點頭，他還非要伸腳踹倒餐廳的椅子才出去。

嗯……反正殿下的護衛就快到了，他身邊也有僕人和侍女，應該都會好好服侍他吧。

獨留在餐廳的我把待在廚房的艾斯托叫來跟我一起繼續吃飯，艾斯托自己要吃的分量好像超多，但因為之前有讓她學習餐桌禮儀，她現在吃飯不會發出聲音，也不會狼吞虎嚥了。

既然具備這程度的餐桌禮儀，每天早上要在布朗家餐桌上面對她吃飯的傑克、奎爾和卡爾也不會有壓力了。果然人類就是要受教育，人就是透過學習才能蛻變為真正的人類啊，不學習的人類就跟禽獸沒兩樣。

我把荀子老師的教誨銘記在心，吃著鰤魚排。

吃完早餐回到房間後，阿斯特里溫完美寫完我交代的悔過書並給我檢查，路克和葛倫少爺說看到王儲殿下氣沖沖地離開，還問我發生什麼事。

關於這部分我也是沒有頭緒，只能回答剛才吃飯吃到一半，我伸手幫他擦掉沾到嘴邊的醬汁，結果他就自己氣沖沖走掉了。

聽完我的說明，路克說是我的錯，葛倫也這麼覺得。然後根本沒聽到我說什麼，只是經過附近的傑克．布朗也硬要插嘴說一句是小姐的錯。

不是啊，你們為什麼一天到晚都說是我做錯啊？

既然昨天在外面玩了一天，那就要有一天在室內耍廢打滾啊。

我們在愛達尼利賭城的第一天到處觀光，去賭城，也喝了酒，第二天慵懶躺在沙發和床上的我，早睡早起迎來了假期第三天。

昨晚我拉著葛倫少爺說我沒有不懷好意，要他跟我一起好好睡個覺，結果他不僅把我的背抓破皮，還逃跑了。

葛倫氣我每次都只顧著開玩笑和玩弄他，這件事就這麼好玩嗎？我點頭說對，難道這樣錯了嗎？

他說我個性很糟糕，就拄著拐杖逃走了，然後阿斯特里溫跳出來補位說自己也沒有不懷好意，可以跟我一起好好睡個覺，需要的話隨時可以叫他，但被我拒絕了。

我叫了在附近徘徊等待命令的艾斯托跟我一起度過一夜好眠，迎接清新的早晨，今天結束公務後就要立刻回家工作了。

我穿著一件睡袍，愣愣想著假期時光跑得比光速更快，這時，維奧萊特敲門表示有客人來訪。

不是，大清早的是誰要來找我？維奧萊特說是愛達尼利家的人，但我認識的愛達尼利家成員就只有公爵、公爵夫人和桃樂絲姐姐而已，也還是難以推測是誰。

但他們幾位今天應該都忙得不可開交，不可能在這時間來找我。我綁緊腰上的睡袍腰帶，朝著愛達尼利家人所在的客廳走去。

令人訝異的是，我在客廳看到了一張熟悉的臉孔。

「羅莎莉特小姐！」

哇啊啊啊！這是誰啊！這不是那個很會跳舞的愛達尼利旁系千金嗎！

我一問她怎麼會蒞臨此處，一早就穿著漂亮禮服和佩戴漂亮頭飾的小姐立刻從沙發上跳起來向我問好。

「真是抱歉，我太晚收到消息了，羅莎莉特小姐。我是桃樂絲．愛達尼利的次女，珍妮特．愛達尼利。」

喔喔喔？桃樂絲的次女？那個每次人生不是死掉就是離家出走，所以我從來沒見過的桃樂絲次女就是妳嗎？

我嚇得說這是我們第一次見面，她才補充自己被桃樂絲領養也不過是四年前的事，而且她在親生父母過世後，就排斥社交圈及盡量避免出席其他官方場合活動。

哇，這次人生真的是喔，本來很難見到的人都被我見到了，我想這應該也是我之前累積的福報吧。

「當我聽說羅莎莉特小姐會參加公爵就任典禮的消息，我們幾個姐妹就爭先要負責引導還大吵一架，最後是我撂倒所有人跑過來了。」

「看來妳們家的孩子還是很健康啊。」

「就是太健康了才頭痛，那個該死的……噢，咳咳。」

沒事的，大家的口頭禪都差不多嘛。

珍妮特小姐低頭向我道歉，我哈哈笑著說沒關係，並讓她坐下。

「不管什麼時候見到您都是如此美麗，雖然這是第一次私下跟您見面，但只穿一件睡袍也有種萬惡統帥的致命魅力耶。」

「哈哈，真是的，因為是一大早我還蓬頭垢面的，妳才這樣說笑嗎？」

「不，我在外面是以不懂得說場面話而惡名昭彰呢。要是您再拿著一杯紅酒摸貓咪就更合適了。」

「哎呀，聽到曲線傲人的美女稱讚我，還真是不好意思。」

我嘿嘿笑著摸摸後頸，她因為覺得我難為情的樣子也很可愛而驚叫。之前非要換上僕人衣服跟我一起跳舞時，我就有點感覺到，這孩子的成長過程好像也怪怪的，桃樂絲小姐應該也挺煩惱的吧。

「妳先等一下，我向妳介紹我的家人。」

「我就這樣繼續跟羅莎莉特小姐聊天也沒關係的。」

「不，我跟妳介紹，不過妳還是先放開我的睡袍吧，要被妳脫下來了。」

「喊。」

雖然我有種看到我家里溫的錯覺，但還是不要多想好了。

我緊閉著眼睛決定忘記她很奇怪這件事，接著叫維奧萊特召集大家。

首先介紹我的丈夫葛倫少爺後，珍妮特開心笑著說初次見面並跟他握手。

接著介紹我的兒子路克．洛克斯伯格，她大驚小怪地說自己有聽說過這件事，並從包包裡拿出一枚閃閃發亮的白金幣，放進用金線縫製的小袋子，說著雖然不多但要給路克當零用錢，路克又擺出昨天的死魚眼笑了幾聲。

「路克，收到零用錢就要說謝謝呀。」

「謝謝。」

「這孩子比較靦腆，妳別見怪。」

「沒關係，對初次見面的大人感到陌生也是正常的。」

嗯，是啊，謝謝妳的理解。

我跟珍妮特友好地聊天，接著抓住里溫的手。

現在是介紹弟弟的時間了，我才剛讓里溫坐在我旁邊，結果兩個人互相上下打量彼此，然後發出「嘁」的聲音。

我才正覺得他們有點像，難道這就是同類相斥嗎？

「我是珍妮特．愛達尼利。」

「我是阿斯特里溫．洛克斯伯格。」

……就這樣？

兩人沒有任何問好或握手致意，互通姓名後就各自撇頭了。你們年紀差不多，怎麼不好好相處呢？又不是以後不會再見的關係。

「洛克斯伯格家已經由羅莎莉特小姐代表出席了，請幫我轉達令弟不用參加也沒關係，小姐。」

「護送的部分由我負責，請幫我轉達應該是不需要那位小姐的引導，姐姐。」

你們都距離這麼近了，說什麼對方也都聽得到，不能自己對話嗎？

這兩個非要讓我夾在中間傳話的孩子，搞得我都冒冷汗了，結果莉莉突然急著找我，說家裡好像發生什麼事了。在她講重點之前，我們家門衛，不確定是奎爾還卡爾就急忙衝了進來。

「小姐，出大事了。」

嗯哼，雖然我不知道是什麼大事，但直接闖入有客人在的場合也未免太無禮了。

我雖然想罵那個穿著絕妙設計的正裝，不知道是奎爾還卡爾的人，但他比我更早把重點講出來了。

「小姐的把拔跟我爸吵起來了！」

「……這為什麼要跟我說？」

既然是這種緊急狀況，比起我，難道不該先向公爵報告嗎？爸爸應該能輕鬆解決這件事吧？在我表達我的疑問後，不知道是奎爾還卡爾的人皺著眉頭大吼。

「挑起爭端的人是公爵大人！」

「這也太大條了吧！」

這是要怎麼辦！爸爸又不是瘋了，幹嘛去挑釁一個七環魔法師啊！

我急急忙忙跳起來，命人幫我拿外套準備立刻回去。也沒時間好好換衣服了，隨便換個褲子和外衣就出發吧。

「阿斯特里溫！你以我的代理人身分參加就任典禮！傑克負責護衛！葛倫少爺帶著

行李和其他人跟上！」

我迅速下令，大家開始四散奔走。我快速換裝完畢，跟著不知道是奎爾還卡爾的孩子出去，結果珍妮特追著我，說她會負責帶我們回到洛克斯伯格家。

「妳不是負責引導我們參加就任典禮嗎？」

「我是來負責協助羅莎莉特小姐，可不是來見令弟的。」

好吧，妳說的對。

既然她都說要送我一程，我要是拒絕也很沒禮貌，就直接跳上珍妮特的後座。

珍妮特的坐騎非常強壯，跟我們家伊莉莎白一樣是匹駿馬，不到一小時就抵達洛克斯伯格宅邸。

「到底怎麼回事！」

我打開公爵辦公室的門大吼，從我家大門到爸爸辦公室的路上一片狼藉。噴水池裂成兩半，長椅也燒焦了，上次被媽媽弄壞還沒修好的大門和樓梯欄杆也都化成碎片。

不管我怎麼看都覺得這應該是威廉爵士和塞基先生打鬥後留下的痕跡，但我真的無法揣摩爸爸的心思。

我跳過倒在辦公室門口的威廉爵士走進辦公室，裡面也是一片狼藉，看到爸爸跟師父都倒在地上的光景，我也忍不住尖叫。

「啊啊啊啊啊啊！」

這是怎麼回事？什麼東西！爸爸，醒醒啊！如果你不在，那誰來工作呢！

我衝到爸爸身邊，墊著他的頭拍拍臉頰，但他沒有醒來。我伸手確認他的鼻息，沒有呼吸。快瘋掉的我把耳朵靠在爸爸胸口，也沒有聽到心跳聲。

「爸爸！爸爸！給我活過來！不可以啊！現在還不行！」

難怪有股電器燒焦的味道！

我急忙緊扣雙手十指並抬起雙臂，朝著爸爸的胸口用力按壓。也不管肋骨會不會斷了，總之爸爸必須活過來。如果爸爸走了，我也會死的，看是被工作累死，還是被媽媽殺死。

「咳咳！」

好險，看來才踏上黃泉路沒多久而已！

確認爸爸恢復了呼吸，我馬上喊著要人去王宮找來瑪卡翁先生，珍妮特小姐說她的身分證就跟王室自由通行券一樣，她會趕快過去把人請來。

到瑪卡翁先生來之前，要先交給醫生照顧！僕人們！要快點叫人來！

我交代不知道是奎爾還卡爾的孩子把公爵安全地移動到床上，然後在公爵的書櫃間，找到寫著非常顯眼的「緊急狀況時打開」的箱子往地上丟。

設計成容易破壞的箱子立刻粉碎，裡面有一綑葛倫和我一起重編的緊急指南，還有用於告知緊急狀況的手搖鈴。

「緊報！現在是緊急狀況！公爵不在位置上！洛克斯伯格公爵不在！」

我一邊用力搖晃手搖鈴，一邊在走廊奔跑，一群侍女驚呼著圍了上來。

我自己拿著一張緊急指南，把其餘的都分給她們後，也把手搖鈴交出，並宣告公爵家全區即刻進入緊急狀態。

「那個奎爾或卡爾，你可以回到崗位了，門衛工作維持正常，祕書團！祕書團都跑去哪了？」

我知道這些傢伙因為剛才的戰事逃跑了，但他們到底都躲去哪了啊！

正當我把那個奎爾還卡爾送回去，開始尋找爸爸的祕書時，躺在地上的塞基先生映入眼簾。

「……」

不是，就當作是爸爸被塞基先生燒壞好了，這位又是為什麼昏倒在這啊？

好不容易才想到這件事的我，靠近塞基先生觀察他的狀況，但不用仔細看就能發現他身上有著**瘋狂的藍白色液體**在抖動，我一下就叫出犯人的名字。

「瑞姆．巴特呃啊啊啊！」

「啊啊啊！對不起！真的對不起！我也是因為事出緊急……」

這傢伙居然躲在那邊嗎？

瑞姆不曉得是不是真以為自己不會被發現，躲在公爵桌下的她聽到我的呼喊，嚇得頭還先撞到桌子才爬出來。

我質問她對塞基先生做了什麼，她支支吾吾辯解說，為了守護公爵也別無他法。

「是、是那個人先出手的，他要傷害大叔！我想說必須在大叔受傷前先把他處理掉，結果慢了一步就……」

喂，妳居然叫我爸「大叔」嗎？

這點雖然讓我非常慌張，但這不是現在最要緊的事。再這樣下去，塞基先生也會因為中毒而死，他可是要為了我做很多事情的人，我不能放任他死去。

「快點，妳趕快把那些東西吸回去！放到人身上的應該也能收回來吧？」

「如果那個人又要害大叔要怎麼辦？」

「我會負責！叫妳做就做，混帳！」

我氣得捏著她的臉臭罵一頓，瑞姆終於淚汪汪地發出嗚嗚聲，抓起塞基先生的手。

瘋狂的藍白色液體很噁心地流回瑞姆．巴特身上，直到剛剛連呼吸都有一陣沒一陣的塞基先生，好不容易才恢復正常呼吸頻率。

這位也要送病房嗎？對了，威廉爵士好像也躺在外面。那位身體比較強壯，我是不太擔心，但肯定也得要送去病房。

「將公爵大人、塞基先生、威廉爵士分開隔離並監視他們！」

我指示在這裡集合的其中一位祕書後，叫大家先整理環境，希望他們先把辦公用品和該做的事情整理起來。

接下來，我要去請出那位傳說中的祕書了，現在人手不足，真的太需要她的協助了。緊急指南不也這麼寫嗎？如果公爵因為意外而不在崗位，就要去請布朗女士過來。

關於布朗女士的事，我也只在江湖上聽過傳聞而已。

在公爵還很不成熟的時期，拖著還搞不清楚狀況的他，帶他了解並掌握所有工作內容的超級祕書，正是布朗女士！她是不管問什麼都能立刻提供解決方案的祕書界維基百科，祕書界的 Alpha Go！

這位傳說中的秘書，曾經獨自處理我目前負責的所有業務。她要退休時，爸爸甚至還一邊哭一邊抓著她的褲管求她別走。

為了去找那位說要回歸一位平凡母親身分的傳奇人物，我用力敲著布朗家大門，然後走進門找布朗女士。

「布朗女士！緊急狀況！」

雖然很失禮，但畢竟是緊急狀況，於是我擅自打開大門闖入，看到布朗女士坐在客廳沙發上打毛線。

仔細一看，她正在打一件模樣非常老氣的毛衣，原來傑克和艾斯托偶爾會穿的那件衣服就是女士的作品啊。

「天啊，小姐跑來這裡有什麼事嗎？您不是去參加愛達尼利公爵就任典禮了？」

「洛克斯伯格公爵昏倒了。」

「天啊……」

迅速了解事態嚴重性的布朗女士急忙起身，打開抽屜取出眼鏡。她戴上金屬材質鏡框的橢圓眼鏡，猛地抬起頭，要我帶路，接著迅速走出門。

「我們家少爺是怎麼昏倒的？」

「噗！」

不行，我只要聽到「少爺」兩個字就會自動笑出來。

我趕緊專注於眼下的狀況並摀住嘴。羅莎莉特．洛克斯伯格，現在不是笑的時候，不是值得笑的狀況！

「那個，我也還不清楚詳細情況，但好像是他慫恿塞基先生和威廉爵士打架，結果被波及了。」

「真是的，我就說少爺還是個小孩子嘛。」

噗嗤，不行！我要忍住！現在不能笑，真的不能笑。

「威廉也一樣，只要是少爺的命令就會不由分說地全盤遵守。我的情敵一堆，但威廉就只顧著協助少爺，真不知道為了勾引這傢伙，我有多辛苦。」

「敵人嗎？看來威廉爵士人氣挺高的？」

「那還用說！他雖然長得普通，但不是很這樣又這樣嗎？」

女士用手勢在胸部和臀部劃了個半圓。

嗯……原來啊。

「我能理解。」

「懂吧？」

那當然，我也喜歡。

我表示同意地點點頭，女士開心地說起往事。

當年洛克斯伯格公爵有的祕書軍團由七位女祕書組成，每個人都覬覦威廉爵士，每天只顧著牽制彼此，擺明了就是場戰爭。

大家只要一對上眼就會互相攻擊詆毀，後來是公爵在祕書室設置隔板，想盡辦法不讓大家的動線撞在一起……

啊哈，原來爸爸建議我在阿斯特里溫和葛倫中間設置隔板，不要讓他們動線撞在一起的經驗是來自於此啊。

「想獲得威廉的注意，就要先討好公爵大人。大家為了做出成績都殺紅了眼，所以大家的辦公能力都非常優秀。」

嗯？等一下，既然是傳說中的超級祕書也稱讚的程度，那這些人都是能隨時叫來辦公的有經驗者不是嗎？

「女士。」

「是？」

「既然現在是緊急狀況，可以叫那個祕書軍團來嗎？」

也不知道爸爸何時才會醒來，雖然我抱持著想增加人手的希望而提出這個請求，但女士就只是笑笑。

「真是抱歉，小姐，現在沒辦法叫那些人了。」

「可是，也不曉得公爵何時會恢復意識，就算她們人在其他地區，也要趕緊召回……」

「已經沒有了。」

「……」

這是什麼意思呢？雖然我非常好奇，但布朗女士不發一語，只揚起嘴角，讓我感到毛骨悚然。

「現在沒有了。」

還是別多問了。

我就當作從一開始就沒問過祕書軍團的事，繼續朝著辦公室前進。現在應該差不多打掃完了，先來了解一下爸爸今天的行程吧。

Touch My Little Brother

Touch
My Little Brother
and
You're Dead

#

外傳
#Side Story

瑪麗亞大人正在看

and You're Dead

我躲在草叢裡觀察面具女的動態，這是睽違一年才出現的機會，只要能趁這個機會幹掉那個女人，我就能回到有心愛家人在等我的家。

我屏住氣息，壓抑殺氣，必須趁空檔攻擊她的要害。

「……怎麼會！」

她跑哪去了！

在我暫時因為緊張，緊咬著牙的瞬間，女人消失在我的視野內。

接著，那個臭女人令人厭煩的聲音在森林裡響起。

「太可惜囉，瑪麗亞！要不是因為妳比平常還香，應該能殺掉我的！」

「該死！」

女人嘻嘻哈哈的笑聲在我耳邊傳開，我把披在身上的熊皮甩在地上，跪了下來。

我好想哭，但我覺得因為那女人而哭泣很浪費眼淚，所以我不會哭。

是因為久違地跟羅西見面，我把身體洗得太乾淨才會導致失敗嗎？一想到我不過是鬆懈這麼一次就讓我錯過幹掉那女人的機會，就讓忍不住我氣得牙癢癢。

但我也不是在責怪羅西，再怎麼說，我跟羅西還是聊得很開心，所以不該讓這份遺憾拖得太久。

我整頓好心情，站起身，接著又披上那件熊皮，扛起我裝滿武器的行囊。

現在開始重新追蹤，要先找到那噁心女人的魔力才能決定我後續的方向。

好想念愛迪，我在世界上最愛的愛迪，要我獻上生命也在所不惜的愛迪。我卻讓這樣的愛迪蒙受困擾，不管用什麼辦法，我都一定要撥亂反正。

大概是距今三十年前的事吧？在我為了參加洛克斯伯格領地舉辦的選美大賽而踏上這塊土地時，我也萬萬沒料到自己竟然會落得這步田地，還會牽扯進這麼錯綜複雜的狀況。

我很清楚選美大賽的規則，當時我只想著要帶著優勝獎勵回到我的工作崗位。當然，那份為亞蘭王國旅客準備的指南中，有關拜訪洛克斯伯格領地時的注意事項，我也記得清清楚楚。

拜訪洛克斯伯格領地者，請將以下三點銘記在心：

這也是有可能的。

好像是這樣。

反正不是我的錯。

我牢記這些事項，踏入了洛克斯伯格領地，接著我在預定下榻的住處附近，遇到一個拿著厚重書本揍人的男人。

或許我那時就不該對愛迪產生好奇跟興趣。

「這也是有可能的」、「好像是這樣」、「反正不是我的錯」，我都把這三句話背得滾瓜爛熟才來到這裡，又為何要雞婆插手那場紛爭呢？

當然，一切都是因為愛迪很帥的緣故。當時的愛迪大汗淋漓，揮舞著那本厚重的書爆打那個人的頭，不禁讓我覺得那幅場景太美太可愛了。

那纖細的手臂是從哪冒出這麼大的力氣揍人呢？我宛如被迷惑般地走向愛迪，詢問他為什麼要在這種地方試圖致人於死。

愛迪說，那些人以教導最新舞步為由拐騙他且試圖綁架他，他正在依據《刑法》第二百八十七條對他們進行懲罰。

雖然不太知道他在講什麼，但我確信長得好看的人，腦袋也很聰明。我感受到自己的心跳加速，便跟著愛迪一起揍人。

他們居然想把這麼好看的人抓走，簡直是一群敗類。我本想優雅地折斷他們的脖子，但因為愛迪把我拉開才沒能這麼做。愛迪說，雖然他們犯的是重罪，但因為停留在未遂階段，不至於到執行死刑的地步。

哎唷，既漂亮又聰明的人連心地都這麼善良，我還是第一次見到這種人。於是我纏著愛迪，表明我會付所有酒錢，拜託他跟我喝一杯，最後也順利爭取到跟愛迪相處的時間。

愛迪為了學舞而空下來的時間還有剩，所以他說可以撥一點時間出來，但因為回去還要辦公，所以不能喝酒。

反正我只要能讓愛迪留下來，不管是喝茶還是吃七星鰻魚湯都無所謂，我帶著愛迪到附近的咖啡廳，點了雙和茶[1]。

我到現在都還記得愛迪當時點了什麼。他點了大杯焦糖星冰樂，牛奶換成豆漿，糖漿換成低糖，壓兩下榛果糖漿，可可碎片只加一半，另一半撒在上面，在濃縮咖啡生奶油淋上一點巧克力，接著擠一座小山般的鮮奶油，用湯匙挖著喝。

1　一種傳統的韓國茶，韓國人認為能補充氣血，對預防感冒、保養脾肺、補充元氣都有不錯的效果。

我要瘋了，既漂亮又聰明，甚至心地善良的人，怎麼連做的事情都這麼可愛啊，會不會他其實不是人呢？

我還在推敲他是不是暫時來到凡間玩耍的天使，或是掌管可愛的惡魔之一，令人意外的是，他居然有人類的名字。

看著介紹自己名叫愛德華．洛克斯伯格的男人，我思索著要不要向他求婚，但同時也有點猶豫要不要說出我的名字。

啊啊，但我沒有特別常用的名字耶，怎麼辦？因為大家都用我之前掌管過的地名加職銜稱呼我，實在沒有端得上檯面的名字，但我又不能說我叫所長。

泰雷吉亞．康絲坦奇亞．阿德海特．佛里德立克．瑪麗亞。

我把之前待過的監獄名全加在一起，告訴了愛迪。瑪麗亞，真美啊，瑪麗亞。

我說我是瑪麗亞，並且向愛迪求婚，結果對方一口拒絕我，說他還沒有結婚的念頭，一口氣把飲料喝光。

豪邁地一口喝光甜死人的飲料的男人說時間差不多了，隨後冷靜起身離開店鋪。

老天爺，又漂亮又聰明甚至心地善良又可愛的人，居然還有著該拒絕時也能堅定拒絕的男子氣概。

必須求婚，我就該求婚，我只能求婚了。

一開始，我想要的選美大賽獎勵是，要求在洛克斯伯格領地蓋一座只為關一個瘋女人的個人監獄，但我現在改變主意了。

在我取得選美大賽的優勝後，我要求跟愛德華．洛克斯伯格以結婚為前提交往。

當時的洛克斯伯格公爵說兒子的意見也很重要，所以要先問問當事人。於是我被邀請到洛克斯伯格宅邸後，又被愛迪當面甩了。

呼呼，但這樣就放棄的話，我就不是我了。我改掉我的大會獎勵要求，開始在洛克斯伯格公爵家擔任打雜工。做著一堆雜事的我在某個冬天，抱著洛克斯伯格公爵外出用的毛靴，在公爵平時散步的路線上，呈上暖和的毛靴。

愛迪的爸爸，也就是當時的洛克斯伯格公爵，穿上我用體溫暖熱的毛靴，說我是真正的忠臣，並給了我新的職銜。

洛克斯伯格公爵家的暖氣負責人是我的新職銜及新工作，我把當時使用煤炭的暖氣設備統統拆掉重做。

我的故鄉是不會用化石燃料做冷暖氣的，只要將充電式魔水晶充飽魔力，就能一年四季享受舒適涼快的環境，何必使用這些可能造成環境汙染的煤炭呢？

瑟蕾娜老太婆如果知道這件事，肯定會念我把機密洩漏給民間，還提升了文明等級，但那時候的我根本管不了這麼多。

我要想盡辦法在愛迪的父母和愛迪面前好好表現，我分享的充電式魔水晶區分法及挖掘方法，不只在公爵家使用，也傳遍了亞蘭王國全境，以及包含聯邦國和帝國在內的全世界。

我的功勞獲得國家認可，得到了名譽伯爵的爵位，並且成為公爵家的一級行政官。除了洛克斯伯格公爵以外，沒有人可以招惹我，我的地位可說是一人之下，萬人之上。這也是我第一次沒有打人或破壞物品就做出成果，也讓我感受到無比的成就感。

我在洛克斯伯格公爵家就職，我的成功時代來了！

……不對，等等，這不是我的目的。

我急忙準備了一百朵玫瑰花，帶著求婚戒指，再次向愛迪求婚。愛迪苦惱了許久，接著說洛克斯伯格需要的就是像我這種思想開明又機靈的人才，於是答應了我的求婚。

自從我第一次搭訕後，經過了六年才終於完成這項壯舉，我激動地哭著擁抱愛迪，結果愛迪身上發出了骨頭斷裂的聲音。

愛迪被診斷為上半身開放性骨折及脫臼，由王室派遣來的治療魔法師瑪卡翁負責診療。我本來還很害怕會不會因為我力氣太大導致這場婚姻破局，但愛迪說既然我這麼健康，那他也別無所求了，要我別想太多。

我嗚嗚咽咽地流下淚水和鼻水，能徒手抓住鄉下魔獸的我，這輩子第一次聽到有人形容我很健康。我本來就很為他著迷，結果又陷得更深了，愛迪是我的唯一，我這輩子都要為了愛迪而活。

就這樣，我和愛迪成婚，也生下一個長得和愛迪一模一樣的女兒。而愛迪在這段時間繼承了公爵爵位，成為公爵。我後來才知道，我第一次求婚時，愛迪還只是個不到二十歲的寶寶，我真的差點就要犯法了。

總而言之，我們一帆風順地過著幸福美好的日子，雖然該死的萊歐斯和威廉很愛找我碴，但這兩人都不是我的對手，力氣更大的我決定放過他們，跟愛迪過著充滿愛的日子就好。

在差不多想生第二胎之際，我卻聽到泰雷吉亞監獄傳來那個瘋女人逃獄的壞消息。

……對耶！這才是我最一開始的真正目的啊！

聽到那個在等著我回去的跟蹤狂女人逃走的消息，我一臉慘白地搶走威廉・布朗的寶貝槍劍還有愛馬，衝出了宅邸。

對，我之所以來到洛克斯伯格領地，是要來看哪塊地適合蓋那女人的個人看守所啊。我每天都過得太快樂，職業滿意度和成就感又高到不行，才會忘記這件事。以前只懂破壞的我哪會料到我這麼適合當行政官？那個唯我獨尊的瑟蕾娜老太婆肯定也是意想不到。

我急忙回到位於魔塔切雷皮亞聯邦國分部某處的泰雷吉亞監獄，但一切都結束了。監獄完敗，包含受刑人在內，泰雷吉亞監獄的所屬人員全員陣亡。在連一隻螞蟻都見不到的空蕩蕩建築物中，只剩下那該死女人留下的訊息。

妳讓我等了七年，那就要用妳的餘生來還。

我全身起雞皮疙瘩，用腳狂踩刻在廢墟的這些字，碎成一片片的石地板裂痕延續到柱子，不久後，建築物完全倒塌了。

那個臭婆娘！這輩子！就是！見不得我幸福！

我出生的地方位於亞蘭王國西邊的西邊，是比真魔塔更西側的大海另一頭，那是一個以魔水晶為動力，機械文明很發達的島國。

對了，我兩三歲時，瑟蕾娜老太婆還有那個臭婆娘在我們國家打得不可開交，結果島就沉了。

雖然能使用魔法的人都能搬進現在的真魔塔居住，但當時我的家人一點魔力都沒有，他們受到那兩個怪物引發的騷亂波及，最終只有死路一條。

我因為瑟蕾娜老太婆手下留情，好不容易保住小命，在真魔塔裡展開寄宿生活。就是從那時候開始，那個臭婆娘不斷糾纏我，一下吵著說要把我帶回去養，結果被瑟蕾娜老太婆揍得亂七八糟，要不就是趁瑟蕾娜老太婆不在的空檔想把我帶走，結果被真魔塔的其他人痛扁一頓。後來等我長大一點，她甚至直接來誘拐我，要我跟她一起過兩人生活，然後又被甩了個巴掌。

她問我為什麼這麼討厭她，我說她外表長得讓人厭煩，在那之後那女人開始戴著面具，再也沒脫下來。

反正那個傢伙就是為了要吸引我的關注而幹盡各種事情。欺負無辜百姓、差點毀了一個國家，還有一次是超出國家規模，差點毀滅全體人類文明，所以瑟蕾娜老太婆和我跋山涉水來到拉爾古勒帝國，把那女人擊倒後抓著她的頭髮，把她帶進監獄關起來。

根據老太婆的說法，這不是她第一次差點毀滅人類文明了，但也不曉得這瘋女人怎麼會變得越來越強大，讓她很頭疼。但是只要我陪這個瘋狂的面具女玩，她就不會搗蛋，所以我只好帶著她在各個監獄輾轉並監視她。

世界各地以固定間距分布的魔法監獄，在一般人口中也稱為魔塔。最近也確實有在落實培育魔法師的角色，所以這個名稱還算正確。但瑟蕾娜老太婆最一開始在各地蓋塔時，這整片居住環境的名稱其實叫「監視塔」。

當然，主要的監視對象是瘋狂的面具女，此外也嚴密監視那些一般人難以抵禦的魔法師罪犯。

現在就，嗯，雖然變得很像魔法師的住商混合烏托邦城市，但總之呢，每座魔塔都具備囚禁跟監視那個瘋女人的監獄設施。

而因為我這七年來都跟愛迪一起生活，所以沒逮到那女人，也讓一座監獄毀了。

如果被老太婆知道我就死定了，我可能會真的變成半死不活的狀態，所以我決定要對老太婆保密，乖乖去抓那女人，重新把她關起來並絕口不提往事。

然後事情就是從這時候開始變得無法挽回。

這女人故意讓我感覺好像抓得到又抓不到，別說抓了，她還開玩笑地把愛迪綁走又送回來，甚至帶著一個小孩子來，說這是愛迪跟她生的小孩，拜託我好好把她養大。

我無言到了極點，氣得想殺掉那個小孩。但愛迪勃然大怒地說孩子何罪之有，甚至作出要扶養他的決定。

愛迪真的太善良了，我就已經夠迷戀他了，感覺又要再愛上他一次，但我覺得這個決定好像不太對。

我背著愛迪試圖殺掉那孩子，卻被威廉這臭傢伙發現，害我被愛迪臭罵，還把我趕出家門。

愛迪好壞，我想著他真是壞透了，就帶著小羅西離家出走，並且只要有空就會致力於尋找那女人的蹤跡。

不曉得過了幾年，我想說羅西畢竟是我女兒，要讓她就算以後回到愛迪身邊也能做好自己該做的本分，所以試圖把她養得更強壯結實一點。但不曉得從哪天開始，羅西只要看到我就會升起戒心，瑟瑟發抖，甚至口吐白沫昏倒。

是因為她年紀還小，我太常讓她在外面跑，結果生病了嗎？我害怕地把羅西交給愛迪，開始獨自追擊那個女人。

時光飛逝，過了很久很久，我跟那女人玩捉迷藏超過整整十年的某一天。我實在是累了，好想放棄一切，把其他事都交給瑟蕾娜老太婆，再跟愛迪一起過著平凡的生活。人類滅絕還是文明毀滅跟我有什麼關係啊？我不能在世界末日之際，在愛迪身邊看著這一切發生就好嗎？

正當我想放棄一切，不再追擊那女人，跪下來用手撐地時，那個很會躲的女人卻走向了我。

「妳要放棄嗎，瑪麗亞？妳只要放棄一切，將妳的餘生都給我，我就不動那個叫愛迪的男人和妳女兒，讓他們能頤養天年。」

「我不要！妳這醜八怪！我要跟愛迪和羅西一起生活！」

「喂！我到底是那裡讓妳不滿意了？」

「長得醜啊！」

「所以我不是把臉遮住了嗎！」

「個性也很爛啊！人渣敗類！十惡不赦！年紀也有夠老！妳還有良心嗎？妳這個小偷！」

「妳這小鬼！我都已經追了妳半百年，拜託妳就假裝推託不過，來我身邊吧！」

「那我寧可自殺。」

「嗚嗚嗚，妳這壞女人！」

這女人癱坐在地上哭泣，我也氣到委屈地哭了起來。

最後，面具女在地上打滾痛哭，緩緩起身後只留下一句「我會毀掉妳的人生」就離開了。

講得好像這輩子不再見我的女人，不久後又若無其事地出現。我也實在懶得從頭再講一遍了，她說她會讓愛迪對我不再有任何感情，我女兒的靈魂也會煙消雲散，統統變成啟動魔法的能量，那個意外的替代品不久後也會成為廢人。

坦白說，我腦筋不好，當時根本沒聽懂她在講什麼。

所以我直白地說我聽不懂，她就氣得用非常簡單的方式重新說明。我女兒已經不存在了，替代品正在扮演我的女兒，但她不久後也會被發現是冒牌的，愛迪會對於把事情搞成一團亂的我，懷抱著恐懼與憤怒。

她還說不管怎麼看，我都鐵定會受到冷落，所以要我放棄這一切，跟她一起生活。最後一句話連聽的價值都沒有，我忽視掉這句話，急忙前往洛克斯伯格宅邸。

想到羅西在一夜之間變成了另一個人，家裡應該會變得亂七八糟，心中惴惴不安的我觀察著大家。

……都一樣啊？

我一直都很想念愛迪跟羅西，偶爾也會來偷看他們，所以我很了解他們的近況。

愛迪和羅西都很能幹，看起來也都很開心地在跳舞，日子過得相當愉快。

甚至連公爵家如果出事，會是最忙碌的那個人威爾．布朗，也在悠哉巡邏途中發現我，跟我打招呼。

我問他家裡有沒有發生什麼事，威爾說家裡什麼事都沒有，只差公爵夫人回家而已。

……真的什麼都沒變啊？

我甚至覺得他們撇下我，自己玩得不亦樂乎，因此難過了好久。我也好想一起玩，我好想回家啊，愛迪。

但我如果回家，不曉得那女人又會做出什麼可怕的事。畢竟我之前只是稍微閃過猶豫要不要放棄追捕她的念頭，那女人就不知道做了什麼壞事，還說我女兒是冒牌的，正牌的已經不在了。

綁架愛迪又放回來的行為也是那女人恣意妄為的結果，我實在是束手無策。就算現在去向瑟蕾娜老太婆告狀，能不能阻止那女人也還是未知數。

老太婆太老了，那女人的力量又過於壯大，這該死的黑魔法師在我逃亡時不斷擴張自己的地盤，還聲稱她的黑魔法對於在這顆星球上的一切存在都管用。

她原本就是擅長捏造他人記憶的女人，但現在她的能力範圍已經擴張到不管是生物或非生物都適用。別說是人類，對於這塊土地上的一切，無疑都是一場災難。

要施放這麼強大的黑魔法，通常也會大幅耗損壽命，為什麼這女人都不會死啊？

雖然很想去隨便求個人來幫我，但我想來想去還是想不出有誰能幫我。瑟蕾娜老太婆已經老了，我連她能不能把腰桿完全挺直都不是很確定。

果然還是只能靠我自己。

到目前為止，曾有過幾次能抓住那女人的機會，只要被我抓到，看是要一擊斃命，還是用瑟蕾娜老太婆找認識的小鬼頭做的封印口把她關起來都好。

我一心只想著這件事，專心追擊那女人，這時突然下起雨來，我恰巧想到附近就是洛克斯伯格領地……

一下下就好，只要看一下下愛迪跟羅西的臉再走應該也無妨吧？

我打算在那女人無法對我家人下手的範圍內回家一下下，而且我之前也有託付要羅西處理我的劍。

嗯，羅西跟我不一樣，她沒那麼健忘，也不會拖延該做的事，事情應該都處理好了吧？嗯。

真的只能待一下下就要走了，一下下，看一下下就走。

於是我去了洛克斯伯格家，也見到威廉家的孩子，也差點把那個叫阿斯特里溫還什麼，不曉得是什麼的生物殺死，可惜我被羅西攔住。還見到了愛迪，但也被臭罵一頓。因為被罵得太委屈又難過，正當我在哇哇大哭時，羅西陪我淋雨並握住我的手。

這孩子真的太善良了，以前只要看到我就會抽搐和哭，現在不只不哭，也不會口吐白沫，看起來有好好長大了，雖然我也分不出她到底是正牌還是冒牌的。

我想說如果一起共浴，多聊一點就能看出她是不是冒牌的，於是拖著羅西一起去澡堂，但可能是因為我太笨了，我還是沒辦法區分。

她看起來就是羅莎莉特啊。

打從一開始，就沒必要去區分完美仿真的冒牌貨到底是真是假吧？

我也不知道，可是從出生到現在的羅西，全都很優秀。就算最近不常見面，只要她健康地活著就很值得慶幸了。

……不管了，我腦袋就這麼笨了，還去想那些幹嘛？我該做的只有一件事，就是解決那女人，然後回家。

正當我想著這件事，打算緊閉雙眼踏出家門時，羅西用那隻像是蕨菜的小手手拉著我的衣角抱怨。

「既然都來了就多待一天吧，公爵應該也有很多話想說。」

嗚嗚嗚嗚嗚！我也不想走啊，羅西！

我強忍著即將奪眶而出的淚水，緊抱著羅西。不管發生什麼事我都會回來，不管要我付出什麼代價，我都一定會滅了那女人，回來見羅西和愛迪的！

「等媽媽辦完事情一定會回來，到時候我會和羅西、愛迪一起生活，永遠不分開。」

我說出我的決心，在可愛的羅西額頭上親了一口。

我也不知道她現在幾歲，反正看起來還是跟豆子一樣小巧可愛，肯定又是沒好好吃飯，成天埋首工作吧？這孩子瘦得只剩皮包骨，得好好吃飯才行啊。

「妳要記住，不管妳是什麼樣的羅莎莉特，我都把妳當成是我的女兒。」

沒錯，妳是真是假又有什麼關係呢？羅西就是羅西啊。很會幹活，脾氣又跟愛迪一個樣，從小就是個有老頑固氣質，擅長跳舞又善良的羅西啊！搞不好那女人也只是胡說八道而已！

可惡，再繼續待下去，我肯定會待在公爵府邸和艾迪、羅西一起攜手看著明日的世界末日了。

我再次下定決心，推開羅西，拿著我的行囊離開玄關。

離開的路上，我去了趟馬廄訓斥僕人，要他們把威廉．布朗的愛駒帶來，然後就偷偷騎走了。

畢竟不管怎麼想，用跑的實在太累了。

Touch My Little Brother

Touch
My Little Brother
and
You're Dead

#

第二十二次

#22 Round

二十二歲的羅莎莉特（4）

and You're Dead

「呀吼！死定了！」

我覺得我真的快要死掉了，一邊大叫一邊把頭撞上爸爸的書桌。

代理公爵業務第二天了，這些事都做不上手，很快就康復並回到工作崗位的威廉爵士一直在旁邊嘮叨。一聽到我代理公爵的消息，王政派也看準時機，透過法務部唰唰唰傳了好多公文上來。

這些就算絞碎喝掉也不足以解氣的傢伙，根本是故意編出那些不重要的案子故意搞我。咬著路面電車不准帶寵物同行的法條不放，詢問不是寵物的動物能不能同乘，要求修改條例的這種破公文到底是誰想出來的？

這些傢伙的名字我都記住了。等爸爸回來，我閒下來，你們就死定了！我會讓你們看得清清楚楚，敢招惹公爵家第二小心眼的我會有什麼下場！

正當我的頭抵著書桌，氣得牙癢癢時，身旁有人丟了一大疊文件在我桌上，我稍稍轉頭，發現是葛倫少爺。

我滿腹委屈，一把摟住他的腰，把頭埋進去。

「少爺！」

「是。」

葛倫的聲音聽起來好累又好沒靈魂，但我本人也是如此，想到什麼就說出口了。

「我們要不要手牽手逃走啊？公爵繼承人的位子就給里溫，我們在切雷皮亞聯邦的海岸村蓋一間大房子一起生活吧。在院子開墾一塊小農田，養一隻大狗，已經有路克這個兒子了，我們再生一個女兒就好！」

「羅莎莉特小姐……」

我把頭埋在他的胸膛轉啊轉的，他拔開我的頭，抓著我的臉迎上目光。

「我是因為羅莎莉特小姐以後會成為公爵才與您結婚的。」

「如果不是洛克斯伯格，就對我沒興趣嗎？」

「對。」

「你這大壞蛋！」

這這這傢伙！也太過分了吧！

我再度用頭槌葛倫的胸膛，他笑著說是開玩笑，叫我別生氣。這傢伙在我們家住久了，現在連捉弄人的技巧都進步了！

「別再玩了，趕快準備吧，時間差不多了。」

超級祕書布朗女士推了一下眼鏡這麼說，我摸不著頭緒而發問。

嗯？什麼時間？

我的頭依然抵著葛倫的胸膛，轉頭看向布朗女士，她嘆了口氣，指著貼在桌上的今日行程表。

「娜塔莉公主不是臨時說要來訪？她表示再繼續等相親結果就要變老奶奶了。」

「對吼……」

對耶，卡波要來。

我們這邊先提出相親提案已是幾年前的事了，會焦急也是正常的。哎呀，要把我準備好的賠罪禮物拿出來了，還有什麼……菸灰缸，對，還要準備菸灰缸，那位可是個不抽菸會手抖的老菸槍啊。

但我們家畢竟沒有人抽菸，如果沒有特地準備，實在是找不到那個在客房很常見的菸灰缸。

「等等，羅莎莉特小姐，我也和您一起出席吧。」

嗯？葛倫你為什麼要去？

這是與泰奧多爾有關的事，接待人員說只要我一個人去就夠了，反正也不是我們家的事，即便葛倫不出面也無妨，所以我才說只帶布朗女士和威廉爵士去就好，沒想到這傢伙跛著腿走向我，緊握住我的手。

「卡波由我來應付就好，你在這好好休息也沒關係。」

「不，上次珍妮特小姐也是……不能因為是女人就鬆懈了。」

珍妮特小姐怎麼了嗎？那孩子不但把瑪卡翁先生請來我們家，還幫忙我們家處理很多事才回去耶，明明桃樂絲小姐的就任典禮也很忙，那孩子真的很重情義啊。

我覺得那個說著有空會再來幫忙而離開的珍妮特小姐實在是乖巧又善良，大大稱讚了一番，葛倫卻咬著嘴唇問我。

「在羅莎莉特小姐眼中，您覺得她只是因為善良才幫忙的嗎？」

「什麼意思？當然是啊。愛達尼利和我們是共生關係，考量到日後發展，她應該也想在我面前好好表現……」

「不是，算了，我對羅莎莉特小姐還能有什麼期待呢。」

什麼意思！你對我有什麼期待嗎？有想要的東西我統統買給你啊。

聽我這麼說，葛倫少爺又摀嘴發出嗚咽聲。

怎麼回事？這次又是為什麼哭？你今天的情緒起伏特別大耶，是什麼遲來的青春期嗎？等等，二十六歲的話……是青春期沒錯。

「小主人，娜塔莉公主已經抵達了。」

哎呀，我本來就對人家不好意思了，居然還遲到。

我聽取僕人的報告，站在會客室門口整理葛倫少爺的衣角。少爺也替我重新戴上我的頭飾，檢查有沒有哪裡亂了。我們互相整理並確認彼此的服裝儀容後，打開房門進入會客室。

正當我想先說一句對不起時，卡波一發現我就從沙發跳起來並展開雙臂。

「噢！很開心見到妳，姐妹！」

喔，噢噢，我也很開心！

因為她親切地走向我了，我也跟著說「很開心見到您」並擁抱她。娜塔莉公主抱著我用力拍了我的背幾下，還磨蹭我的雙頰發出啾啾聲。

「對不起，明明是我先提議的，結果卻讓您等到現在……」

「哈哈哈！沒關係！既然妳是我的好姐妹，要我等多久都沒問題啊，反而是我忍不住跑來這裡才不好意思。」

喔……嗯……原來如此。

雖然我對公主一直姐妹長、姐妹短的稱呼感到難為情，但我冷靜地想起尼美爾尼亞公國的文化，既然已經跟這個地區結為姐妹市，爸爸和我就等同是他們的家人。而且他們家王族若無法被自己認定為兄弟姐妹的人當作兄弟姐妹，是會生氣的。

好，從今天起，公主就是我姐姐了！哇，我有姐姐了，好開心喔！

「因為公爵大人生病，今天由我代為迎接。姐姐，如果妹妹的接待有任何不周，還請海涵。」

「哈哈哈！怎麼可能不周到呢？我光是看到妳就很開心啦，妳就放寬心叫我姐姐吧。」

「咳咳。」

這位的手勁也太大了吧。

公主拍拍我的背，接著把視線轉向葛倫，展開她的雙臂。

葛倫少爺一臉緊張地嚥下口水，也攤開雙臂準備擁抱。

「很高興，見到您，大……大姨？」

「你就是我妹妹的丈夫嗎？果然如傳聞一樣，長得好美啊！」

嗯，那還用說，我點點頭，葛倫卻擺出一臉不自在的表情。

……他平常是不會這樣的，怎麼了？話說回來，你們先鬆開手啊，到底要抱到什麼時候？

「先別站著了，請坐吧！因為對姐姐太抱歉，我還有準備禮物喔。」

「因為我的關係，還給妹妹添麻煩了啊。」

我一請她坐在沙發上，她便先抓著葛倫的手，引導他到我鄰座後，才坐在自己的位子上。

哈哈，看來今天少爺的枴杖變成裝飾了。

「小小薄禮，不成敬意……」

我打開禮物盒展現內容物，公主吹著口哨，拿出盒裡的金色燧發槍把玩一番，調皮地笑著，然後用肩膀抵著槍，將槍口朝向我。

「等等！」

感覺威廉爵士立刻就要砍向女人的喉頭，我急忙舉起手制止並作出假裝閃身的動作。這女人剛才嘴上還說著沒關係，看來其實心裡非常傷心呢。

「哎唷，嚇死我了，心臟差點要跳出來了。」

「又沒上膛。」

「要不是這是禮物，平常也沒什麼機會看到這麼可怕的東西。還以為只要扣下扳機就會有子彈飛出來，是我見識太淺薄了。」

「我不曉得妹妹妳這麼膽小，我以後會小心一點的。」

是啊，如果威脅我有讓妳比較沒那麼氣了，那就趕快講重點然後回去吧。

首先，包含停留時間和訪國目的等，還有要勾引王儲殿下的心思可不能讓全天下人都知道，我們必須先想出像樣的藉口。如此一來，我們超級敏感又細膩的泰奧多爾才能放下戒心走向公主。

我篩選了幾條對外用的訪國目的，正打算問公主哪一個好時，公主命令同行的部下打開雪茄盒。

剪掉菸頭點火的部下穿著一身黑色西裝，公主也是全身黑西裝搭配黑色長大衣，甚至還戴著黑色禮帽，看起來實在是……嗯……

這裡到底是洛克斯伯格，還是西西里島呢？

「咳咳。」

正當我還在想著一頭俐落灰白短髮的女人咬著雪茄，看起來真的很像一幅畫時，身旁的葛倫少爺咳了幾聲。

雪茄的味道是真的滿刺鼻的，而且剛剛和公主擁抱時，撲鼻而來的菸味也一直讓我很在意，趁這機會套一下話好了。

「雖然有點冒昧，但因為我們王儲殿下是靠臉吃飯的人，他非常愛乾淨也很敏感。」

「我懂，打從第一次看到他的肖像畫就覺得他應該是個非常細膩的美人，跟我想像中的差不多。」

「因為個性如此，他可能會很討厭菸味。」

「……」

如果想抓住我們家王儲殿下，至少展現出妳會少抽點菸的誠意吧。

就算我們是基於利害關係，才有想促成這場國婚的共同目標，但也不能把只顧自己的女人推給泰奧多爾啊！總要讓殿下也對她有感情，才能順利誕下王孫不是嗎？

公主盯著夾在她指間的雪茄許久，緊閉雙眼伸出手，讓部下把雪茄的菸頭剪掉。

「只要能順利成婚，我以後絕不會再瞧它一眼。孩子們，剩下的也處理掉吧。」

「是，卡波。」

嗯哼，非常好，我很滿意妳的覺悟。

但畢竟公主至少說了漂亮的場面話，我非常滿意地笑了，並迅速為她搞定滯留境內的藉口。

尼美爾尼亞公國的卡波為了擴張公國引以為傲的乳製品流通網，而來到姐妹市洛克斯伯格進行留學，打算參考我們鋪設的路面電車和正在施工的東西向高架鐵路，以期加速乳製品的普及與供應。

除了這個理由，再加上維繫與王室的友好關係，以及學習亞蘭王國文物的謙虛名義，應該很快就能拿到王宮出入許可。

這件事情如果順利，就算這場婚事告吹，我至少也能獲得一個榮譽卡波的頭銜吧，如果知道我們家是這麼會賺錢的領地，還有哪個王國會討厭我們呢？

「妹妹好會辦事啊，這個做生意的速度是天生的吧！」

「既然是姐姐的事情，這點準備也是應該的呀。」

「要不是因為妳未來是要當公爵的人，真想把妳搶走。」

「謝謝稱讚，我也覺得很可惜。」

我老練地講了幾句場面話，公主豪爽地笑著起身，她說在見殿下之前，她會盡可能安分待著，要我帶她去房間。我說會替公主安排僕人隨侍在側，她又像一開始問候時緊抱著我，狂親我的雙頰。

「咳咳。」

這位大姐的力氣真大，我以後見到她都要體驗這種肋骨快斷掉的感覺嗎？

公主結束與我的擁抱後，準備走向葛倫，原本打算展開雙臂的她遲疑了一下，最後只和他安分握手後又走向我。

然後把臉湊向我耳邊說了句話。

「我再怎麼沒分寸也不會貪圖妹妹的東西，不要這樣瞪我啦。」

「……」

不不不不是吧，我哪裡瞪妳了？

我慌張地打了公主的手臂幾下，她便嘻嘻笑著說她該走了。

公主的急轉身也讓她的長大衣飛了起來，嗯……是還挺帥的啦，但這裡到底是洛克斯伯格，還是西西里島呢……

「妳們剛剛聊了什麼？」

嚇我一跳，你為什麼又突然湊上來？

似乎是很在意剛剛公主的悄悄話，葛倫少爺向我提問，但我也只能跟他說沒什麼。

「是我不能知道的事情嗎？」

就算你擺出這麼氣餒又可愛的模樣求我，我不想講的就是不想講，我幹嘛講出這種會讓我自己丟臉的話呢？

為了轉移話題，我大聲說要回去工作了，接著拍拍手要大家前往辦公室。

公務固然重要，但眼下處理國家級的緊急案子才是首要之務。

我們三十歲的王儲殿下，必須趕快讓他成家。

現在是代理公爵業務的第四天早上。

哇……我真不想接公爵這位子耶，坐這位置我應該會死吧？一般來講應該會吧？沒有什麼能把里溫推上這個位置，讓我逃走的辦法嗎？

但就算我想讓給里溫，感覺他也不會乖乖接受。

那孩子現在代替我在公爵繼承人辦公室努力，他還因為壓力太大，每隔一個小時就想從窗戶跳下去，是傑克和艾斯托反覆把他抓回來，讓他坐在椅子上的。

也是啦，平常有我、葛倫和里溫三人分擔的工作，現在全落到他一個人頭上，會出現間歇性發瘋症狀也是正常的。

實在是很不想上班的我，看著莉莉為我準備的早餐茶逐漸冷掉，依然蓋著被子一動也不動。

換作平常，我肯定早就起床乾了那杯薄荷茶準備出門，但今天真的不想。

好希望我就這樣死掉，然後第二十三次人生就不管什麼里溫不里溫了，直接離家出走，離家去攻下一個有很多人的鄉下地城好了。

嘿嘿，跟戰士和盜賊一起組團攻城，避開陷阱，打倒鄉下魔獸，建立友誼，不錯吧，嘿嘿，一定很好玩。

「嘻嘻嘻。」

我看著天花板傻笑的同時，聽到有人敲門，聽聲音應該是威廉爵士。我請他進來後，他發現我還躺在床上，於是立刻靠近。

他做了傑克很常做的事情，把手伸到我的腋下抬起我，讓我站在地上，然後逼我走到茶几旁邊。

「公爵大人醒了。」

喔……這應該是最近聽到最好的消息沒錯啦……

即便如此，要回到崗位上也還需要好一陣子啊。雖然只是片刻，但畢竟是曾經到黃泉路口前走一遭的人，總要好好調理身體確保不受後遺症影響吧。

「距離康復大概還需要多久時間？」

「您不去探望嗎？」

「嗯……有必要嗎？」

就算去了，好像也沒有我能做的事。雖然有話要講啦，但我總不能跟臥病在床的人計較吧？關於為什麼要跟威廉爵士和塞基先生起衝突的部分，應該是等兩位身體都康復後才來一條條清算。

我喝下已經冷掉的薄荷茶說完這些話，又有人跑來我房間，而且還一把打開門。

我本來打算要斥責是哪個無禮的傢伙隨便亂開淑女的房間，但看到來者是跟在塞基先生身邊的徒弟就收回了那些嘮叨。

「贊助者，我們師父醒了！」

「什麼？塞基先生嗎！」

哎唷，我該去看看吧！

我匆忙穿上外套，正打算衝去塞基先生的魔法研究所，結果身體突然浮在半空，犯人是威廉爵士。他把我扛在肩膀上奔跑。

「你在幹嘛！威廉爵士！」

「您理應先去見公爵大人才是！否則少爺又會生氣的！」

「噗哈！」

不行，雖然布朗女士講「少爺」我還能忍，但從威廉爵士口中聽到「少爺」，我實在是忍不住。

我笑得東倒西歪，就連被運往爸爸的房間後，看著好不容易才撐起身子臥床的爸爸，我還是沒辦法止住我的大笑。

「……我女兒是代理公爵職務導致壓力太大而瘋了嗎？」

「對不起，應該是因為我情急之下說錯話，講了『少爺』的緣故。」

公爵家嚴格的老少爺皺起眉頭，老少爺因為在女兒面前被稱作少爺的關係，用力瞪著我跟威廉爵士。

「別笑了。」

「哈哈！哈哈哈！哈哈哈哈哈啊！」

「再這樣下去我可能要再躺一週了。」

「請問還有哪裡不舒服嗎？您要趕緊恢復健康，以後也要保重尊貴的身體。」

拜託照顧一下身體吧。公爵大人的身體可不是你自己一個人的，你是大家的公爵大人啊，沒有你，國家會滅亡的！既然都這樣了，順便把繼承人的位子給阿斯特里溫吧，我這幾天想了很多，不管是考量到工作性向或我的能力，當洛克斯伯格公爵都不是我該走的路。

「您為什麼要跟塞基先生吵架？」

因為爸爸比想像中看起來更有朝氣，我就先從該講清楚的事情開始講了。

我不管怎麼想都覺得爸爸計畫性送我們去休假，肯定是想把會站在塞基先生那邊的人打包送出去，再來好好跟這老頭子算帳吧？而且一般來說，魔法的啟動會需要時間，他應該也覺得威廉爵士有辦法應付。

但問題是，塞基先生是雷屬性七環大魔法師，雖然他在我們家的形象是把玩機器，無聊就會破壞宅邸物品的奇怪發明家，但從根本來看，雷屬性依然是戰鬥特化的魔法師。

特別是塞基先生的魔法驅動方式就是以施術間隔時間非常短暫而聞名，轉換魔力屬性、指定範圍、發射，他用這三個步驟就能解決一切問題，實現了非常革命性的精簡。

塞基先生是七環魔法師，他的魔力量也很大，就算威廉爵士的體格再怎麼優越，只要塞基先生把魔力省著點花，要跟他抗衡一輩子也是沒問題的，我甚至覺得他沒有第一次攻擊就弄死威廉爵士，已經是非常手下留情了。

因為都是我們家的人，不能動真格的，但他也實在搞不懂為什麼要找碴，為了輕輕下手，塞基先生應該也是非常辛苦。

「為什麼要吵架啊？我已經從奎爾還是卡爾那邊聽說了，是公爵大人要威廉爵士發動攻擊的不是嗎？」

我劈里啪啦說了一堆，爸爸撇過頭看向窗外。只看他側臉也能看出他現在嘴巴噘得老高，這老頭到底是哪裡不滿？

「……不就是因為小姐最近只要有空就會去見塞基先生嗎？」

什麼？

我明明是問爸爸，為什麼是威廉爵士回答呢？我無奈地看了他一眼，他才代替爸爸支支吾吾地辯解。

「公爵大人應該是覺得距離上一次跟小姐的舞廳約會已經是很久以前的事，出去散步也不太常碰面，所以才傷心了吧……」

「難道可以因為傷心就亂抓人嗎！」

「是沒錯……」

這回輪到爸爸偷瞄威廉爵士了，雖然從威廉爵士動不動就會說「都是小姐的錯」開始，我就已經看清他了，但他真的，嗯，是爸爸叫他往東就絕不敢往西的類型呢……

即便知道這件事情不對，也依然遵照爸爸說的話去做，還真是一位忠臣。

「如果想找舞伴，除了我也還有路克啊，或是勾引一下里溫，他也會跑來的。」

「路克不是因為很忙也不太回家嗎？要找里溫也不太方便。」

這……好吧，我能理解。

里溫本人不管是個性上或噁心的部分都有點……從爸爸的立場來，看肯定是會很不自在。

在已知阿斯特里溫出生祕密的現在，我能理解把薛丁格的阿斯特里溫留在家裡，讓他登錄戶籍，直到現在也還同住一屋簷下的爸爸真的是一尊活菩薩。

嗯，好吧，我可以理解只有我能成為他玩伴的部分了。而且爸爸，我想了一下……是也差不多快到更年期的年紀了。

還是我得先跟爸爸坦承呢？為了預防萬一，我一直隱藏我會使用魔法的事實，但就算跟爸爸講，應該也不至於會成為什麼弱點吧？

如果爸爸也知道我是個能保護自己的人，出事的時候，他在想對策時也能有更多選擇。

「指定範圍，閃閃發亮。」

我在爸爸面前點亮小燈泡，可能是因為眼前突然一片明亮，爸爸的臉皺在一起。

「我現在在跟塞基先生學魔法，我可以自由度過我的閒暇時間了嗎？」

「……」

但是爸爸皺起一張臉的原因，似乎不單只是因為燈泡亮起。他轉過頭看向我，氣得大罵。

「這種事情妳要先跟我講啊！」

「我不想聽跟我呼弄阿斯特里溫只是一個晚上發生的失誤的人講這種話！」

「我也有我的面子要顧！怎麼可能全照事實交代啊？」

這……好像也是！

我聽完也覺得好像沒講錯，威廉爵士一臉有話非常非常想跟我說的表情，原本語塞的我急忙開口。

「是是是！又是小姐的錯！我知道！是我錯了！對不起！可以了嗎？」

我一大聲講完，威廉爵士瑟縮了一下，點點頭。

雖然爸爸依然皺著一張臉，但還是想準確掌握目前狀況，詢問了我目前將魔法練到什麼程度。

「幾環了？」

「二環。」

一般來說，要練到二環，短則五年，長則十年，要跨越四環則是取決於個人才能。看來爸爸是早就知道這些，才會從他口中迸出對於法術環位有正確了解的人才講得出的時間。

「所以妳瞞了五年嗎？」

「阿斯特里溫是從哪來的，生母是誰以及她的行蹤，公爵大人不也瞞了二十多年嗎？」

「我是因為有不得已的原因。」

「我也一樣，這也是有可能的吧。」

爸爸看著我，手顫抖個不停，我想他應該超想狠狠揍我一頓吧。鬼門關前走一遭才剛醒的人還真有活力，看他虎口都發力了，要是真被那隻手打到肯定會非常痛，所以我決定把事情講清楚。

「公爵大人要打我嗎？」

「不，我哪時候打過妳了？」

「不是，我的意思是說，如果我認真要跟公爵大人打架，我會贏的。」

爸爸迅速伸出手，抓住我的兩隻耳朵用力拉，好痛！痛死了！不是說不打人嗎！

「不是說不動手嗎！」

「這是按摩！有助於血液循環！」

少騙人了，你這亞蘭王國的大騙子！要不是爸爸是公爵，你以為我不知道你光是詐欺前科就有二十條以上了嗎?!

我尖叫著彈開，爸爸可能是因為頭暈搖晃了一下，又躺回床上。所以說，心臟驟停過的人到底激動什麼？哎唷，現在只是想想就流了一身冷汗，我當時該有多震驚呢。

「您好好調養身體吧，我之後會準備三方會談，總要有力氣才能吵架吧？」

「我跟那傢伙沒什麼好說，快點叫他離開我家。」

「公爵大人，我代理了幾天公爵業務後，仔細想過了。」

我深呼吸一口氣，真摯地說。我回顧到目前為止的每一次人生，有件事情已經被明確證實了。

「我的職業性向比起洛克斯伯格公爵，可能更適合當魔法師。如果塞基先生離開，我也會跟著離開。」

「我一定出席三方會談。」

對嘛，拜託你們透過對話溝通一下好嗎？找出一個所有人都能滿意的妥協點吧，我們一定能到得了那個還很遙遠的烏托邦，那是我們的至福樂土。

啊哈，真是名言。

沾沾自喜的我要爸爸好好調養身體後離開房間，接著迅速衝向塞基先生的魔法研究所。

現在其他都不重要，我必須確認塞基先生平安無事。就算晚點上班也還有葛倫跟布朗女士在，公爵辦公室還是能運作的。

威廉爵士可能很擔心爸爸，所以沒有跟著我，也因此我才能趁機去找塞基先生。

我推開門尋找師父，看到塞基先生躺在床上抵著額頭呻吟。

「把拔！您還好嗎？」

「哎唷！我的女兒！我真是要死了，哎唷喂！」

老天，你快躺著呀，這是怎麼回事，真是太辛苦了吧，這張臉也變得太憔悴了！

我一口氣說出我的擔憂，讓塞基先生坐在床上，並替他揉揉肩膀，便聽到塞基先生用很虛弱的聲音發出感嘆。

「我受不了了，那個該死的公爵還什麼的，看起來有故事的單親爸爸真是讓我難過得要活不下去了！我要回魔塔！」

「您竟然說要回去？怎麼能講這種讓女兒傷心的話呢！那把綁著鎖鍊的劍也還沒處理完，您還想去哪呢？我會好好教訓公爵大人，請您不要再說什麼要回魔塔的話了，更何況現在要是沒有僕人服侍，您連飯都沒辦法好好吃啊！」

「就算比較不方便，也還是魔塔比較好啊！我在這裡內心不舒坦，過不下去了。」

「不要這樣嘛，女兒會很傷心啊，把拔！這裡有女兒也有錢，您為什麼一直說要回魔塔呢？」

如果待在公爵家是真的覺得不方便，那我就把魔法研究所圍牆外的土地統統買下來，重新蓋一棟房子。聽到我這麼說的塞基先生可能也有點消氣了，露出滿意的表情。

「哎呀，不要浪費錢了，現在住的地方就已經很寬敞也很好啦。」

「不，我之前就覺得讓把拔住在這麼老舊的建築裡很過意不去，您可是下任洛克斯伯格公爵的把拔耶，當然要住在公爵領地最好的房子過豪華生活啊。」

「嘻嘻，就說不用啦，好了！」

真是慶幸塞基先生是個很好應付的男人，跟爸爸不一樣，超快就消氣了。

塞基先生搖手拒絕，而我緊抓著他的手，深呼吸一口氣，因為我現在要講的這串話需要很長的一口氣。

「我愛您，我尊敬您，要對威廉爵士放水真是辛苦您了，七環大魔法師發力卻沒出現半個死者，真是難得一見的控制天才啊。神之控制，神控！塞基先生就是神！塞基神！亞蘭王國現在也該建立宗教了，塞基大人都已經封神了！」

我把塞基先生捧得老高，讓他放鬆地噗哈哈笑著，身旁一直看著我們的徒弟們也都起立鼓掌，連聲讚嘆。

「太厲害了，贊助者！換作是我，給我再多錢我也說不出這種話！」

「而且還能看著師父的眼睛講，換作是我肯定會因為太噁心而講不出來！」

這些孩子為什麼非要開口討罵呢？

但反正塞基先生也不是省油的燈，這個鬼門關前走一遭的人只因為被嘲諷就用了魔法，把徒弟們都送進了痛苦深淵。

哇，這感覺好適合用來拷問，不是一次就下滿電擊量，而是間歇且不定時釋放電壓，昏倒在地上的兩名徒弟就像離開水的魚，啪噠啪噠跳動著。

「呼、呼，真是一群可惡的傢伙，我居然把這種東西當成學生嗎？」

「請冷靜一點，免得又昏倒了。」

感覺爸爸跟師父都需要培養調節怒氣的習慣了，要亂來也要看看自己的身體狀況啊。

「對了，羅莎莉特，我有件事情要跟妳確認。」

確認？我說，如果是要確認跟爸爸三方會談大吵的日期，可以之後再慢慢討論，結果塞基先生說不是要談那件事。

他抓住我的手，指示道：「妳隨便施展個魔法，什麼都好。」

「為什麼？」

「叫妳用就用！」

「哎呀，您幹嘛大聲啦！」

我氣得大聲反駁，塞基先生才跟我道歉，催促著我快點使用魔法。嗯……他叫我用，我當然會用。

「追蹤！閃閃發亮！」

我今天好常用這個魔法喔。

我展示了雷屬性魔法中最簡單的點燈魔法，等待塞基先生的反應。他抓著我的手，像在把脈似地緊閉著眼睛，眉頭深鎖。

「嘶……果然是妳。」

「是什麼？什麼意思？」

「地下室的鎖鍊，那把插在地上的劍確實屬於面具女，但纏繞其上的鎖鍊，我不管怎麼看都像妳的魔力。」

「但我沒辦法用魔法做出鎖鍊耶？」

「我就是這個意思！打從一開始就是不同屬性的魔法，但那確實是妳的魔力！」

哇，怎麼會有越調查就越多疑惑的問題？那把劍和鎖鍊居然不是一組的？鎖鍊來自我的魔力又是什麼意思？而且哪有打造鎖鍊的魔法啊？不對，金屬性或土屬性魔法師夠細心的話，好像也不是做不出來……

「果然還是要親手抽出那把劍才能見真章了……」

「不，先別碰。瑟蕾娜老太婆是最懂面具黑魔法師的人，我已經請她過來了。不管是要抽出那把劍或幹嘛，還是等老太婆來了再做比較好。」

……等一下，如果連塞基先生都稱呼真魔塔主姐姐老太婆，那她到底幾歲啦？不是，師父已經超過一百歲了耶，這個年紀破百的老頭子還叫她老太婆的話……難道我一直對足足有兩百歲的老奶奶姐姐長、姐姐短地叫嗎？難怪金瑟蕾娜小姐每次聽到我叫她姐姐，心情都好得不得了。

「那位有辦法自行抵達公爵領地嗎？」

「這……」

「……」

「就只能交給命運了。」

凝視著窗外的塞基先生眼神空洞，就算帶人同行，那個超級大路痴能夠不跟丟引路人，順利到達這裡的機率究竟有多少呢？

……我實在不想再去想，但塞基先生都叫她老太婆了，我也盡可能不去多想這些事情，但……會不會其實金瑟蕾娜金小姐不是路痴……她是不是……老……人痴……

不不不！不會的！羅莎莉特．洛克斯伯格，不要亂想了！

我決定忘掉這個突然浮現在腦中的答案，拍拍雙頰讓自己清醒。

忘掉了，我已經忘掉了，金瑟蕾娜是個黑長髮絕世美女，是能三法齊施的超強帥氣真魔塔主姐姐！

「我會讓威爾派迎賓人員等她。另外，不久後我準備找公爵大人一起召開三方會談，如果有要追究的事情，請記得先寫下來。」

「好啊！我有超多話要跟那傢伙講！」

嗯，不管是要吵架還幹嘛都好，不要把問題憋著，而是要解決。

我向塞基先生說要好好調養身體後，跳過到現在還在地上抽搐的徒弟們，走出房間。

一抵達辦公室，就看到正在辦公的布朗女士和葛倫，比我先一步抵達的威廉爵士一直在我耳邊囉嗦個不停，問我是不是去了魔法師那邊，我則是摀著耳朵坐在爸爸的位置上。

忽略他，忽略才是最好的辦法。我摀著耳朵，頭抵在桌上，布朗女士一腳踹開威廉爵士，說現在很忙，叫他不要在這裡擋路。

布朗女士最棒了！對嘛，工作才是最重要的，公爵大人傷不傷心才不是重點。

託女士的福，我總算能擁有一個舒適的辦公環境，我暢快地做了一套晨操才開始工作。

可能因為大家都埋首於昨天未完成的工作，一直到午餐時間，我們度過了一段十分平靜的時光。

一到午餐時間，門就打開了，沒有事先通報就闖入的阿斯特里溫走了進來，但他並未帶著眼下有厚重黑眼圈的憔悴臉，而是一臉明亮地跑進來。

「姐姐！您快看看這個！這超怪的！」

嗯……就目前視覺情報來看，我覺得看起來奇怪的反而是阿斯特里溫。

正當我在煩惱要不要指正這件事時，我看了看阿斯特里溫拿來的文件，然後選擇閉上嘴巴。

不是吧……這、這個！

「快看看這個，這邊跟這邊，還有這個人，他的所得跟稅金尾數都剛好是零，根本超怪吧！這肯定有蹊蹺，需要仔細調查……」

「可愛的里溫，我們去散步吧！」

「好！不管要去哪我都會跟去的，姐姐！」

呼，這孩子的眼力也未免太好了吧，怎麼專把我那些人頭帳戶都找出來了呢？

我稍微看了看葛倫少爺的臉色，抓著里溫的手衝出辦公室。

我現在已經完美適應模範囚犯散步途中會出現的那隻巨型兔子了，經過彼得兔場，站在籬笆前的我緊握著里溫的手。但可能是因為阿斯特里溫太靠近兔場，彼得一直在我們附近閒晃。

可能是在忍耐想一口吞下阿斯特里溫的欲望吧，真是可憐的猛獸。

「里溫，你知道我是傾家蕩產，才花了六兆把路克帶回來吧？」

「當然知道，姐姐。帶外甥回來不只是姐姐一個人的事情，也是全家的喜事啊！」

「對啊，我花了六兆，你對於我名下帳戶沒有一毛錢有什麼想法呢？」

首先，我想先搞清楚阿斯特里溫對我了解到什麼程度。我之所以會這麼做，也跟葛倫在我獨自成了窮光蛋後，以為我們家全部都變成窮光蛋的推測有點關係。

「嗯，姐姐心思縝密，應該是在金庫裡也放了點現金，或是把投資轉去海外吧？畢竟我們與尼美爾尼亞公國的關係也變得更加鞏固了。」

「你說的也沒錯。」

雖然我也有部分財產作為這種用途，但正確答案不只如此，嗯……我該從哪開始說明好呢？

我閉著眼睛，在腦中整理一遍，不久前阿斯特里溫借我錢，還給了路克零用錢，看來也差不多到了這小不點需要了解家產的時機了。

「你應該知道，只有能明確證明自己身分並且通過審查的人才能在洛克斯伯格銀行開戶吧？」

「當然，只有攜帶本人身分證才可以進行交易，外國人也必須獲得居住地領主的保證才能使用銀行商品，都是必要的程序。」

對，金融實名制真是個好制度啊。乾淨金融、明亮經濟，對於打從一開始接觸銀行就都是帶著本人身分證的百姓而言，這當然是必經程序，但身為一個從尚未訂定這種制度就在這塊土地上打滾的骯髒老人……

「阿斯特里溫，我們畢竟是銀行的主人嘛。」

「是。」

「然後那個……我們也是洛克斯伯格領地的居民。」

「……對。」

阿斯特里溫的表情開始變得有些微妙，這孩子察覺到了嗎？

「創造假想人物，設計出有在進行社會活動和金融交易的生活軌跡……如果能擁有多個這種人物，你想想，這對公爵大人、我，還有路克而言，會有什麼好處呢？」

「……」

阿斯特里溫沒有說話，只是瞇起眼睛盯著我。原本只盯著阿斯特里溫看的彼得也突然走向我，開始蠢蠢欲動。

去去，走開，走開！不能吞人！

「準備很多人頭帳戶，讓我自己名下的財產寥寥無幾，除了可以少付點稅金，還能向貴族或亞蘭王國的人民展現自己的清廉品行。不想被發現的交易可以透過人頭帳戶進行，如此一來就能處理得乾乾淨淨。明明全國各地都想盡辦法要送上賄賂，你覺得我們家大門口怎麼還會這麼空蕩？背後肯定是有理由不是嗎？再加上利用人頭帳戶增加幽靈領地人民，也能提高我們領地的人口數字，在和那些想跟洛克斯伯格好好相處的其他國家或城市進行協商時，我們還能利用人口優勢挑選自己想要結盟的對象。雖然只需要一點點經費，但還是能把王宮撥下來的領地營運補助金吃下來，何樂而不為？而且等這次東西向高架鐵路完工，包含魔水晶礦山在內，擁有多項資源的南方首都鐵路鋪設工作也將緊鑼密鼓繼續進行。在資源供給站、一次加工指定城市和二次加工指定城市設立火車站之後，那些有火車站的地方都會變成能賺錢的路，這就不用我多說了吧？所以才要在洛克斯伯格領地多設幾個停靠站。在流動人口多的地方設立火車站，能活躍市場經濟，也能讓領地居民賺錢，這樣我們也能收到更多稅金，不是很棒嗎？」

「……」

「你要加入我們嗎？」

繼公爵大人和路克，阿斯特里溫是第三個發現我人頭帳戶的人。當時公爵大人和路克一發現我做的事情，就帶著他們自己的人頭戶名單來找我說要參一腳了。

聽完我的提議，阿斯特里溫的眉毛非常輕微地抖動著，可能是納悶怎麼還有這種人類存在所引發的生理抗拒感吧。但里溫的臉色很快就恢復如常，感覺是「不管怎樣都好，就是好喜歡姐姐」的心態又勝過一切，真是可憐的戀姐情結。

「姐、姐姐真的是天才！」

「你難道不是在想說『想得出這種技倆的人，肯定缺失了部分人性吧，這大騙子。』嗎？」

「……」

「……」

「怎、怎麼……可能呢！」

里溫啊，我從你跟王儲殿下吵架時就覺得很不安了，不行，看來你該好好學演戲了。

我雖然不期待你能跟泰奧多爾一樣能駕輕就熟地隱藏情緒，但至少也要比四小節公主好吧？

如果把他們擺在舞臺上，感覺會像是樹上的蟬一樣唧唧叫個不停，我肯定會忍不住笑出來。

我告訴里溫要幫他找演戲老師，結果彼得．布朗偷偷把嘴巴湊到我手上，用舌頭舔了我幾下。這傢伙從剛剛就不太對勁，牠是來試味道的是吧？

「臭小子！不能吞人這件事到底要我講幾遍！」

「嗶嗶！」

被我的斥責嚇到的彼得用後腳踩地，並在我附近翻滾，揚起一堆沙塵。我吼著要牠沒事幹就去旁邊睡午覺，彼得卻好像想說什麼似地叫個不停，最後跑到堆著一堆乾草的午睡區，用力躺下。

那傢伙跟牠主人也太像，連嘀咕的樣子都有夠像的。

「咳咳，所以說，里溫，你要加入我們嗎？」

「那當然！我一定會比那個跩得要命的珍妮特．愛達尼利賺更多錢，讓姐姐享福！」

嗯……要讓我享福是很感激啦，但你後來跟珍妮特小姐有發生什麼事嗎？為什麼對她這麼有敵意？

我好奇地詢問里溫，他說這件事我不需要知道，我就不再多問了。世界上有很多不知道會更好的事情，我想這件事大概也是其中之一吧。

不再多問的我決定跟里溫攜手一起去檢視人頭戶清單，然後也得到要對葛倫少爺守口如瓶的承諾。

當然就算葛倫少爺知道了，他也不可能妨礙我，但畢竟這種事情……葛倫不喜歡嘛，我可不希望被抓包後還得聽他念我，搞不好他會對我感到失望透頂而選擇離家。

……雖然打從一開始我就不可乖乖放他走，這是我苦心多時且下定決心所做的事，就算葛倫逃了一百次，我也會追他到天涯海角一百次。

這是理所當然的，事已至此，葛倫死也不可能脫離我的手掌心。

代理公爵業務不知不覺過了六天，雖然我有覺得繼續做這工作應該會死掉，但出乎意料地，我居然很快就適應了，今天甚至能在太陽下山前搞定所有工作。

嘿嘿，今天要不要帶路克一起，一家團圓去吃外食啊？我抱持著這個念頭去找葛倫，卻發現原本應該在另一頭辦公桌工作的傢伙居然消失了。

威廉爵士和布朗夫人夫婦已一起下班，辦公室內就只有被阿斯特里溫叫來跑腿送文件的傑克．布朗，所以也沒有人可以問。

「您為什麼一直東張西望？」

「葛倫少爺不見了。」

「他剛剛不是出去了嗎？」

嗯？葛倫這時間要去哪？我歪著頭納悶詢問他怎麼沒講一聲就自己下班，傑克．布朗這才把他剛沒講的話說完。

「跟公國公主一起。」

「什麼？」

「他和卡波一起外出了，還帶著一堆黑衣護衛。」

「為什麼？」

「這怎麼會問我呢？」

那是因為在場只有你知道葛倫的行蹤啊，你這傢伙！但葛倫和卡波之前只見過一次面，根本沒交集，為什麼會一起出去？

我覺得很奇怪，滔滔不絕地說出我的想法，結果傑克．布朗雙眼放光地走向我。

「應該就是那個了吧！對期待要跟王子結婚而跑來的鄰國公主一見鍾情，有著滿滿禁欲氣息又有孩子的有婦之夫……哇哈～這不就產出了一篇浪漫愛情小說嘛，肯定會賣座！超級大賣！」

「別胡說八道，公主說她不會貪圖別人的東西，這是她親口講的。」

「哎唷～人類那張嘴有什麼話講不出來？而且愛情這種東西本來就來得很突然，某一天突然對某個人有感覺了，開始只想著那個人！一不小心目光就會跟著那個人走！就這樣陷入愛情的漩渦啦！」

「……是這樣嗎？」

「當然啊，而且您站在公主的立場想想，她如果迷上什麼東西，也不可能顧及周遭的一切啊，她不是一直很主動嗎？」

這……確實如此。雖然我跟卡波不太熟，但她應該是這種個性沒錯，就算只見過一次也看得出來。

只是就算公主真的喜歡葛倫，要搞曖昧也要兩個人心意相通才行。就算是對戀愛一無所知的我也知道，如果少爺沒那個意思，一切都白搭不是嗎？

「哼，沒關係，少爺不會對別人動心的。」

「這跟動心有什麼關係？您跟葛倫少爺不也是契約婚姻嗎？之前不也說過如果少爺遇到好對象就要送他走？」

「……」

那個……是沒錯啦，但公主跟他不太適合吧！她得跟我們家王儲殿下有好結果才行啊，而且依照我的觀察，公主應該非常喜歡泰奧多爾。

「您想想看，以王儲殿下的性格，卡波有可能一輩子配合他的脾氣生活嗎？」

你今天為什麼盡說些中肯的話呢？

我跟爸爸確實一直對此非常擔心，所以也在找能以國家為單位進行策略交換的東西。尼美爾尼亞公國的國王很懂卡波的個性，應該也在找讓她無法逃跑的辦法。

換作是葛倫，長得帥又真誠能幹，個性又好，非常適合作為公主的情夫。不過我再怎麼想，還是覺得曖昧要兩個人心意相通才有可能成功。

既然葛倫少爺對公主沒有意思，我就不用擔心那麼多。

「葛倫對公主不會有興趣的，畢竟不是有我在嗎？」

「小姐您算什麼呢？」

「是他現在的婚姻對象，長得漂亮，個性又好，有錢有權，也很疼惜少爺啊。」

「公主比小姐更漂亮，更多金，地位更高，而且小姐的個性一點也不好。」

嗯……好喔，原來傑克．布朗你平常覺得我個性很差就是了，你的主人傷心了。

「傑克．布朗，棒式一分鐘後休息三十秒，做二十套。」

「是！」

你好像很興奮喔？

傑克趴在地上，雖然已經快累死但還是繼續取笑我，例如從公主對待屬下的態度能感覺她個性很豪爽，也會給很多員工福利，公主的部下看起來都對工作很滿意，賺的錢更多，還不用加班處理業務之類的，以下省略。

我靜靜聽著傑克無止境的碎念，在聽到他說葛倫少爺看起來也沒有太討厭公主的時候徹底爆炸。

「喂！你要是這麼喜歡公主就去她那邊啊！」

「需要您先廢掉這份合約，我才能重新就業。」

「廢掉什麼！你要是敢不幹護衛工作就死定了！」

「所以到底想要我怎樣嘛！」

可惡！我不知道啦，笨蛋！

反正你要是敢辭掉護衛工作，你跟彼得都不可能平安無事的！

我如此威脅後，一腳踹開原本在做棒式的傑克屁股，走出了辦公室。

沒魚蝦也好，我要帶里溫跟路克一起去吃晚餐。我前往公爵繼承人辦公室找阿斯特里溫，這小不點又用擒抱的方式抱住我，我好不容易才接住這股力量，勾著他的手去找路克。

我到了洛克斯伯格百貨公司的最頂樓，敲敲社長室的門，隨後看見路克頂著一張快死掉的表情迎接我，他問我今天怎麼沒帶葛倫少爺而是阿斯特里溫，我又一股火上來，怒吼著要去吃飯。

我本來就已經心煩得要死，這小子幹嘛又提到葛倫的名字！我用空著的另一隻手臂勾著路克前往餐廳，吃了一頓很昂貴的晚餐。

回家時，我在施工中的玄關巧遇公主和葛倫少爺。向卡波問好道完晚安的我，在葛倫向我搭話前就直接忽略他離開了，剛好那個時候里溫在裝可憐說他今天晚上不敢自己睡覺，我就追著他臭罵都已經幾歲的人了還不敢自己睡覺，把他趕回別館。

代理公爵業務第十天！爸爸回來了！我終於解放啦！

我幸福到爆炸，從爸爸辦公室走到我辦公室的路上，每走一步就撒一次花瓣，邊哭邊交接完之後，就立刻跑去找公主了。

為了今天，我可是作足了準備。我和王后陛下串通，強行通過王儲殿下的相親安排，訂好日期並獲得王宮的出入許可，然後規劃好今天是爸爸回歸工作崗位的日子，並交代阿斯特里溫要代理我的工作到今天為止。

簡單來說，就是我今天得到一天休假的意思。嘿嘿嘿，可以出去玩了！我只要把公主帶到王儲殿下面前，然後就可以待在公主宮殿徹底休假一天再回來！

要是被阿斯特里溫和葛倫發現，我肯定會連一點好處都得不到，於是選擇中途跟艾斯托會合的我，穿了跟公主護衛一樣的黑衣，走進公主的房間。

敲門後，身穿黑西裝的男人引導我進房，接著就見到剛做好治裝準備的公主。

「噗哈哈！」

「天啊！妹妹難道是覺得我穿的衣服不適合到令人發笑的程度嗎？」

「不！不是，是因為太適合了！姐姐超美！」

有公主站在我眼前——我不是在講身分，而是一種比喻。她戴著鑲鑽王冠，身穿鑲著珍珠的禮服，禮服沒有完全露肩，只掩著單肩，雖然剪裁不對稱，卻有種獨特的美。公主整個人閃閃發亮，該說是很有今年尼美爾尼亞公國雪茄小姐的感覺嗎？

「特別是這套禮服的設計真的很不錯，這在亞蘭王國很少見，看來是尼美爾尼亞公國的流行款式吧？」

我在空中比劃著環繞在公主肩膀的那圈布料，公主笑著說不是這樣。

「我只是因為這邊有槍傷才遮起來的。」

「……喔。」

「用花遮住的側腰也有道刀疤，這邊手套底下也有菸疤。」

「……喔，喔喔……」

雖然姐姐說是開玩笑的，但我還真不知道該怎麼回應。

我不知所措地笑著，公主可能是因為她的玩笑話沒起作用而感到尷尬，逕自走向我。為了做出平時常做的擁抱動作把雙臂攤開，卻突然踩了個空，差點摔跤。

「您還好嗎？」

「沒事，真不該做平常沒在做的事情。」

我攙扶著公主，但公主似乎是因為腳上的高跟鞋感到不自在，一直扭到腳。穿舒適的皮鞋也沒關係啊，難道是為了我們家泰奧多爾，才穿上這種彷彿從峭壁削下來的高跟鞋嗎？

我和公主拉近距離之後才突然發現一件事，娜塔莉公主身上沒有菸味了。那股味道應該很難用香水掩蓋才對，看來她真的非常努力戒菸耶。

「姐姐，您今天真的很美，我們王儲殿下肯定會為您著迷。」

「哈哈，妹妹都這麼說了，就算只是場面話我也很開心。」

哎唷，看看這姐姐的手抖成這樣，這是因為緊張而產生的顫抖呢，還是戒斷現象造成的發抖呢？總之可以感受到公主的心境肯定出現了某種巨大轉變。這這這，我要不要拿那個悲壯的祕密武器過來，順便逗一下娜塔莉公主？

今天王儲殿下肯定很忙，我要在公主宮殿睡一晚再走。反正我跟王后陛下都談好了，炫耀一下我們家那孩子應該也行吧？懷著這個想法的我先把公主送上馬車，接著走到專用馬廄。

我踏進獲得三等勳章，我引以為傲的伊莉莎白所在的最高級馬舍，這傢伙不知道是從哪嗅到我要去王宮的味道，神情凜然，早已蓄勢待發。

妳要載著我去哪啊，如果是王儲殿下身邊，無論千里萬里，刀山火海，肯定也會馬不停蹄且毫不遲疑吧。我迎上伊莉莎白閃閃發光的眼神，雖然覺得良心非常過意不去，但我還是抓住了賽格威。

「呼嚕嚕？」

「對不起，但反正就算妳今天去了也見不到殿下！」

「嘶嘶嘶！嘶！」

妳這傢伙不要這麼興奮！會被葛倫和里溫發現的！

緊閉著雙眼的我向伊莉莎白說了聲對不起，就開著賽格威去找姐姐了。

卡波說能看到這種酷東西覺得很有趣，還說如果擴大坐騎尺寸，肯定會對於戰時物資運送有極大的幫助。

剛好講到戰爭的事，我們就討論了在現代戰爭負責主要火力的火繩槍，卡波先開口提到只要擊發式步槍普及，肯定就能改變戰爭版圖的話題，也含蓄地問了我有沒有投資意願。

我們國家是世界上擁有最多魔法師的國家，比起安排一支火繩槍兵隊，不如送一個低法術環位的元素魔法師上戰場更有效率，所以到目前為止都沒什麼大問題……

但如果擊發式步槍普及化就另當別論了，這不就表示沒有填裝彈藥的時間差，可以毫無延遲發射子彈的時代就要到了嗎？這就表示能把對戰爭一竅不通的人民納入兵力，是個非常大的優勢。

這跟我慫恿塞基先生製作魔法專用輔助武器的原理是一樣的，這足以讓一個施法速度較緩慢、對魔法還不熟悉的蠢魔法師火力全開。

「既然提到『普及』，那就表示試驗品已經完成了吧？尼美爾尼亞公國真是個不容小覷的國家，也是個可怕的地方呢。」

「妹妹才是吧，還假裝自己沒看過火繩槍，明明就比我還更懂這些內情啊？真是隻狐狸！所以國王陛下才會百般交代要我小心洛克斯伯格家吧。」

「這應該算值得自豪的事吧，如果把我們視為友邦，我們會是非常可靠的伙伴唷。」

「所以我才會來這裡啊，我對妹妹的期待很深喔。」

我們在馬車上嘻嘻哈哈暢聊一波，聊完姐姐喜歡的槍枝話題後，不知不覺也抵達王儲宮殿了。

我和艾斯托先火速下車服侍公主，其他侍從走在我們前頭，引導我們抵達相親會場。

王儲宮殿最大的會客室看起來比之前更華麗了，比以前更加容光煥發的王儲殿下及王后陛下也在這裡等待著我們。

看到殿下尊容的公主突然倒抽一口氣，她緊抓著我的手，用幾乎只有我聽得見的聲音說「天啊天啊天啊天啊」。

雖然這不意外，但看來王儲的外表應該有過關。畢竟我到目前為止，還沒見過有人比我們家王儲殿下還帥，他的容貌確實帥到讓人難以忘懷。

比融化的金子更耀眼的髮絲，高挺的鼻梁筆直得彷彿能讓人在上面拉雪撬，他的湛藍眼眸深邃得像一旦陷入就無法逃出的深淵，嘴唇可能是因為原本就皮膚薄而顯得更加紅潤，真的是長了一張很適合迷惑人的臉。

「深呼吸，我們王儲殿下以前曾經親眼目睹有人在他面前被帥暈，如果反應太誇張會嚇到他的。」

「好，我盡量冷靜一點，呼……哈，呼……」

很好，妳做得很好。

我帶著雙頰通紅假裝鎮定的公主，向王室家族介紹她。

看來今天殿下是作好了萬全準備，完全沒有看我，臉上的王儲笑容沒有一絲破綻。王后陛下在簡單問候後，就帶著我離開會客室。

我們能做的事情已經結束，剩下的就交給那兩個年輕人承擔和完成了。

「我感覺這次的結果會很不錯，公爵千金覺得呢？」

迅速離開王儲宮殿後，王后的聲音裡帶著些許期待。也是啦，我能理解王后這麼期待的原因，畢竟這是第一次氣氛這麼好，而且兩人並肩站在一起，看起來也十分相配。

「感覺應該不重要吧？王儲殿下都三十歲了，不管怎樣都該趕快結婚才是。帝國那邊因為泰奧多爾一直都沒有對象，已經在流傳他是不是太監的傳聞了，這是我透過路西路西皇子殿下得知的，是很準確的情報。」

「這……好屈辱啊，但作為父母，還是想讓他跟喜歡的對象結緣……」

「只要結婚，總會日久生情。您看看我，雖然偶爾有些小矛盾，但我現在跟葛倫少爺也過得很好啊。」

「話是這麼說沒錯……但是畢竟葛倫本來就一表人才，心性善良，有哪個女人會不喜歡他呢？」

「嗯……所言甚是，其實我最近也在擔心少爺會不會看上其他女人了。」

「天啊，妳講詳細一點，有危機嗎？是婚姻生活觸礁的意思嗎？」

「哎唷，沒那麼誇張啦，王后陛下真是壞心眼。」

「呵呵呵，都這把年紀了，平常生活也沒什麼有趣的事情。妳看看泰奧多爾，都已經三十歲了還不讓我抱孫。」

「要不是馬利烏斯皇子殿下信邪教，王室現在早就有五個孩子了吧？」

「唉……可不是嗎？我原本還以為能夠有個很厲害的女婿……」

「對啊，即便像王后陛下這樣身材傲人，也會喜歡……那個吧？您條件這麼好，怎麼會嫁給只有一張帥臉的國王殿下呢？」

我好奇發問，只見王后的眼神突然失焦，看著遠方嘆了口氣。

「或許是我當時每天都能看到還在世的爸爸，才會忘了那份感激之情吧……」

啊……對耶，王后陛下是愛達尼利人，那確實有可能看膩凹凸有致的身材，迷上苗條的美人。

但苗條也有苗條的魅力啊，纖細柔弱也很能性感，我想著葛倫少爺這麼說道。

王后陛下可能是認同我的想法吧，點點頭露出欣慰笑容。

「也是，我已經夠前凸後翹了，要是連老公都這樣就不好玩了。」

「這是在損我們夫妻嗎？丈夫跟我都很纖弱，好羨慕您喔！」

「哈哈哈，我沒有那個意思。」

看來王后的心情好多了。

陛下邊安慰我邊笑，接著把事先準備好的紙塞給我。

嘿嘿～只要有這張紙，我今天就能去住公主家了。

「我還有事要忙就先告辭了，公爵千金玩得盡興再回去吧！」

「謝謝您的照顧，我會和您的寶貝女兒一起開心玩耍後再回去的。」

我在通往主殿和公主宮殿之間的岔路向王后道別，接著踏上原本拖在身旁的賽格威。發出轟隆聲的賽格威朝著公主宮殿前進，艾斯托也在我後面跑步跟上。

不管什麼時候看都覺得宮殿很美，衛矛灌木的點綴讓公主宮殿在寒冬也不失綠意，鵝毛般的雪花落下更顯絕景，人工湖凍得堅實，遠處的玻璃溫室盛開著花朵和水果，散發出神祕感。

真不愧是亞蘭王宮建築物之中，斥資最多錢打造的宮殿，庭園造景排列壯觀，玻璃溫室設計也十分優秀，更不用說這處設置在山坡上，讓人無論身處宮殿內何處都能看到，還很有象徵意義。

但住在這種絕美建築的人，居然是個獨來獨網的酒精中毒宅女，真是令人痛心。我都這麼心痛了，更不要說是她的爸媽該有多難過，我想也是因為這樣，王后才會給我令狀吧。

我一踏入公主宮殿就朝氣蓬勃地到處打招呼，還嚇到其他僕從。我一腳踹開玄關大步走進，正在思考該先從哪裡開始找人，就看到皺著一張苦瓜臉的四小節公主從華美的大理石樓梯另一頭跑了出來。

她大概又喝酒了，愁眉苦臉的表情搭配黑眼圈。明明都日上三竿了，看起來才剛起床的公主穿著一件睡衣和睡袍，放聲大吼。

「喂！妳想死嗎？妳以為這裡是哪裡，豈敢隨便撒野！」

真是可憐的傢伙……看看她大吼到頭痛而扯著頭髮的樣子。

公主踉蹌地哭訴著自己頭痛，她的忠犬——約翰．布朗立刻跳出來攙扶四小節。

這人明明一天到晚黏在格雷絲旁邊，我剛就在想他怎麼可能不出現。

「羅莎莉特小姐，這位是這個國家唯一的公主，縱使洛克斯伯格家再怎麼權勢滔天，如此魯莽的行為依然可能被指控為對王權的反叛，難道您不知道嗎？」

「喂喂喂，你把話給我講清楚，你當我是不懂這種事的笨蛋嗎？」

「……不是。」

對嘛，你也很清楚吧？你明明深知我才不是不分場合胡鬧的孩子，還講這什麼話啊？

我帶著艾斯托走上階梯，發出咯噔咯噔的皮鞋聲。我不自覺露出笑容，代理公爵職務的十天辛勞，都是為了今天吧。

多了一天休假，還能來王宮玩，也促成了泰奧多爾的相親，還能正大光明折磨四小節，我今天的運氣還真好！

「喂，接好！」

我將王后陛下交給我的搜索狀丟到公主面前，搜索狀上面寫著「在國王陛下與王后陛下的同意之下，羅莎莉特．洛克斯伯格有權搜索公主宮殿，並將藏在宮殿內的酒統統銷毀」。

「艾斯托！把酒找出來！今天要把這棟建築物裡，所有能被稱為是酒的東西全部找出來，包含料理用的料理酒在內，銷毀得一滴不剩！」

「是，小姐！」

「不行啊，不可以！妳這個大壞蛋！妳還算是個人嗎！」

哎呀呀，這位真是不懂我對王室的忠心耶！只要妳戒酒就會有很多人開心，姑且不論國王陛下和王后陛下，如果妳能清醒治理國家，不只我爸，連王儲殿下都會開心得跳起來，甚至讓出王位繼承權吧？

我靠近跪坐在地、一臉絕望的四小節，然後彎下腰，抓著那女人的下巴微微抬起，嘻嘻笑著說：「不要忘了，我在身為人類之前，是洛克斯伯格。」

「大壞蛋……妳這沒血沒淚的傢伙！」

四小節掉下眼淚，撇頭甩開我的手，開始趴在地上大哭。

不是，因為這麼小的事就鬧成這樣是要我怎麼辦？現在才剛開始耶，等我把妳偷藏的酒都銷毀，我還打算斬斷妳的酒精供應來源耶。

王后陛下跟娘家愛達尼利公爵家作出協議，還付了大筆金額委託我辦這件事，我當然得做到這程度。

我哇哈哈笑著讓艾斯托走在前頭，開始尋找藏在宮殿各個角落的酒並一一銷毀。這也是我今天來參觀王宮沒有帶乖巧又會說場面話的傑克，非要帶艾斯托來的理由。

只要讓艾斯托聞到味道，就算要掘地三尺，她也能找出藏起來的酒箱。不管是鎖在倉庫裡，或是藏在地底深處地堡裡的酒，全都沒問題。

「去死吧，威廉·布朗！」

艾斯托所經之處只剩廢墟，真是個有元氣的孩子，發動劍氣後竟然還能這麼有朝氣地跑跳。

要是她引爆劍氣，搞不好還能把這一帶夷為平地。

雖然不管是控制力或技術層面，都是阿斯特里溫技高一籌，但論劍氣的量和破壞力應該是艾斯托更優秀……也不是，這是不同層次的問題。

她吃下肚的東西都轉換成劍氣了嗎？怎麼能這麼源源不絕地無限使用呢？

總之，我們花了半天翻遍公主宮殿，破壞了所有東西，再也嗅聞不到任何酒味的艾斯托結束運轉，說她肚子餓並且要求進食，我立刻叫僕人來準備食物。

搞不好會連今晚我跟公主要吃的食物都被吃得不剩，所以我多派人去主殿拿點食材回來，接著前往公主房間。

我敲敲公主房門，等待她讓我進門的回應，但不管我怎麼等，這個沒禮貌的四小節就是沒讓我進門。

我蜷縮著身子坐在公主房門口，等待公主回應。大概過了三十分鐘，腿麻的我躺在地上，此時才聽到房門打開的聲音，然後約翰把頭探了出來。

聽到可以進去的指示後，我從容起身，一邊拍掉沾在黑衣服上的灰塵，一邊嘀咕。

不是啊，既然早晚都要見我，那早點讓我進去不是很好嗎？我很忙的耶。

我本來打算打破所有酒瓶後，告知公主未來即將面臨的命運，接著就要去休息了。

還想拿一張躺椅去溫暖的玻璃溫室，大口暢飲現榨果汁，享受冬日的暖陽洗禮耶。

我為了告知由威爾・布朗調查、我本人規劃的「斬斷公主酒精供應來源計畫」而進入房間。

想到在我一一揭穿公主藏酒的地方後，她臉色就會變得越來越差，我應該會超有興致地跳起肩膀舞吧。

「四小節殿下，冷靜點了嗎？」

「妳覺得我看起來像冷靜了嗎？」

「不像。」

「給我滾！洛克斯伯格！」

剛剛那個難道是把洛克斯伯格當成髒話用的意思嗎？這麼快就出現戒斷症狀了？還是變成什麼語言魔術師了？

我真心覺得幫助她戒酒是件很有意義的事，於是走向趴在床上哭泣的四小節，坐在她身旁，拿出我帶來的手帕幫她擦淚，沒想到公主突然開始發出怪聲，把手帕撕爛還叫我滾。

哇，手帕居然被撕碎，根本是個大力士。

「事情辦完就快走！妳為什麼不回家！妳該不會是想在我的宮殿住下來吧？」

這是這麼驚悚的事情嗎？她臉色也未免變得太慘白了吧？

「是啊，這裡距公爵家不遠，能住在公主宮殿上下班好像也不錯，而且這裡風景也很好。」

「喂，妳是在開玩笑吧？拜託妳告訴我這是假的，妳這個玩笑一點都不好笑！」

公主抓著我，手抖個不停。

不是啊，妳真的有這麼討厭我嗎？這也太令人受傷了吧。

「您等著吧，我會去徵求王后陛下同意的。」

「呃啊啊啊！」

四小節感覺是真的很討厭這件事，又趴在床上大哭。我原意只是想捉弄她，但她哭成這樣反而害我被約翰瞪。

先生，我不是故意要惹她哭的。

「我騙妳的啦，是假的，別哭了。我工作多得要命，怎麼可能住在這裡呢？」

雖然我說了實話，但她爆發的淚腺看起來沒有要停止的跡象。

怎麼辦？如果把她弄哭就走掉不管，感覺約翰．布朗會追著我囉嗦到我要睡覺為止耶。

我的休假計畫絕不能被破壞！我快速觀望四周，試圖尋找能逗這孩子玩的東西……

「噢。」

我還想說今天怎麼特別冷，原來是跟往年不同，這裡的湖面完全凍住了啊，應該都在溜冰了吧。

「四小節殿下，我們去溜冰吧！越是寒冬就越要在外面玩，這樣才會健康，多曬曬太陽，人也比較不會憂鬱。」

「我不會溜冰，妳這老頑固！」

咦？真的嗎？怪了，她以前明明溜過冰，還溜得不錯啊。而且結凍的湖邊有延伸出一條小路，就表示有人曾經去過湖邊。

我從公主抽屜裡拿出緊急用的兩副眼鏡，像望遠鏡一樣交疊使用，開始觀察湖邊。冰面是真的有被劃過的痕跡，分明是有人在上面玩的證據。

「喂！妳怎麼知道我的緊急眼鏡放在哪？」

「我只是覺得應該會在這邊。」

「有小偷！洛克斯伯格小偷！」

吵死了，我知道妳的緊急眼鏡位置這件事也還好吧！都來過這邊幾次了，打從一開始就沒換過眼鏡收納位置的妳才有問題吧！

我抓著我的褲管，甩開嚷嚷著「有小偷」的公主，走到外面。

我敲打牆壁呼喚僕人和侍女，工作到一半的他們嚇得立刻過來集合。

「找出是誰在湖面上玩！我要借溜冰鞋，我和四小節要一起去溜冰！」

我就知道，冰面上明明就有痕跡，犯人如果不是身為宮殿主人的公主，那肯定就是下人。僕人們嘰嘰喳喳巡自討論好一陣子，要我稍等片刻，便把溜冰鞋拿來了。

看來是很多人在玩喔，溜冰鞋居然還有分顏色跟尺寸，再這樣下去我們國家都要變成冰上競技的強國了吧。

我先挑了自己要穿的，接著找有沒有公主能穿的冰鞋，這裡面看起來最小雙的應該是……就你了。

「公主穿二十號可以嗎？好像沒有更小雙的了？」

「笨蛋！我穿二十二號！」

天啊，長得這麼小不隆咚的，腳怎麼這麼大？

我倒抽了一口氣，四小節氣得衝過來打我。

很好，她既然自己走出來了，就順勢把她拖出去吧。

剛好艾斯托也吃飽回來了，我趕緊叫她，並指著四小節。

「艾斯托，公主交給妳了。」

「是，小姐！」

「喂！放開我！妳這個內褲小偷！我都聽約翰說了，妳自己的內褲就自己花錢買啊！」

約翰這傢伙，居然把自己妹妹的糗事透漏得如此詳細。但我對於公主的訓斥也無話可說，所以決定閉上嘴巴。

是啊，內褲這種東西應該還是要花自己的錢買吧，孩子。

艾斯托犯行的主要受害者通常都是卡爾和奎爾，他們畢竟擅長打扮的孩子，肯定也會買特別時尚好看的內衣褲來穿吧。艾斯托應該是覺得好看才穿穿看，發現穿起來很舒服就把晾在洗衣繩上的內褲拿回去穿了。

但實際上，同住一屋簷下的傑克就沒有這個問題，肯定是因為內褲看起來暗沉又鬆鬆的，才會讓艾斯托連下手都沒興趣吧。

總之呢，就算艾斯托穿過一次也有洗乾淨晾乾了，卡爾跟奎爾還是覺得很髒又不開心，就把內褲給了艾斯托這種事總是不斷反覆上演，艾斯托也因此學到這麼做就能得到漂亮又舒服的內褲……她的腦袋本來就很少根筋，應該就是這樣做成習慣了吧。

但我覺得干涉艾斯托穿什麼內褲這件事實在太怪，就決定不管這件事了，所以我也是百口莫辯。

「哈哈哈，公主家實在有太多可以玩的東西了，而且溜冰後吃的飯肯定會覺得特別好吃吧！」

「不准轉移話題，妳連買內褲給部下的錢都沒有嗎？不管是主人還是僕人都一樣厚臉皮！妳們這群小偷！」

「哈哈哈哈哈，我們家公主講話好幽默呢！我都要笑破肚皮了，哈哈哈哈！」

「喂喂喂！妳都不聽我講的話是吧！討厭鬼！最討厭洛克斯伯格了！」

哈哈哈，我怎麼可能沒聽到高高在上的四小節殿下所說的話呢？只不過是左耳進右耳出罷了。

我心情愉悅地哼著歌，走向結冰湖畔，並掀開公主的裙襬讓她穿上溜冰鞋。雖然總覺得四小節好像一直在狂揍我的頭，但因為也不是很痛我就沒出手阻止。我幫四小節繫緊鞋帶，還打了一個美美的蝴蝶結，接著把她推上湖面。

「呃啊啊啊！妳這垃圾！乞丐！洛克斯伯格！啊啊！」

四小節激動地尖叫，伴隨著砰的一聲，摔倒了。

「……」

真是怪了，以前明明很快就學會了啊？

那是我跟公主成為朋友後，玩得很開心的那次人生嗎？我找她一起去溜冰，她說自己不太會溜冰，還叫我等她一個禮拜。

一個禮拜後，她一臉憔悴地來到跟我約好一起玩的地方。因為她自己說不會溜冰，我還抓著她的手，打算從頭教起，但公主沒過多久就能自己站在冰上，之後甚至還能完成三周半跳[2]耶。

我原先還在感嘆身為一國公主果然不一樣，學習能力真的太強，但她現在為什麼會變成這副模樣……

「怎麼回事？是因為上了年紀嗎？」

「妳想死嗎？」

現在跟當時唯一不同的條件就只有年紀而已，因為當時我大概才十幾歲，公主應該也差不多介於二十五到三十歲之間……

所以才說人不能老啊。

「妳嘆什麼氣？覺得我可憐嗎？我要哭了喔！」

我因為感到憐憫而搖搖頭，公主厚重鏡片後的雙眼又開始盈滿淚水。哎呀，不要再憶當年了，要不然可能不只公主，連我都要哭了。

「好啦，起來吧！只要掌握訣竅，很快就能學會了！」

我裹著有毛皮的可愛斗篷，牽著四小節的手在冰上滑行。

看起來她的運動神經還沒完全死透，原本搖搖晃晃跟著我往前的公主，最終還是憑

2　花式滑冰的主要技術動作之一，是業餘比賽的六種常見跳躍中，技術難度最高的跳躍。

藉一己之力，成功在冰面上溜冰。

大概是開始抓到感覺了，公主說著要是被她抓到就死定了，甚至還加速前進。

我繞到四小節身後，一把將他推到湖中央，又朝著約翰．布朗所在之處前進。

我從剛才就一直聽到咚咚響的聲音，原來是約翰拿著鐵鎚和釘子在打造簡易雪橇。

「布朗家的每個孩子手都好巧，除了艾斯托。」

卡爾跟奎爾這對雙胞胎不用多說，傑克的興趣也是做公仔或武器改造，尚在製作小飾品這方面也很有天分，威爾……別說手藝，我連那孩子的詳細來頭都不知道，還是跳過好了。

「連工作都能做得好的孩子沒有不會做的事，尚會做飾品，卡爾和奎爾會做衣服。」

我之前就在想，約翰的手是不是也很巧，總算趁這次機會知道答案了。我大大稱讚他，還摸摸他的頭，然後一個人溜冰溜得很開心的艾斯托迅速逼近，拋出了一句話。

「他想打造的不是雪橇，而是下一任國王吧。」

「……」

「……」

一句話在別人內心漾起波瀾的艾斯托．布朗小姐，大大取笑約翰一波後悠悠離開。

這孩子喔……平常看起來好像沒有任何想法，怎麼這種時候就這麼機靈，還特別會戳人痛處呢？難道是拆卸式嗎？她的智力是可拆卸的嗎？

「……你還好嗎？」

「……不好。」

約翰的聲音在發抖，怎麼辦！他再這樣下去會哭出來吧！。

「別哭，是我沒把護衛教好的錯，停！」

「……我不會哭。」

哎唷，好喔，別哭了，你要是哭出來，我就變壞人了。

約翰停下製作雪橇的動作，我擁抱著他，拍拍他的背。把頭埋在我懷裡，一動也不動的男人好不容易才鎮靜下來，說他沒事，接著又回去做他該做的事了。

繼續咚咚敲著鐵鎚的約翰看起來好可憐。

「老頑固！妳幹嘛隨便亂抱別人的人啊！這是性騷擾！」

四小節這麼快就從湖中央回來了嗎？果然是只要遇到事情都會一一解決的傢伙，要是那該死的眼睛正常一點該有多好啊。

我嘖嘖幾聲，朝著公主方向搖搖頭。向她使眼色，暗示她別再刺激傷心的約翰・布朗，四小節一下就看懂我的意思，轉移了話題。

「那是什麼？雪橇嗎？」

「是，因為公主殿下還不擅長溜冰，我才試著做雪橇，但現在看起來好像沒用了……」

「不會！我要用！雪橇一定很好玩！」

因為部下做了雪橇，她就表現出一副躍躍欲試的樣子，我們四小節還真是善良。

我覺得四小節很棒，摸摸她的頭，結果她卻說這讓她心情很不好，用拳頭揍了我的腰側。我痛得要死，抓著我的腰咳了幾聲。

然後她不知道去哪找來一條繩子，綁在我的腰上。

「來，拖吧！衝啊！洛克斯伯格！」

哎呀，我活到這個歲數竟然還得當馴鹿。

四小節拉著繩子，整個人蹲坐在小雪橇上，我不得已只能陪她玩，費力地拖著雪橇。與其看到約翰．布朗哭哭啼啼的樣子，我寧願勞動我的肉體。

決定擔任拉雪橇角色的我，好一段時間都在奮力拉著雪橇，然後我鬆開腰上的繩子，改用雙手拉緊。

接著我在冰上繞好幾圈，像在擲鉛球一樣，把公主搭乘的雪橇甩出去。四小節搭的雪橇就這樣滑過冰面，一路衝向彼岸。

四小節邊尖叫邊咒罵出聲。

我要去玻璃溫室喝現榨果汁了，外面好冷。

在公主宮殿大玩特玩了一整天，又好好睡了一覺，我隔日一早打算趕緊回家，沒想到四小節板著臉叫我吃完早餐再走。

我很納悶這到底是什麼稀罕的狀況，所以去了餐廳，結果這人得意洋洋地拿著一份文件給我看。

我仔細端詳文件，令人訝異的是，這是有著弗雷帕里凱利農和蘿拉梅里西亞生平傳記的科幻小說新刊原稿。

原來是為了炫耀這個才故意叫住我啊。雖然心裡覺得彆扭，但我還是很好奇為什麼公主手上會有這東西，結果不小心得知一個我真的沒必要知道也不想知道，知道了也沒用的情報。

原來這本書的作者是王儲殿下的乳母。

說著「妳怎麼連這都不知道」，下巴抬得老高的四小節看起來真是有夠討厭，但因為我很好奇內容，就敷衍地說她好帥好厲害，接著仔細閱讀原稿。

他們依然是相愛的，坦白說，都到這地步了，他們應該要結婚才對。沒想到在這個撲朔迷離的關係之中，竟又出現了一個自稱是弗雷帕里凱利農未婚妻的新人物！快點承認他們愛著彼此然後結婚好嗎！快點入洞房！還要生小孩！雖然火槍鳥賊跟海葵到底能不能生出後代還是未知數，但畢竟是外星生物，總會有辦法的吧？

哈……超級有趣。

讀完原稿的我心滿意足地與公主展開了一場簡單的讀書會，繼續期待著新刊發行，然後就離開了。

一回到家，我就被公爵大人罵到臭頭，但這早在預期之中，我決定開心地承受這一切，寫完悔過書就回到我朝思暮想的辦公室了。

阿斯特里溫·洛克斯伯格和葛倫·霍芬·洛克斯伯格對我擺出非常冷淡的態度這點雖然出乎預料，但我各自把他們叫來好好安慰了一番，他們也很快就消氣了。

呼呼，真是一群好打發的孩子。只要說「我只是去吃頓飯而已，我人生的樂趣只有你」，或是「我只是因為夠信任你才會出去玩，沒有你我真的會死」之類的話，他們就會勾著我的手臂，叫我以後不要再這樣了。

隨侍在側，全程看著這一切的傑克．布朗詛咒我再這樣下去，肯定有天會被刀捅，但我也不太在意。就算明天會被捅刀，人總是要先活過今天嘛。

啊哈，這句真是名言耶。我說的話怎麼都這麼富含深刻的意義啊？肯定是因為我活過了漫長的歲月吧，人夠成熟的話，隨口一句話都會是至理名言。

所以說，我很期待這次的三方會談。大家都上了年紀，也都恢復冷靜與理智了，應該能進行一場成熟的討論吧？

我下班後舉行了一場爸爸和師父、威廉爵士、師父的徒弟們，以及艾斯托和傑克一同出席的第一次三方會談。

為什麼說是第一次呢？因為三方會談才開始不到兩分鐘，爸爸跟師父又互揪領子開始吵架，我們這邊為了勸架還放出了劍氣和雷電魔法，最後是因為彼得闖入，多功能室倒塌而被迫結束這場討論。

多功能室因為施工而封閉，第二次三方會談也就被無限期延後了。而再次把瑪卡翁先生叫來，作為洛克斯伯格家代表的我又被狠狠嘮叨了一頓。他把我罵得狗血淋頭，還說他如果沒辦法活到該活的歲數就死掉，肯定都是洛克斯伯格家害的。

雖然早就知道會是如此，但我到底是在期待什麼呢？人類的年紀，跟他內在的成熟是全然無關的。

Touch My Little Brother

Touch
My Little Brother
and
You're Dead

#

第二十二次
#22 Round

二十三歲的羅莎莉特

and You're Dead

就這樣，我又多了一歲。

哈哈，我到現在還是不知道里溫的願望，也依然不知道那把劍到底是什麼，雖說鎖鍊似乎出自我的魔力，但瑟蕾娜小姐能正確抵達我家的機率就跟隨便抽五張牌還能抽到同花順的機率一樣低。爸爸和師父依然沒有和好，泰奧多爾的婚事在相親後也毫無下文，葛倫少爺到現在還是偶爾會跟娜塔莉公主一起消失！

感覺我的頭要爆炸了，今天怎麼又生日了！

我氣得瘋狂前滾翻，卻被維奧萊特碎碎念，因為她好不容易把我的妝髮造型打扮得美美的，卻都被我弄亂。她叫來其他人，拍掉我衣服上的灰塵，重新整理我的頭髮。

就算過生日也只是全家一起吃個飯，收禮物就結束了，何必這麼大費周章呢？難道不是維奧萊特為了滿足自己的興趣才把我和其他侍女拖下水嗎？

內心充滿著不悅的我帶著日記本，對於葛倫少爺和娜塔莉公主外出的部分，我反省了不少，也想了很多，所以我才先制定了對策。

傑克不也說過嗎？葛倫跟我只是契約婚姻，根本沒有不能外遇的道理存在，所以我必須趁這個機會宣示主權。

下定決心的我，一手夾著日記本，威風凜凜地前往宴會廳。

一抵達為我準備的生日宴會會場，就看到家人及賓客都聚在一起迎接我，爸爸、里溫、師父和師父的徒弟、布朗一家和娜塔莉公主一行人也都在。既然大家都聚在一起，那我的致詞就更有意義了。

我念完祝酒詞，大家都乾了一杯，並送上生日祝福與禮物。爸爸依然是直接包現金，里溫……不是，這傢伙居然為了我去蒙地卡羅工房排隊！這不是那個大叔的么女生了第一個孩子時所做的嬰兒珍珠限量版嗎？甚至是成套的耶！

我心情變得超好，狂親里溫的雙頰和額頭，還戳了他的腰三次，來了一個大大的擁抱。

嘿嘿嘿，所以說有弟弟才好啊，懂我喜好的人就只有我可愛的弟弟了。

「羅莎莉特小姐，祝您……生日快樂。」

我還抱著里溫開心得蹦蹦跳，葛倫少爺拿出一個四方形鐵桶。但不曉得為什麼，娜塔莉公主竟然還悄悄跟在葛倫少爺身邊。

「這是什麼？」

「這是我跟公主殿下討論過後才訂的，不知道您喜不喜……」

「有點自信啊！我不是說過妹妹一定會喜歡嗎！說到我們國家，繼乳製品之後，第二有名的就是打造這個機器裝置的匠人耶！」

什麼？機器裝置？這不是單純的四方形鐵桶嗎？外表看起來就像一個寬大的筆筒耶？

對這個東西產生好奇的我一手勾著里溫，接下那個箱子，但這個形狀……好像有點熟悉……

「天啊！」

一認出這東西是什麼之後，我就把里溫推開，驚訝得張大嘴。這……這是……！

「計算機！這不是機械式計算機嗎！」

「哈哈哈！不愧是我妹妹，一眼就能認出它是什麼！這臺訂做的計算機除了四則運算之外，還能算指數跟三角函數喔！」

真的假的！那些都能用機械式計算機進行運算？

我幸福得快喘不過氣，淚汪汪地抱著計算機，這是在遇到人形試算表之後，我人生中第二幸福的瞬間。怎麼辦，我的天啊！

「羅莎莉特小姐，您還好嗎？」

「我、我沒事！我只是太開心了……太喜歡了！」

看到我掉下斗大的淚珠，葛倫走近牽起我的手，卡波則是欣慰地捏著眉間，最後別過頭用衣袖擦擦眼角。

「對不起，我知道您因為我不在而難過，但因為我想保密到生日當天……」

臭小子，原來是想給我驚喜啊！好，我理解，我能理解你。

對嘛，葛倫不可能撇下我去喜歡別人！都是傑克．布朗那個臭小子講了那些有的沒的，害我整個人緊張兮兮的，我下次一定要罵他一頓。

在氣氛被我搞得悲傷之前，我趕緊停止哭泣，笑嘻嘻地試了一次指數運算後，心滿意足地把計算機放在擺生日禮物的地方。這鍵位剛好是數字鍵盤的排列方式，很容易上手，外形也是洛可可風，真是漂亮得令人非常滿意。

這樣一來，誤會解開了，現在輪到我要給驚喜的時間了。

其實我不知道事情會這麼順利，真是好險我有提前準備。只要我在這裡公然宣示葛倫的主權，我們的未來肯定也會更加美好順利吧。

「趁這個機會，我也有東西要送你。」

見我拿出有著滿滿金箔裝飾的日記本，葛倫疑惑地歪了歪頭。

我退開一步，鄭重地鞠躬，然後把日記本交給葛倫。

「那個……只要葛倫你喜歡，嗯，只要你沒有不喜歡，雖然我們是契約婚姻，但真的，只要你對我有一點點！有一點點好感存在的話——」

「……！」

葛倫可能也猜到我要說什麼，眼神看起來有點緊張。

呼～冷靜點，我可以的，羅莎莉特．洛克斯伯格加油！

「我們能以正式交往為前提，先從朋友開始做起嗎？」

我辦到了！成功了！呀吼～

雖然我內心在歡呼，但這個高漲的情緒並沒有維持多久，因為葛倫沒有回答。我尷尬地重新挺直腰桿看向他。只見葛倫摀著嘴呆滯了好一陣子，突然開始哈哈笑。

看起來真的是有夠虛脫的笑容，虛無、呆滯、空虛……該用什麼文字來形容呢？我感覺到後腦勺一陣灼熱，看向周遭，才發現所有人都在瞪我。

好恐怖，什麼意思？大家眼睛瞪這麼大幹嘛？

「抱歉，那個……公爵大人。」

「你想說什麼都說吧。」

先生，我剛剛才提議要跟你當朋友，你居然不先回答我，反而先找公爵大人嗎？公爵大人又是為什麼回應啊？

這是怎樣？什麼意思？大家為什麼都排擠我？

「我想暫時回去韋洛切領地。」

「好，你去重整一下心情再回來吧。」

等一下，現在這個局勢可不能把葛倫送走啊！還有一堆工作沒做完耶！

傑克抓著我的肩膀，搖搖頭阻止我抗議。他拜託我閉嘴的動作非常激烈，但布朗夫婦跟公爵大人都沒有出手阻止。

葛倫跛著腿，迅速離開宴會廳，路克說要幫他整理行李，也跟著離開。師父抓住跟在葛倫身後的路克，並把原本要送我的生日禮物相機給他，要他轉交給葛倫。

不對吧，師父！為什麼要把我的生日禮物給葛倫？

「來，大家排隊！要碎念『是小姐的錯』的隊伍末端在這邊！」

大家開始不由分說地說是我做錯了，就連我原本很信任的阿斯特里溫也加入這列隊伍，依照排隊順序來到我面前。

「雖然葛倫應該也不好受……但就我的立場來看，心情也很複雜，姐姐趁這次機會好好反省一下吧。」

為什麼連你都這樣說？我正想反駁我為里溫做了多少事情，他怎麼能這樣講我，公爵大人卻出面奪走了我的話語權。

雖然我既委屈又悲痛，但我必須聽著上至爸爸下至卡波幹部的黑衣軍團說是我做錯了，然後生日宴會一結束，我就被爸爸抓去寫要寄給葛倫少爺的悔過書了。

我好冤枉，冤枉到要瘋了。

我在委屈又受傷的狀態下度過沒有葛倫少爺的每一天，而葛倫的空位暫時由路克填補。

雖然有生日禮物機械式計算機在，比較沒這麼辛苦……但工作環境真的太不自在了，我的意思是，辦公室的氣氛太不自在了。

儘管大家沒明說，但似乎都對我有很多不滿，只有阿斯特里溫像平常一樣對我，但路克散發的威壓……

「羅莎莉特小姐，葛倫先生負責的汙水處理設施案在哪裡？」

「喔喔？我知道，我找一下……」

看到我在堆積如山的文件堆裡翻找，路克又深深嘆了口氣。他直白地嘮叨著如果是葛倫馬上就能找出來了，身為公爵繼承人的人居然連什麼東西放在哪都不知道。

我快哭了，這難道是我的錯嗎？葛倫逃跑是我害的嗎？我也覺得很無奈啊，但人家都只顧著罵我！

我又不能對特地放下手邊工作來幫忙的兒子發脾氣，只能鼓著臉頰，把汙水處理設施的案子交給路克。路克打開確認文件內容，立刻皺起眉頭。

「即便要做淨水工程，如果把水排入大海，菲埃那勒那邊應該不會坐視不管吧？」

「這在菲埃那勒公爵回到陸地上時就有先獲得許可了，比起找繼承人，公爵那邊更容易。」

我做出乾杯動作並發出聲音。

我唯一的兒子路克．洛克斯伯格又瞇起細長的眼睛盯著我。

「雖然這不是我該多嘴的事，但羅莎莉特小姐，您再這樣活下去……」

「會挨刀嗎？」

「對。」

沒關係，我有艾斯托，也有傑克，還有我心愛的弟弟阿斯特里溫啊。當我說到如果有狀況，阿斯特里溫會保護我時，里溫用全身比出愛心，擺出可愛的姿勢。

「這是當然！只要我還活著，豈有放肆的傢伙敢對姐姐下手！」

「對嘛，朝著我來的弓箭就都交給你了。」

「這是我的榮幸，姐姐！」

哈哈，這孩子喜歡我到要替我去死耶。雖說理論上應該是我要當里溫的擋箭牌才對，但他既然這麼開心就隨他去吧。

「唉……」

那個位置應該要留給葛倫的。

路克雙臂戴著袖套敲打計算機的樣子雖然可愛，但葛倫不在造成的空缺還是挺明顯的。

在的時候還沒感覺，離開了才知道……到底是什麼事讓他這麼受傷才離家出走呢？

他第一次離家出走，好像隔了一年才回來……想到這次不知道又要等多久，我不禁內心沉重起來。

此時伴隨著咿呀一聲，辦公室的門打開了。

應該是被我叫去跑腿的傑克，我看向門口，果然是傑克沒錯，他最近又把好一陣子沒用的防毒面具拿出來戴了。

「外面是有沙塵暴嗎？之前派你去王宮跑腿時還嫌要被審問很煩才拿下來，現在怎麼又戴起來了？」

「這不都是因為小姐嗎？」

不是，為什麼又是我！

我忍無可忍，氣得大吼，還罵了傑克一頓。你是覺得主人很可笑吧？把任何事情都怪罪到我身上很有趣嗎？

「就是因為百貨公司啊！占領百貨公司所有牆面的那個廣告！」

「那又怎樣了？很好看啊！」

「您又沒說那是要拿來當廣告用的！只叫我上點妝，拿個包包而已不是嗎！您這大騙子小姐！」

嗯……原來你也發現這是詐騙了啊。

我一承認，傑克就把防毒面具扯下來抓著自己的頭髮發脾氣，他說他因為那個該死的廣告沒辦法出門，在宅邸內也常聽到其他人議論紛紛，艾斯托、卡爾和奎爾還取笑他擦口紅。

對於把自己所受損失鉅細靡遺羅列出來的傑克，我也必須說明我的立場。

「這畢竟是沙泰爾提出的合作計畫，我們總不能一輩子都跟沙泰爾處不好吧？」

「那為什麼要拿我當廣告！」

「因為你是洛克斯伯格選美大賽的優勝者。」

這是洛克斯伯格選美大賽優勝者的義務，是義務！你拿了獎金，還把火車站前艾斯托銅像的頭取下來，得到多少好處就要做多少事情吧。

我一針見血地反駁傑克的主張，他說他在這世界上最討厭的事情就是跟我吵架，接著倒在地上發出嗚嗚哭聲。

孩子……所以說，你幹嘛自己挑起這場明知會輸的戰爭呢？

「卡爾跟奎爾是因為嫉妒你，艾斯托也是什麼都不懂才會開你玩笑嘛，你在瑞姆那裡印出來的大型海報很上相也很帥啊。」

「我也想補充一句，掛上廣告後，百貨公司的收益大幅增加，你可以更有自信一點。」

噢，所以不只沙泰爾的產品，整個百貨公司的收益也連帶提高了嗎？

我覺得很神奇，於是接著提問，路克說這次宣傳使用的產品本來就比較高級，為了挽留看到標價就卻步的客人，他便把類似品項的中低價品牌移到沙泰爾合作櫃位附近。

在動線上陳列相似系列的商品，廣告模特兒都是傑克．布朗，從中低價位到高級品牌商品紛紛進駐，能一網打盡各自錢包預算不同的人，這是一條奇蹟的傑克．布朗路啊。

路克喊出那條路的名稱，沉浸在激動情緒之中，傑克則是用雙手遮住臉，向我丟出一封信就走進護衛專用休息室了。

「孩子！你要先說明這是什麼東西啊！」

「看了就知道了！反正這也是小姐的錯！」

喂，我就算犯過很多錯，也沒有鬆懈到會被王室發現的程度好嗎，不用看都知道肯定是那小子又誇大其辭了。

我派傑克去王室，告知國王陛下我有事想當面討論，但稀奇的是，傑克居然帶回來一封看起來有夠廉價的信封。

應該是有什麼要緊事要講，才會用蜜蠟在羊皮紙封口，然後放進連裡面的信紙都能看得一清二楚的白色薄信封裡。

我拿出那張折得很沒誠意的信紙，看看國王殿下想說的話，讀完最後一句的我還想說是不是哪裡寫錯了，又從頭仔細確認一遍，隨即站了起來。

還是前滾翻好了，我現在需要前滾翻。

我在辦公室地板上滾了幾圈，帥氣起身後再讀一次信，遺憾的是，這似乎是真的。

「發生什麼事了嗎，羅莎莉特小姐？」

「路西路西要來。」

「路西路西是什麼？」

「是在說帝國的大皇子，姐姐都稱呼皇子為路西路西。」

嗯，里溫果然很懂我。里溫和路克先是討論了一波他為什麼要來、有什麼盤算，以及這為什麼是一件會需要由國王通知我的事之後，才向我問問題。

路西路西為何要再次踏上亞蘭王國的土地？如同傑克所說，這完全是我的錯，我真的百口莫辯。

「他說已經收集完羅莎莉特貼紙了。」

「……什麼？」

「您是指麵包裡面那個嗎？」

嗯，完全正確。

我實在太無奈，也只能笑了。

洛克斯伯格公爵家唯一的繼承人，獨自站在菲埃那勒觀光港的碼頭。繼承人身邊之所以沒有半個護衛，而是獨自站在這裡，背後有個賺人熱淚的故事。

路西路西皇子說他收集完魷魚麵包的貼紙了，經過瑞姆檢查後也確認全部都是真品。路西路西說他想要跟我一對一的約會券，還說他會隻身前來亞蘭王國，叫我也必須單獨出來跟他玩。

我被拖到國王陛下面前臭罵，也被王后陛下臭罵了一頓，甚至連公主殿下都說我是個瘋子，而王儲殿下則是一點也不想見到我，所以根本沒遇到。

爸爸還說我真的是太會辦事情了，他雙手抓著我的耳朵進行十分鐘的按摩，我當時真以為自己的耳朵要掉下來了。

在這平靜之中隱藏著的憎惡、憤怒之下掩蓋著的悲傷，以及死心而被遺忘的救援盡頭[3]，我等待載著路西路西的國際渡輪前來。

3 《金田一少年事件簿》韓國版第二季片頭曲歌詞。

我不能一見到他就掐死他嗎？因為路克跟里溫都說，我不在的時候他們也不會代理我的工作，我的殺機不禁油然而生。

只要不被發現就好……就算把路西路西殺了，只要不被任何人發現，實現完美犯罪，就不會擴大成國際問題了。

我有個可以讓他消失的方法，畢竟我是獨自跟路西路西見面，傑克和師父給了我超多護身用品。

傑克借我能拉出長長鋼絲的手錶，同時借給我一把精雕細琢的短刃，還說如果對方敢亂來就捅一捅再轉一圈，也不忘提醒我上面沾了河豚毒，使用時一定要特別小心。

師父則是塞給我一個裝有麻醉劑的小香水瓶，他說如果狀況不對，就先讓對方昏迷，重擊頭部殺了他以後，再用以前剩下的胸針型炸彈，在地上炸出一個洞把他埋起來。

全副武裝的我，與之前的打扮截然不同。我穿著適合跑步，彈性很好的褲子、踢鞋跟就會蹦出刀片的樂福鞋，外套別著裝飾得超級華麗的胸針，外套內的襯衫還套著背帶，上頭掛著短刃及香水瓶，手腕則是戴著一只老舊的手錶。

除此之外，卡波還送我一頂有著特殊裝置的費多拉帽，脫下這頂帽子丟出就會跳出鋸齒狀刀刃，公主說雖然是個很常見的機關，但她靠這招保住小命好幾次了……

嗯……公主，這一點也不常見好嗎？

我很怕一不小心就觸動鋸齒機關，盡可能強壓著帽子不讓它飛走，並盯著遠處。

終於，從帝國到亞蘭的渡輪總算抵達，船上的賓客之中，有一個人特別顯眼。

那個男人說要自己來玩，結果打扮成一副要讓全世界都知道他是皇子殿下的模樣，向眾人們發號施令並且率先下船。

「哈哈哈！統統退下！大拉爾古勒帝國的路基烏斯殿下出行了！」

他真的瘋了！

明明應該要神不知鬼不覺，靜悄悄踏上亞蘭王國的土地，路西路西居然撒著亮晶晶的花瓣走下階梯。

不幸中的大幸是，乘客大部分都是亞蘭王國的人，看到路基烏斯殿下應該也只會認為這是哪來的瘋子吧。

為了阻止某人繼續進行瘋狂的出行儀式，我急忙帶著伊莉莎白衝上前。路西路西認出了緊壓著帽子的我，立刻把裝著一堆花瓣的籃子丟進大海，開心地向我打招呼。

「這是多久沒見啦？好久不見囉，羅斯羅斯。」

「羅斯羅斯又是什麼鬼稱呼啊，趕快上馬吧！」

「妳把別人的名字換成路西路西，還以為我不會反擊嗎？」

「我知道了，都是我不好，先上馬吧，拜託！」

我合掌求饒，這男人發出一陣噁心的聲音，然後展開雙臂。這……應該不是像卡波那樣要跟我擁抱，那他到底要幹嘛？

「什麼意思？」

「我只有獲得進入洛克斯伯格領地的許可，可不能踏在菲埃那勒的領土上啊。」

啥……所以呢？是要我背你嗎？

我上輩子到底做錯了什麼，這輩子才會跟這傢伙糾纏不清呢？我凝重地想著這件事，最後在他面前單膝跪下，拍拍我的大腿。

「來，踩著這邊上馬吧。既然我是洛克斯伯格人，我的膝蓋就跟洛克斯伯格領地沒有兩樣。」

「真會狡辯。」

「這就是洛克斯伯格。」

「怎麼能踩小姐的膝蓋呢，我可沒有這麼沒常識。」

「我已經結婚，不是小姐而是有夫之婦了，儘管踩吧。」

「對貴夫人做這種事可就更沒禮貌啦。」

你現在堵在樓梯口，妨礙其他人下船才是最沒禮貌的事好嗎，拜託你別再鬧了！

為了速戰速決，我起身繞到伊莉莎白身後喊出身體強化的咒語，一把將路西路西扛起。

這可能不在大皇子的預料之中，因此他倒抽了一口氣。被強制搬上伊莉莎白的背，直到我坐在他身後抓起韁繩為止，他一雙眼睛瞪得圓圓的，一句話也沒說。

「失禮了。」

我要把這再也不想看到的皇子斗篷拆下來撕爛。

一方面是因為斗篷太顯眼了，上頭還印著帝國國旗，再加上斗篷設計本身就跟亞蘭截然不同，看了實在很不舒服。我把他那件紅色斗篷脫掉丟進海裡，接著駕馬。

一下子失去禦寒用品的男人緊抱著雙臂開始哀號。

「變態！我之前就覺得妳覬覦我身體的眼神很不尋常了！」

「哈哈，這話荒謬到我連反駁的欲望都沒有。」

「等等，我現在是認真生氣了，妳的意思是我的身體沒有任何價值嗎？」

「對。」

殿下用他僅剩的唯一一隻眼睛怒瞪著我。

不然他還想怎樣？我對男人的身材標準是非常嚴格的。雖說比起最後一次見面時，確實是有了點線條啦……但還是衰老的肌肉啊，跟三皇子比起來，那個彈性天差地別好嗎？

「妳平常講這種討人厭的話時，都是怎麼被其他人揍的？」

「您覺得我會說嗎？」

「妳不講我就要揮拳了。」

「……會被按摩耳朵。」

我才講完，路西路西就拉了我的耳朵。

我驚聲尖叫。這該死的伊莉莎白，都聽到主人尖叫了，還是毫無反應地繼續朝著洛克斯伯格領地狂奔。

這傢伙看起來好像對路西路西非常滿意，剛剛讓皇子上馬時，牠也絲毫沒有抗拒。我真是搞不懂這孩子的喜好，王儲殿下之後居然是路西路西嗎……

伊莉莎白，妳該不會只是喜歡有權力的男人而已吧？

一進入洛克斯伯格領地，我立刻前往服飾店購買大衣給殿下穿上。他雖然極力抵抗說不是訂製衣服就不穿，但聽到我說如果想在這大寒冬裡冷死就自己看著辦後，還是乖乖地穿著大衣出來了。

對嘛，那麼現在……我們到底該做什麼啊？

我絲毫沒有和皇子殿下約會的動力，所以是在毫無準備的狀況下出門，現在還真的想不起半個適合散步的場所。

我騎著馬隨意進入一座公園，讓路西路西坐在長椅上，接著去攤車買了三份擠滿鮮奶油和餅乾的可麗餅。

我將其中一份塞進伊莉莎白嘴裡，一份遞給路基烏斯殿下，隨後在他身邊坐下，迫不及待地啃著最後一份可麗餅，同時在腦中思考該去哪裡才好。

面無表情吃著可麗餅的皇子，因為在嘴裡喀嚓作響的脆餅，露出有點詫異的表情。

「這口感還真有趣。」

吐出這一句感想的路西路西居然還微微笑了。

嗯……這好像是我第一次看到那傢伙吃東西時表露情感耶。

我咀嚼著口中的可麗餅，突然靈光一閃。

到目前為止，雖然我也曾跟路基烏斯殿下一起吃過幾次飯，但從來沒見過他對食物味道發表任何評價，他看起來也不是特別享受用餐的場合。

嗯，可能是因為在我們家，用餐時間是一天當中最幸福快樂的時光，才導致我這麼想，但即便是在王儲殿下的相親場合上，路基烏斯殿下也從沒客套過亞蘭王國的食物合胃口，這點倒是挺奇怪的。

我去帝國時，因為他一直催我泡茶，我一心想讓他吃鱉，所以端出加了一堆相思樹花蜜的咖啡招待他，他也沒多說什麼就喝下肚了。

當時我只是單純覺得，這人真的不是普通人……

「路西路西殿下。」

「幹嘛，羅斯羅斯？」

「請問您是不是吃不出味道啊？」

「……」

噢，看來我猜對了……嗯……但人嘛，什麼事都有可能發生。

「平常有夠不會看人臉色，猜這種事情倒是挺準的嘛。」

「我哪有不會看人臉色？我之前常聽人家說我超會察言觀色耶！」

「哈哈。」

先生，這比你罵我更讓人感到不快好嗎？你要是再繼續招惹我，我也讓你心情變差喔！

「那您聞得到味道嗎？這應該不是身體因素，而是精神方面的問題吧？也是，要在動不動就殺人的帝國皇室生存，壓力肯定很大。」

「在母后要毒殺我之後，我不管吃什麼都感覺不到味道了。」

「……」

「……」

「對不起。」

「我接受妳的道歉。」

可惡，這氣氛該如何是好！我都快窒息了！

我都搞不清楚可麗餅是從嘴巴還是鼻子吃下肚的，大口吃到哽住喉嚨而用力拍胸。

皇子雖然表示出他的擔憂，但我想這份擔憂應該不是發自內心吧。

既然都搞成這樣了，那乾脆就單刀直入地問吧。

「您來這裡是又在打什麼算盤？」

「怎麼講得好像我就是有盤算才來亞蘭呢？」

「實際上不就是如此嗎？」

聽完我的回答，皇子出神地看向遠方，我的預感告訴我不太妙。

「母后似乎打算趁這次機會把我送到非常遠的地方，所以我暫時逃來這邊。」

「……」

「……」

「不是開玩笑？」

「是真的。」

吼唷，行行好吧你，到底又想利用我進行什麼惡劣犯罪啊！

吃完可麗餅的我拆下壓低的帽子，路西路西不曉得為什麼突然開心地哇哈哈笑了起來。

好，就算皇子殿下現在真的跟他的生母鬥得你死我活好了，但路西路西可不是知道自己的媽媽要殺他還會坐以待斃的傢伙，倒也不用太過擔憂。

而且呢，跟這個人牽扯太深，每次都會發生很恐怖的事，我光是現在想到那些事就擔心得心臟狂跳。不是被囚禁在出入自由的皇子宮殿，就是在茫茫大海遇到巨大魷魚，再不然就是在被颱風侵襲的小島上跟殺人魔同寢。

最後，雖然這應該也不是路西路西有預料到的事，但總之呢，我非常確定這個人就是為了毀掉我的人生，才會跨過汪洋大海來到這裡。

「您是怎麼收集到那些貼紙的？」

「我很認真買魷魚麵包啊。」

「如果您還想活命，請別忘記這裡是我的主場。」

「我叫卡伊納．沙泰爾處理，他就幫我收集來啦，大概花了一億拉爾古勒羅德吧。」

我這次還跟沙泰爾一起合作耶，他現在反過來暗算我的意思嗎！等著瞧吧，你這臭大叔，我一定會報仇。

你以為我們家跟沙泰爾結仇的人只有一兩個嗎？傑克．布朗、路克、我……嗯，不只一兩個，有三個耶。總而言之，你最好不要被我抓到把柄，否則我一定不會放過你！

「啊！」

講到沙泰爾我才突然想到，之前讓他審核通過的舞臺劇還在上映對吧？

我站起來，確認了在公園也能清楚看到的洛克斯伯格百貨公司和文化中心的方位。如果要約會，正常來說都會在黑漆漆的地方看舞臺劇吧？即便沒有燈光，我也絲毫沒有想對皇子幹嘛的打算，但總之照規矩才來是重要的。

畢竟不管怎麼說，路西路西皇子是確實收集完貼紙才獲得了這張約會券，這是用洛克斯伯格名義對外提供的商品，當然也要確切執行。

「走吧，最近我兒子編劇和監製的舞臺劇在文化中心上映了。」

「兒子？妳兒子，就是傳說中的那個……」

「沒錯，原本待在沙泰爾家，現在才終於找到真正家人的路克・洛克斯伯格。」

「噗！」

這人的肺是破洞了嗎？怎麼突然笑出聲了？

原本偷笑的男人最後忍不住放聲大笑，甚至笑到流淚，他再次確認了路克和我的年紀之後甚至笑到倒在長椅上，同時還發出哭聲。

這傢伙就是在哭沒錯，笑到肚子太用力，痛到哭出來。

「所以是要不要去看？」

「走吧，無論如何，我都一定要看完才能走。」

笑到不能自已的男人感覺連走路都有點吃力，在我的攙扶之下才順利上馬。我坐在皇子身後，抓起韁繩，前往洛克斯伯格文化中心。

抵達目的地，我把伊莉莎白交給文化中心員工照顧，便前往舞臺劇表演廳。

我們在擁有最多觀眾席的洛克斯伯格舞臺劇院第一廳買完票和零食，在外等候進場。

第一廳入口附近有一塊等身立牌寫著現正上映的舞臺劇名，看到劇名叫《尋母三萬里》的路西路西又癱坐在地，笑到流淚。

因為他看起來很像突然倒地，服務人員還慌張地詢問我們需不需要叫醫生。我總不能誠實說出路西路西只是有點精神不正常而已，所以在說明他的狀態時，也讓我感受到了短暫的丟臉。

打造成陽臺形式的最高級觀眾席只有兩個位子，坐在頂級鬆軟座席的路西路西首先說出這句話。

「這裡好暗啊。」

嗯，帝國的劇場通常都是指完全露天的戶外舞臺，他會對這種形式感到陌生也是情有可原。

「這樣看舞臺才會更清楚啊。」

「嗯……」

很好，你就繼續抱怨吧，如此一來，揭開真相時才會更受打擊。

「妳幹嘛笑得這麼噁心？看起來真觸楣頭。」

「您說話也未免太直接了吧？」

「妳笑的樣子讓人不舒服，心情不是很好。」

煩死了。

我抱怨這只是把觸楣頭換句話說而已，他說我這樣一點也不可愛，還催我快點介紹這部劇碼。

啊～路西路西真的好討厭，有夠觸楣頭。

「如果這場約會讓我不滿意，我打算跟公爵家要求一個爽缺職位。」

「嘿嘿，我這就為您說明。」

我急忙搓搓手掌，彎下腰，這男人又咯咯笑得捧肚子了，我從以前就覺得這人的笑點還真不是普通低。

「我們亞蘭呢，是擁有世界最大魔水晶礦山的國家，也只有我們獨家生產充電式魔水晶。」

「是啊，我們就該在半世紀前的領土戰爭打倒亞蘭並納入版圖才對。」

「用什麼方法？世界上哪有比拉爾古勒海軍更烏合之眾的軍隊呢？」

「如果上一代就有擊敗亞蘭的念頭，肯定就會加強軍備了吧？」

「您說那個只懂突擊的笨蛋嗎？」

「妳是在向我宣戰嗎？」

「對。」

「妳想死嗎？」

「不想。」

「那為什麼還要挑釁呢？」

「可能因為這裡是我的主場？」

哈哈哈，這傢伙又要抓我衣領了。

看到他握緊拳頭又鬆開，我決定不再逗他了。捉弄路西路西雖然好玩，但展現我們領地的驕傲才是更有趣的事。

「資源豐富的另一層意義是，除了生活必需品不致匱乏，還有剩餘資源能用來發展娛樂事業。」

我才說完，聚光燈就打亮舞臺，臺下隱約可見微弱燈光映照在樂團身上，他們也開始演奏。

在打造這座舞臺劇院時，我花了很多魔水晶和預算，這不只是為了提供讓領地人民更驚豔、更享受的娛樂，同時也是為了攏絡民心以維持領地運作的辦法。

長期上演讚頌洛克斯伯格公爵家的表演，能提高我親愛的稅金口袋們的忠誠度，因此今天這場劇碼也跟我們公爵家有著密不可分的關係。

文化太帥，藝術太美，像這樣美化及包裝公爵家，人民就會認為我們是又帥又偉大的存在啦！

「真是很新鮮的炫富方式呢。」

「嘿嘿，是吧？」

「果然，先皇當初就該把亞蘭擊倒的。」

現在才後悔有什麼用呢？當年也沒有什麼活用魔水晶的技術吧，所以我們才能稍微跨個海就擺脫眼前的帝國魔獸啊，特地遠征對帝國而言也沒什麼好處吧。

「別閒聊了，專心看劇吧，畢竟我兒子也有上場。」

「……什麼？」

「兒子啊，我兒子，My Son，您聽不懂亞蘭語嗎？」

「不是，我又不是那個意思！」

好了，你閉嘴，主角已經登場啦！

結束開場演奏後，震耳欲聾的打雷效果音響起，負責飾演路克的演員從被窩裡探出頭。

我有特別交代要選一個和路克一樣髮色鮮紅的孩子來演他，但不管怎麼挑都找不到比他本人更可愛的。噢，我不是說這個演員不可愛，只是我們路克本來就長得跟天使一樣可愛，該說是我找不到可愛到能跟他相比的人嗎……

「等一下，妳該不會是指那個小不點是在演你兒子吧？」

「噓！小聲點，舞臺劇已經開始啦！」

「妳先回答我。」

「沒錯，雖然他長得沒我們家路克好看。」

結果他又發出好像被嗆到的聲音，脫下大衣摀住嘴巴開始哭。他還真忙耶，又笑又哭又發瘋。明明人生過得如此有趣，為什麼老是在筆友信中說自己無聊呢？

總之，雖然劇情我已經非常熟了，但看到演員精湛的演技和肢體動作還是覺得很新鮮。

因為拉爾古勒帝國惡名昭彰的卡伊納．沙泰爾而失去母親的路克、進了沙泰爾家卻飽受折磨與羞辱的路克、來到亞蘭與洛克斯伯格小公爵初次見面的路克、因為突如其來的聯姻而離開亞蘭的路克，以及以菲埃那勒港為背景，路克和洛克斯伯格小公爵的離別場面依序呈現在眼前。

劇情來到重要的轉折點，我的手帕已被眼淚浸濕，我轉頭觀察路西路西的反應，看來他也對舞臺劇挺滿意的，不像剛剛抓著大衣掩面，而是很專心地看著臺上。不曉得是不是入戲了，甚至還皺起了眉頭。

——六兆！羅莎莉特小姐！您剛剛是說六兆嗎？

「讓卡伊那．沙泰爾最近開始裝闊的凶手原來就在這裡……」

他甚至還分析劇情耶，這個態度很不錯，讓這部劇登臺真是有價值。

文化中心代表樂團團長特別費心打造的合唱曲《六兆奏鳴曲》結束後，舞臺氣氛立刻和緩了下來。洛克斯伯格家的每個人都溫暖地迎接路克，大家都認同、尊重並愛護他，承認他是小公爵之子。

但路克看起來似乎不太適應洛克斯伯格家的盛情歡迎。

我的天，如果這部是路克監製，那這幕應該也是基於現實所寫的，意思是路克曾經有過這種根本不需要有的煩惱嗎？

——我沒有被愛的資格。

啊，不是的，路克！大家都很喜歡你啊！

為了要表現出路克的內心，舞臺燈光瞬間轉暗，只有一盞燈打在他身上。我因為看起來煩惱至極的演員而感到心煩意亂，但幸好又亮起另一盞燈，飾演洛克斯伯格公爵的演員代替我說出了我想說的話。

——路克，你是不是誤會什麼了？

對！就是這樣！這只是你自己的想法而已！而且孩子為什麼會需要被愛的資格？這是需要國家考試的嗎？你以為是在考駕照嗎？

——我很卑鄙，懦弱又膽怯，我從來沒有跟其他人親近過。

——但包含你的這些面貌在內，大家都很喜歡小少爺啊。

對嘛，傑克・布朗這角色講得真好。

戴著防毒面具的男人說完臺詞，舞臺隨即變得明亮，原本縮成一團的路克演員充滿自信地起身並抬起頭來。

——我不想跟媽媽分開！我想繼續待在這裡！因為，我是洛克斯伯格！

啊哈，沒錯，我領養你之後，說有多開心，就有多開心啊，路克，你就是洛克斯伯格！

——我是……路克・洛克斯伯格！

嗚嗚嗚嗚！

紅髮演員滿懷希望地說，眼淚嘩啦啦落下。

掌聲響起，主演以及配角群演員統統上臺恭喜路克。

恭喜你，恭喜啊，路克，恭喜你來到洛克斯伯格家。

我充滿感激地起立拍手，觀眾也一一起身鼓掌，落幕後，觀眾席也哭成一片淚海。

在我忙著拭淚時，場內的燈亮了起來，我看向坐在我身邊的路西路西，他又蜷曲著身體，把臉埋進大衣。

「怎麼了嗎？路西路西殿下，肚子痛嗎？」

「不是，我只是不知道現在到底該笑還是該哭。」

我覺得這種時候是可以哭的。

正當我打算說這句話時，發現抬起頭的路西路西眼睛發紅。真是的，還說不知道該怎麼辦？我看你早就哭過一輪了啊，大衣上甚至還有淚痕。

「我已經代替您痛哭過一場了，沒關係。」

但我還是不要再說話好了，當人聽到悲傷的故事或感動時，哭也是正常的，要是讓他覺得哭很沒面子，以後真的想哭的時候可能會哭不出來。

「走吧，我哭得太慘了，需要去洗個臉。」

我帶著皇子走向VIP專屬通道，發現走廊擺了一個捐款箱。在這個擺滿各種高價裝飾品的地方竟然擺了捐款箱？我好奇走近一看，發現有著路克親筆寫下的留言。

您的小小恩惠，會是路克・洛克斯伯格償還六兆的大大幫助。

「……」

「……」

我明明講過很多次不要把那六兆當成債務，這孩子又……

但我也沒辦法就這樣走掉，我把預備在身上的一枚白金幣投入捐款箱。伴隨著噹啷聲響起，路西路西加快手部動作，他摸摸袖子裡，拔下一支手環放進捐款箱。

「您還真是闊綽。」

「別誤會，這也沒多少錢。」

哪會沒多少錢，我明明就看到那支手環鑲滿一堆鑽石耶。

我故意戳了戳裝模作樣的皇子殿下，帶著他去餐廳。既然得知路西路西沒有味覺，那我想帶他去一個地方。

我簡單洗了把臉，帶著路西路西前往位於愛達尼利交界車站的大眾餐廳。這是我在這次人生中，要把貧民區剷除時發現的餐廳，這裡的菜單，真的……跟中式料理幾乎一模一樣啊！

在我知道這家餐廳後，開始背地裡偷偷資助老闆，當我想念家鄉味時就會隱藏身分來這邊吃一碗炸醬麵，只可惜這邊沒有炒碼麵[4]就是了。

總之呢，發現這家店之後我開始有了小小的希望，搞不好翻遍亞蘭王國真能讓我找到一家韓食餐廳。

如果有那天，我肯定會嗑光一碗白飯、一盤泡菜，點血腸和辣炒年糕吃完，然後把廚師綁回家關起來。

真好，我光是用想的就覺得好幸福。

「妳為什麼又在偷笑？」

「因為幸福啊。」

「因為跟我約會？」

「您在胡說什麼？」

因為我的幸福感與殿下的約會毫無關係，我歪著頭，真心表示不解，結果對方露出極度不爽的表情，把手伸到我耳朵旁邊緊握住拳頭，最後說了句算了，要我坐下。

「怎麼了？告訴我啊，只要您跟我說明，我就會明白的。」

「不，妳這輩子都不會懂。」

4 源自山東的一種湯麵，也流傳至韓式中餐，一般在韓國的中餐館都能吃得到。

「真過分。」

「現在過分的人是誰啊？」

真是的，有夠難相處耶。突然生氣而變得很挑剔的路西路西讓人看不太順眼，我嘖嘖幾聲，叫了店員過來點餐。

「我要魚翅跟烤得很脆的鴨皮，甜點要三不沾[5]和杏仁豆腐，然後再多給我一副湯匙跟小碟子。」

店員爽快回答「知道了」便走向廚房，我和路西路西都攤開餐巾，乖乖地等待餐點。

即便脾氣再差，皇族依然是皇族，怎麼連喝水都這麼有氣質啊？我們家王儲殿下的儀態雖然也不輸人，但畢竟目光都會聚焦在他的臉上，不太有機會仔細觀察其他部分。反正他那張臉看起來就是尊爵不凡啦。

「對了，妳為什麼挑這種大眾餐廳？我看妳應該也過了體驗庶民生活的年紀才是啊。」

「要說原因的話，您應該早就知道了吧。」

「我不知道耶？」

「我剛剛把錢花光了。」

你明明就有看到我在捐款箱投了一枚白金幣，幹嘛這樣啦。

我哈哈大笑著，自信地說完，男人也跟著我笑了幾聲，然後說我是個瘋子。

5 又稱三不黏，是以雞蛋為主材料製成的中式甜點。

「哈哈哈，等我付完這頓飯錢，就連買水喝的錢都沒有了，接下來就要麻煩您多擔待了。」

我這麼說完，他就豪爽地大笑幾聲，然後甩了幾下我買的大衣。

「我全部的錢都在那件被妳丟掉的斗篷裡唷。」

「斗篷裡有入國許可證嗎？我搞不好可以用非法滯留遣返您喔。」

「那麼重要的東西，我當然是收在內袋啊。」

你應該把錢放在內袋才對啊！錢！

我憤而拍桌，但烤鴨皮迅速上桌，呼……食物何罪之有，先吃吧。

我先幫忙試了味道，順便指導該怎麼吃這道菜。

「來，餅皮放在這邊，鋪一層蔬菜，然後一片鴨皮，沾點醬料再捲起來吃即可，很簡單吧？」

路西路西跟著我的示範去做，擺出還算滿意的表情。接著魚翅上桌，他也一口呼嚕吃下肚，又像是突然懂了些什麼，生氣問。

「這個難道是為了體諒我才點的嗎？」

「沒錯，感動嗎？」

「心情很差。」

不是啊，這人為什麼有人照料也不滿意？

不管路西路西是否不滿，美味的料理依然繼續上桌。我們飽餐一頓後，甜點隨即上桌，皇子殿下享受著口感的大合唱，眉頭卻漸漸緊鎖。

「酥脆，柔滑，黏稠，鬆軟，還真的有夠五花八門。」

「就是考量到五花八門才點這些呀。」

「妳應該不可能把我當成需要拍馬屁的對象。」

「自古以來，同桌用餐的人能美味享用，大家才能好好用餐啊。」

如果同桌吃飯的人滿面愁容，我的胃口也不會好到哪去。所以我不是為了要迎合你或拍你馬屁，只是我自己想要擁有可以好好享用美食的用餐時間，才會參酌路西路西的缺陷進行點餐。

「光是看到殿下吃得開心，一起用餐的我也會覺得很欣慰又有意義。」

「……」

「啊！剛才路西路西不也說了什麼幸福嗎？那句話是對的，和殿下一起約會真是讓我既幸福又開心。」

所以說你趕緊吃好嗎，人就是要好好吃飯，我笑著挖了一口杏仁豆腐，路西路西卻突然把餐具放在桌上，手扶著額頭。

「怎麼會這樣隨隨便便勾引人又裝不知情呢？」

「怎麼了嗎？路西路西，頭痛嗎？」

『看吧，真是快把人逼瘋了。』

幹嘛突然講帝國語？他明明很會講亞蘭語啊。顧慮到他可能亞蘭語講膩了，正當我也打算講帝國語時，他突然又若無其事地用亞蘭語說沒事。

好吧，他如果說沒事，那我就當成沒事。我哪有什麼資格反駁呢？我甚至不是公爵，只是一介貴族而已。

大快朵頤的我買完單，接著帶路西路西去了當鋪。路西路西剛剛把手環放進捐款箱了，身上看起來比較值錢的東西就只有他的耳環。但在我一說要典當耳環時，他嚇得摀住自己耳朵。

「不是，妳把我的節義和信仰當成什麼了？現在是要我拆下這個嗎？」

節義？是我理解的那個意思嗎？節操和義氣？你哪有什麼要守護的節操啊？都已經結過兩次婚的人。

「那個，恕我冒昧……請問您哪有什麼要守護的節操呢？」

「如果是要換錢，妳手指上那個不就能換了嗎！」

「你在說什麼，誰會把婚戒當掉啊！」

「妳不是有兩枚戒指？話說回來，妳又不是結兩次婚，為什麼有兩枚戒指？」

「一枚是跟我弟弟成對的！」

「為什麼會跟弟弟有成對的戒指啦！」

人生在世也有可能碰上這種事情啊，你大吼大叫是什麼意思！

哎唷，這樣大喊害我喉嚨好乾，我咳了幾聲，他突然抓住我的手，試圖拔下我的尾戒。

「你幹嘛！搶劫啊！」

「會跟弟弟配一對戒指肯定不正常，戒指上肯定會有讓人瘋掉的奇怪魔法！」

「那只是追蹤魔法，您就別操心了！」

我一抽手，路西路西便露出彷彿看到可怕東西的眼神。

「真不敢相信，妳跟妳弟一起戴著有追蹤魔法的戒指？」

「嗯，里溫說要我送他這個生日禮物，還說如果我不戴，他會很傷心……」

而且這枚戒指還請塞基先生認識的魔法師多加了一道魔法。

既然已經有追蹤魔法了，我就改造成可以反向追蹤里溫的心跳、血壓等各項身體數據，如果有異狀就會閃光。

簡單來說呢，這枚戒指可說是我和里溫的雙向追蹤裝置。

「真可憐……還真的不正常。」

什麼意思？為什麼要摸我的頭？我有這麼可憐嗎？

男人憐憫地說如果是這樣就沒辦法了，於是拔下自己的耳環，還百般交代之後必須贖回，要我約會結束後一定要回家拿錢來贖。

「別擔心，不過就是副耳環，這掏光我們家守衛的口袋也付得起。」

我拍拍胸脯要他安心，但結束交易的路西路西居然拿著裝了一大袋金幣回來。

「……那個小耳環怎麼這麼貴？」

「因為是受過教皇陛下祝福的東西。」

「啊……」

祝福？對喔，他們國家有宗教信仰。真是的，有教皇的國家真好，賺錢也太容易了吧。

「哎唷，真好，可以很輕鬆透過宗教……」

「羡慕的話可以逃亡過來。」

「抱歉，我不接受傳教。」

我無信仰！謝絕傳教！

我搖搖頭拒絕，他露出遺憾眼神然後打了個響指，接著看到我的愛駒伊莉莎白從遠處跑來，還發出心情愉悅的噠噠馬蹄聲。

這傢伙為什麼這麼聽路西路西的話啊，他又不是妳的主人！

「上馬吧，我有先看好今天要住哪了。」

「哈哈，別人看了大概會以為伊莉莎白的主人是路西路西呢。」

「我看牠更喜歡我啊，這也沒辦法。」

路西路西撫摸著伊莉莎白的鬃毛，牠開心得呼嚕嚕叫，哎唷喂，也太開心了吧？我怎麼會給那傢伙騎士爵位呢？

但畢竟還是我要駕馬，把韁繩給我吧。我可沒辦法放心地把我的馬交給你。

我跳上馬，坐在皇子殿下身後，抓住韁繩左右張望，為了確認前方視野，拜託路西路西稍微彎腰。

「不能讓我抓韁繩嗎？」

「不要。」

「我腰很痛。」

「您也差不多到了會腰痛的年紀嘛，我會騎快一點的。」

「妳明知我不是那個意思。」

「是啊，所以別擋在我前面，您可以側坐或坐我後面啊。」

「我拒絕。」

「都不要的話那就只能這樣彼此維持著不方便的姿勢啦，還有什麼辦法？」

你就繼續縮著身體吧，換作是葛倫少爺就會調整成能一起騎馬的姿勢，這人為什麼這麼不懂變通？

想起跟我默契十足的葛倫，我忍不住嘖嘖幾聲，結果路西路西怒問我這麼不方便難道要怪他嗎？

一聽到我說當然都怪他，他不顧我正在駕馬，用力戳我的腰搔我癢。

我被搔癢而發笑，心煩得怒斥要他住手，但他沒有要停止捉弄我的意思。

呼……差點就出事了，因為路西路西沿路捉弄我，有一次真的差點要落馬，好不容易才抵達飯店。

男人拿了一整袋金幣，訂了一間最好的房間，在大廳點了一杯茶，但沒有我的份。

「我也口渴了。」

「喝水吧。」

「這裡也收茶水費。」

「拉爾古勒任何地方的水都免費。」

「我就說我不會去了。」

這人真的有夠死纏爛打耶，路西路西看起來已經捉弄我捉弄上癮了，於是我說出一句我苦心準備的話，讓他不得不請我喝一杯茶。

「您現在是在學四皇子嗎？」

「……」

「……」

「妳隨便點吧。」

對嘛，就算是路西路西，肯定也不想跟四皇子相提並論。回憶起我在偏房過夜那天受到的恥辱似乎讓男人心情大好，爽快地答應請我喝飲料。

呵，那我來點平常維奧萊特和莉莉嫌麻煩所以不常泡的那個好了。

「我要一杯特大杯香草奶油星冰樂，牛奶要尼美爾尼亞產的，要多壓兩下香草糖漿，要擠濃縮咖啡生奶油跟很多焦糖碎片。」

「……這是魔法咒語嗎？」

「不是啊，我只是點餐。」

我看著死命盯著菜單，試圖找出哪裡有這種飲料的路西路西，得意地笑著聳肩說怎麼會有人不懂客製點餐。

然後殿下又嘟嘟囔囔地說我很惹人嫌了。

隨便你罵，反正這場一對一約會就快結束，太陽也快下山，能被稱為約會的行程差不多都體驗過一遍，也是時候分別了。

一起看舞臺劇，還一起吃了飯喝了茶，確實是該回家了。

先讓路西路西在這裡睡覺，我明天再找人帶錢去當鋪贖回耳環就好了吧？如此一來，路西路西的亞蘭探訪記告一段落，等他回去拉爾古勒，這場約會就完美結束了。

我心情頓時好了起來，仔細品嘗著剛做好的香草奶油星冰樂。

我一下用湯匙挖，一下用吸管吸，同時補充了糖分和咖啡因也讓我找回活力。本來想說約會結束後會很累，今天要早點睡覺，結果現在精神反而好到可以加班的程度。

「那也差不多……」

「是，差不多要結束……」

我接話表示約會也差不多該結束了，男人點點頭，接著把飯店房卡放在桌上。

「上去吧。」

「是，晚安，路西路西。」

「走吧。」

嗯？什麼意思？是我要送他到房門口的意思嗎？不對，等一下，因為我跟葛倫同住在一個屋簷下才沒有特別意識到這點，但約會結束是不是都有要送對方到家門口的文化啊？

眼看男人把房卡遞給我，有夠理所當然地走在最前面，我急忙起身，拿著房卡跟上。

電梯直衝飯店最頂樓。

伴隨著叮一聲抵達的地方，果然如我預期，是一整層的豪華套房。走在沒有人經過的走廊，我把鑰匙插進鑰匙孔轉動後，打開漂亮的房門，接著做出真正的道別問候。

「那您好好休息，我明天早上會派人過來的。」

喔耶，我的外勤結束了，現在該回去處理業務囉。

我伸了個懶腰，轉身準備回家，路西路西卻抓住我的肩膀。

「妳要去哪？」

「……回家啊。」

「為什麼？」

「因為約會結束啦。」

「還沒結束吧？」

「不是啊，我都送您到飯店房門口了，現在還打算要玩什麼？」

「就只有那個吧？成年男女在床上玩的遊戲。」

成人男女？床上？那個？想了好久才想到相關詞的我說出了那幾個字。

「那個是指做……」

「好了。」

好喔，那確實不是可以公然講出來的詞。我捏著自己的嘴巴反省，但還是一頭霧水。

「我們為什麼要做那個？」

「這不都包含在一般的約會行程嗎？」

「一般來說不會在第一次約會做那個吧？」

「在我們拉爾古勒，這很常見。」

「這裡是亞蘭。」

「既然大帝國皇位的第一順位繼承人在這裡，我所在的地方就等同於拉爾古勒。」

「哪來這種謬論。」

「妳剛才不也講了歪理嗎？」

「這兩件事有一樣嗎？」

「哪裡不同？」

嗯……好吧，我現在知道我跟你對於「一般」的觀念有著極大落差，我看現在還是走為上策，用力點頭的我已經開始準備逃跑。

就在我掙脫路西路西的手，打算開跑的同時，我的身體瞬間懸空——男人一把抬起我走入房間。

「啊啊啊啊！有綁架犯啊！」

「哈哈哈！怎麼可能只是綁架而已，想得還真美。」

男人大步走進房裡，他還真會找臥室耶，一把將我丟在床上，然後看著發出尖叫聲倒在床上的我，用詫異口吻說。

「照常理來說，我以為在暗地裡保護妳的護衛會制止我這麼做。」

「您不是說要一對一約會嗎？」

「……所以妳真的自己來了？」

坦白說，其實有威爾．布朗和他的下屬在暗中保護我。畢竟得在不被路西路西發現的狀況下保護我，這對傑克或艾斯托而言是過於艱鉅的任務，所以我才偷偷拜託了威爾……

這麼說來，我都已經被拖進飯店房間裡了，那傢伙為什麼沒出現啊？

「好吧，跟羅斯羅斯並肩死去也很浪漫，不錯。」

「等一下，並肩死去是什麼意思？您到底是帶著什麼棘手的難題來到這裡？」

「哎唷，今天累了一天，要不要早點洗澡啊？」

「你這混帳！」

男人不理會我的咒罵，哈哈笑著拿了飯店毛巾和一把剪刀走進浴室……誰洗澡會帶剪刀？是因為眼罩的線頭跑出來了嗎？也是啦，遮住眼睛肯定很不舒服，戴著那個眼罩出門就跟戴眼鏡一樣不方便。

但聽他說要一起死就讓我覺得好像出了什麼大事，白天見面時他也有提到母后要把他送走什麼的，難道是有殺手跟來了嗎？

我躺在床上沉思，突然聽到玄關傳來叩叩敲門聲，因為我沒有點客房服務，也大概猜到會是什麼狀況，就大方開了門。只見走廊上一群黑衣人扭打成一團，混戰之中，站在門口的是一臉泰然自若的威爾·布朗。

「電梯已經停止運作，樓梯很危險，事態緊急所以前來報告。」

「這一定要在激戰中的走廊上講嗎？」

「您不是叫我不要使用陽臺的門嗎？」

「你什麼時候這麼聽話了？」

喂，不要露出頓悟的表情好嗎，我很受傷！

威爾說我沒辦法走正常路線逃離這裡，提出要不要走陽臺門或打破窗戶逃脫的建議。

「要我從十樓跳下去？是想殺了我嗎？」

「您不是跟傑克借了手銬嗎？抓著繩子，像平常消防演練時下降就行了。」

「嗯……我自己一個人的話應該不是不可能，但要跟路西路西一起垂降，我就沒什麼自信了。」

「那個人一定要活著嗎？」

「……」

哇……該拿這孩子怎麼辦？他居然露出真心感到驚訝的表情。

好啦，如果是非常緊急的狀況，我確實沒必要負責路西路西的性命安全，但即便如此，你也太過無情了吧？

「畢竟是認識的人，萬一就這樣死了，我心裡也過意不去。萬一他死了，帝國把問題歸咎於洛克斯伯格，那就更麻煩了。」

「啊哈，原來是擔心拉爾古勒會找碴啊，您果然英明。」

嗯……也不完全是因為這個原因好嗎？我到底該拿你怎麼辦才好啊。

「那您就帶著路西路西殿下，像平常和傑克玩耍時那樣垂降即可。」

「我們非要做這麼危險的事嗎？你們不能直接搞定那些殺手嗎？」

「對方實力頂尖，人數眾多，我不想失去我的任何一名部下。既然小主人有能力安全逃離這裡，也能保護好自己，我沒必要強行冒這個風險吧？」

「孩子，你不能把我的安危擺在最優先考量嗎？」

「對於一個只要把胸針丟出去就能炸掉一棟建築物的人，我還要多照顧些什麼？」

算了，別說了。

我依照威爾的建議，決定從陽臺離開或破窗逃出，正當我想關上房門去找路西路西時，腦中突然閃過一件事。

「等一下，剛剛我被路西路西抓走時，你為什麼沒有出現？」

「看起來您和葛倫少爺近期內是不可能行房了，趁這機會如果能產出一位正統繼承人也很好啊。」

「孩子，你可以彎一下腰嗎？」

「是。」

我雙手握緊拳頭，夾住威爾的兩側太陽穴並用力轉，接著就聽見威爾發出哀號。

「啊啊啊啊！」

還以為這孩子的血管沒在流通，原來他還有痛覺啊！我幫威爾做了通體舒暢的頭部按摩後，砰地關上房門。

既然威爾疼惜他的下屬到這種地步，那我也得讓步才是，我還是想辦法帶著路西路西回家吧。

也是啦，認真說起來，路西路西可是VVIP等級的貴賓，本來就應該將他護送到我們家或王宮才對，我只是覺得又煩又生氣，完全沒關心他到底要住哪才決定放任不管的。

「路西路西！緊急狀況！不要洗澡了，快點出來！」

我用力敲打浴室的門，因為對方沒有回應，我乾脆開門闖入。

沒想到浴室裡一點水氣都沒有，這人明明就有帶毛巾進去，感覺是沒洗澡才會這樣，只見男人坦胸露背，裸著上身。

「出去吧，要殺您的殺手來了。」

「……正常來說，這種狀況下妳不是應該有其他話要講嗎？」

「您手上那是什麼？」

「看來妳都把我的話當耳邊風呢。」

路西路西的手腕纏著被撕得細長的飯店毛巾，而且毛巾還濕透了。我心想他做這種事情應該不會是開玩笑，於是把毛巾層層鬆開，看到非常腫的手腕和手臂。

「這是什麼？」

「其實我在來亞蘭的路上就經歷過一場激戰了。」

「然後呢？」

「這可以說是一種光榮的傷口吧。」

「那您為什麼沒說？」

「說了妳就會把我隔離起來吧？」

啊……我現在才終於懂這人打著什麼如意算盤。他剛剛之所以找我的護衛也是出於相同原因，這個人是希望洛克斯伯格能解決追殺他的殺手，甚至期待能幫他找出幕後主使者是誰吧？打算假手他人，兵不血刃是吧？

說什麼一起死的屁話也是，這人的老媽如果把我跟路西路西一起處理掉，按照她的身分，甚至還可以向洛克斯伯格問責。

原來這對母子是想利用我一石二鳥。這兩個人真是太像了，我真的快被煩死了！

「哎唷，這種事情應該要早點講才對啊！」

「不要打我，妳以為打背我就不會痛嗎？」

「如果您打從一開始就先跟我商量，我也能盡力保護您的安危啊！要引誘殺手又有什麼難的？」

哎唷喂，真是難過死了，想要反將一軍為了殺掉自己而六親不認的媽媽，還硬忍著這傷勢，我光用想的都覺得難過了。

從這個腫脹程度看來，骨頭應該傷得不輕耶。

「還有點時間，我們先做點急救處理再走吧。我們洛克斯伯格的繼承人課程都有學這些喔。」

心臟按摩、人工呼吸、手腳骨折的緊急處理、消防教育等等，這種攸關人命或保護自己的課程，都是學到爛的繼承人教育必修課程，這是爸爸、我和里溫都走過的路。

我走到浴室外，打開窗戶通風，接著拿出師父給我的香水瓶。既然這是吸一口就能讓人昏倒的麻醉劑，讓皮膚吸收應該也會有點止痛效果吧。

「捏著鼻子，嘴巴閉起來，我要噴了。」

我噴完麻醉劑，再把手帕洗一洗，折成三角巾的模樣，接著依照所學，緊緊包覆手腕，然後把手錶戴在他的另一隻手腕上。

「衣服穿好，我們要準備逃離這裡了。」

「逃離？從哪裡？」

「窗戶或陽臺。」

「妳還正常嗎？」

「嗯。」

我看看……原來沒有陽臺啊，那就沒辦法了。

我舉起椅子，砸向客廳的落地窗，窗戶一下就被砸破了，看來應該是用很純的玻璃做的。但我明明說過十樓以上建築物要在玻璃縫貼保護貼片耶，這些傢伙以後等著繳違反建築法規的罰金吧！

「坦白說，我有懼高症。」

「現在講這個有什麼用？請您克服。」

該死的路西路西，身上有傷也不動聲色，現在卻意見一堆還囉哩囉嗦。我抽出手錶裡的鋼絲，緊緊綑在梁柱上，然後掛在路西路西身上。

我平時常和傑克用這個道具開心地玩垂降，現在要撐住我們的體重肯定也沒問題。

「來，跳下去吧，應該有在消防安全訓練學過吧？」

「那是什麼？」

「拉爾古勒皇室到底都教了些什麼啊？」

「我可以很明確地跟妳說，是洛克斯伯格很奇怪。」

男人深嘆了口氣，露出超級恐懼的表情站在窗沿，但他畢竟是在皇宮經歷過各種激戰的人，作決定的速度也是很快。

路西路西深呼吸一口氣，接著躍下。

「很好！太棒了！一二，踩！一二，跳！」

「太吵了，妳閉嘴。」

路西路西抓著手銬，一跳一跳地沿著建築物外牆下降。果然不管叫他做什麼事，他都能做得很好，皇位第一順位繼承人果然不是浪得虛名。真是的，我們國家也曾有過遇到任何事都會去做的公主啊。

嘴裡一陣苦澀的我在接近地面時就先跳下，並呼喚了伊莉莎白。為了剪斷鋼絲，我拿出短刃，卻發現路西路西滿身大汗。

「怎麼了？天氣這麼冷耶，您還會熱嗎？」

「一看就知道這是冷汗吧？」

不是啊，我的眼睛又沒安裝熱感應儀器，我怎麼會知道那個汗是熱的還冷的。

無言的我割斷鋼絲，小心翼翼地收起短刃。

這上面有河豚毒耶，一定要小心使用。

「呼嚕嚕！」

噢！原來妳有聽到我在叫妳嗎？伊莉莎白爵士，真不愧是我的愛駒！

我一躍上馬並向路西路西伸出手，畢竟事出緊急，這男人也沒想再阻擋我的視野，一下跳到我身後抱緊我的腰。

「在大廳外！快抓住！」

哎唷唷，聽說樓梯上也都是敵人，他們這麼快就殺到一樓了嗎？但畢竟我們的坐騎是伊莉莎白，應該能很快就甩掉他們，既然如此，我要不要先來下馬威呢？

「路西路西！如果有誰想跟上來，就把我的帽子丟出去！」

「為什麼要丟帽子？」

「我叫你做你就做！」

聽到我的命令句，路西路西又開始碎碎念，但也按照我的指示抓著帽子丟向敵人。

與此同時，帽子發出嗡嗡怪聲，這帽子果然不是只會露出一點點齒輪刀刃的可愛機關而已。

就連我的後腦勺都能感受到劃開空氣的衝擊波。

「呃啊啊啊！」

仔細一聽才發現，發出哀號的殺手不只一兩個人而已，公主到底給了我什麼東西啊！

「羅斯羅斯！妳到底給了我什麼武器？要是我受傷了怎麼辦！」

我也不知道會這樣啊！而且你難道不該先擔心一整天都把這種會造成大規模死傷的武器戴在頭上的我嗎？只有你的身體珍貴嗎？

路西路西和我在抵達公爵家的路上爭執不休，直到差不多到大門時，我們兩個都氣喘吁吁地講不出話。

好不容易抵達玄關的我們，下馬後還在調整呼吸。事先得知消息的僕人紛紛上前，為我們披上毛毯。

「羅斯羅斯。」

「幹嘛？又要找什麼碴？」

「妳想成為皇后嗎？」

「拉爾古勒帝國的皇后嗎？」

「對。」

「我為何要拋下年輕俊美的丈夫，跑去嫁給一個老男人？」

「我不是說現在的皇后，是說下一任皇后。」

「我沒有理解錯誤啊。」

「……」

「……」

路西路西甩掉身上的毛毯，朝我伸出手，他應該是又想幫我按摩耳朵了，所以我也迅速伸手抓住路西路西的雙手手腕。

「誰是老男人！妳有看過這麼幼齒的老人嗎！」

「跟二十三歲比起來當然是老男人！明明是再過不久就要四十的人了，有點良心好不好！」

「誰過不久就要四十了！我現在還在三十五歲上下！」

「數字本來就該四捨五入！」

「誰規定的！」

「我！」

臭路西路西又要讓人喘不過氣了。

在我們手抓手互相角力的同時，爸爸帶著威廉爵士一起出現了。應該是因為聽到消息，擔心我才出來看看……嗯？怎麼覺得這個狀況好像也曾經出現過。

爸爸靜靜地瞇眼觀察我們好一陣子，結果也沒提醒我們不要玩得太過火，而是直接介入。

「恕我冒昧，路西路西殿下。」

「洛克斯伯格家是得了沒辦法好好稱呼別人名字的遺傳疾病嗎？」

「羅莎莉特不適合擔任皇后，最重要的是，她是要成為下任公爵的人。」

「我聽說羅斯羅斯的弟弟也有接受繼承人教育，讓那傢伙來當洛克斯伯格公爵也可以吧？」

「照這個邏輯，反正大家都長得很像，把阿斯特里溫帶回去當皇后應該也無妨吧？」

「……」

「……」

哇，真不愧是我爸，抓人語病往死裡打的詭辯能力真是天下第一！

「而且里溫的個性很適合當皇后，比起羅莎莉特，他肯定能將皇后職務執行得好上無數倍。」

「……這話題我們以後再說吧。」

「好的，如果有機會的話。」

哇，真不愧是洛克斯伯格公爵，果然是一輩子吵架從沒輸過的人！

路西路西垂下身後隱形的尾巴，我們決定各自去休息。我替殿下找好醫生，命令僕人領他到房間休息。

雖然路西路西很可惡，但看他這麼痛還強忍著一聲不吭，還真的有點可憐呢。

總之，現在總算可以休息了。聽完威爾的報告，我決定明天再討論要如何處理，隨後帶著一大票侍女回到我房間。

在回房間的路上，里溫突然衝出來抱住我。

「姐姐！」

嗯哼？這小鬼為什麼又來黏我了？

我打算像平常一樣推開里溫，但這孩子的狀態看起來不太妙，不僅神色疲憊，身體也不斷發抖。

「我……我要被賣去當皇后嗎？」

「……」

你真的是很會擔心一些無關緊要的事耶。

里溫可能是偷聽到剛剛的對話，淚眼汪汪地說著自己不能去當皇后的理由。

「我怎麼能跟姐姐分開生活呢？我……我不會講帝國語，不熟悉拉爾古勒語，連老師給的評語也不是『非常優秀』，只有『優秀』而已！姐姐不也很清楚嗎！」

……你現在是在跟我找碴嗎？但我看里溫好像也不是想炫耀，就輕撫他的背讓他冷靜下來。

「別擔心，公爵大人只是要讓皇子放棄才會那樣講，並不是真的要將你送走。」

「萬一對方不放棄呢？如果狀況不理想，我也可能真的要去吧？」

……我倒是沒想這麼遠啦。

不是啊，就算真的面臨這種狀況，怎麼可能會認真覺得要把里溫帶去當皇后……

對喔！這部是BL小說！

哇……我把這件事忘得一乾二淨，是因為我把這孩子養得太厚臉皮又堅強，沒有男人會接近他，才導致我完全忘記這件事嗎？

呵呵呵，這個嘛，雖然沒有怪人來糾纏是件好事，但該怎麼說呢，嗯……覺得我太像白痴了。

「別擔心，我賭上我的名譽，絕對不會把我唯一的弟弟送去當皇后。」

「真的嗎？」

「那當然。」

里溫稍微冷靜了下來，但因為他還是在發抖，我只好牽著他的手走向我的房間。

「你今天就睡在我隔壁房間吧，我會牽著你的手直到你睡著為止。」

他抖成這樣肯定沒辦法好好睡覺。

我依約帶著里溫到隔壁，直到他入眠之前都牽著他的手。我打盹了好一會，好不容易等到里溫入眠，我才小心翼翼地鬆開手，回到自己的房間。

在侍女協助下，我洗了個舒服的澡，換上睡衣，躺在鬆軟床鋪闔眼入睡。

想必是因為整天都在外頭奔波，才會出現我的頭一沾到枕頭就立刻睡死的奇蹟吧。

天亮了。

路西路西這天殺的強盜，從我這搶走了贖回耳環的錢，搶走威爾的報告書，還逼我跟他約定在拷問殺手後，如果查出幕後主使者就必須公開發表，還說那支鋼絲手銬很有用，他想要，結果就把手銬搶走了。回國時甚至嫌我買的大衣丟臉，沒辦法穿回皇宮，硬是搶了阿斯特里溫的超高級大衣才上船離開。

哎唷，總算走了，雖然跟這個和強盜沒兩樣的路西路西做了虧本生意，但總算把他送回去了，感覺整個人通體舒暢。

這陣子應該能清靜點了吧？為了搞定里溫和路克特別為我留下的可愛工作，我回到工作崗位上。雖然工作很令人厭倦，但至少比應付路西路西輕鬆。再加上珍妮特．愛達尼利小姐說她為了遵守上次的約定，還特地來到公爵領地。

我還以為那只是場面話，沒想到她真的來幫忙我工作，真是個心地善良又美麗的孩子。珍妮特小姐說她會在這裡待到葛倫少爺回來為止，我就替她在辦公室多準備了一張桌子，以及讓她下榻的客房。

因為珍妮特堅持要住在我隔壁，我一允諾，里溫就抓著三角尺丟她，她也不甘示弱地抓住尺，轉了一圈又丟向里溫。

……雖然我知道這兩個人碰面不會多開心，但為什麼要丟三角尺啊？最近的孩子都把這當成遊戲嗎？

這樣很危險耶，要是其中一人失手，很有可能傷及無辜。我一說要兩人自重，他們又笑嘻嘻地回答遵命。

雖然玩得有點過頭，但兩個人都很乖很聽話，我安心地繼續工作，然後久違地用放鬆的心情吃了晚餐洗澡睡覺。

真希望每天都像今天這樣，如果葛倫少爺能回來就更好了。

我在床上打了個哈欠又翻了個身，棉被真的好軟好舒服啊。睡意不斷湧上，我輕輕閉上眼，結果小指的戒指突然開始震動。

嗶嗶嗶嗶嗶嗚嗚嗚！

甚至還響起了警報聲，我睜眼一看，戒指正在閃爍著光芒。

為了確認里溫身體狀況是否正常，我才要求加裝這個功能，但怎麼會改造成出現這種光線槍發射的聲音啊？

「這該死的家裡真的是！一天都閒不下來！」

我氣得抱著枕頭跳下床，大大發洩了一番才穿上外衣去找里溫。

現在是睡覺時間，他應該不會離別館太遠。

在哪？他到底在哪？

因為可以確定是里溫的身體出了狀況，我還帶上有麻醉劑的香水瓶以備不時之需。

我先去里溫房間，打開房門卻沒見到他。

我集合別館所有的僕人，一同尋找里溫下落，接到禁止通行的地下室有聽到聲響的回報後，我嚇得跳過封鎖線衝往樓下。

平常都是上鎖的地下室大門此刻整個敞開，我匆忙跑了進去，發現里溫抓著那把劍。

這孩子眼珠翻白，瘋狂發抖，像是伸手摸電線杆而觸電的人一樣，難道是因為他沒辦法鬆開那把黑化的王者之劍才會這樣？

「木棍！拿木棍過來！就算把他的手打斷也要讓他放開那把劍！」

對不起了，瑪卡翁先生，又要麻煩您來洛克斯伯格家診療了。

雖然我命令僕人們死命揮棍，但畢竟里溫是主人，他們也沒辦法真的用力打，我只好自己搶過木棍。

「給我放下！這樣你的手臂才不會被我打斷！」

喝啊！去死吧！不對，你不能死，手斷掉吧，阿斯特里溫！

我用盡全身力氣揮舞木棍，直到里溫的手臂出現可怕的骨頭斷裂聲，這才讓劍從他手中脫落。

因為握著未經打磨的木棍，我整個手掌都被木屑刺破流血，但比起疼痛，我更擔心里溫。

臭小子，你給我醒醒！

「里溫！阿斯特里溫！你聽得見我說話嗎？來人啊，去請瑪卡翁先生過來！如果他又有怨言，就說我願意聽他碎碎念！」

我得先把他移到有醫生的地方才行，正當我想這麼做時，里溫突然睜開眼睛，然後莫名其妙開始哭泣。

「姐姐！姐姐您還活著對吧？是小主人對吧？」

這孩子是瘋了嗎？為什麼突然變這樣？小主人又什麼意思？

雖然我自己也心神不寧，但里溫的狀況明顯更加嚴重。他的眼淚奪眶而出，哭得上氣不接下氣，悲切的哭聲讓我感覺自己的心都要跟著碎了。

「姐姐，您不可以死，不要丟下我一個人，嗚嗚。」

為什麼一直說我死掉啊？怎麼回事？不要無視我，自己在那邊超展開好嗎，先生？我最討厭這種事情了！

看著完全失常的阿斯特里溫，我反而找回了平靜，決定先讓這孩子睡一覺，於是我拿出香水瓶。

我摀住口鼻，打開蓋子狂噴，阿斯特里溫很快就失去了意識。

這效果真猛，塞基大人萬萬歲！

Touch My Little Brother

Touch
My Little Brother
and
You're Dead

#

外傳

#Side Story

若把姐姐喻為夏天

and You're Dead

因為那天是姐姐的婚禮，我記得清清楚楚。

那天是能看到姐姐穿婚紗，意義重大、高貴、特別、莊嚴等等，反正就是把各種好話鑲上去都不足為惜的偉大之日。

畢竟婚禮不是人生中會出現很多次的活動，我一大早就起床，努力要把姐姐的一舉一動都刻在我的眼角膜上。

旁邊那個，嗯，叫什麼葛倫·霍芬還是黃豆芽之類的我也不知道，他好像有些隱疾還什麼吧。

說句實在話，雖然我希望世界上所有會妨礙我觀察姐姐的東西消失，但這種重新回顧我有多討厭這人的時間，對我的人生而言都是一種浪費及侮辱，於是我決定到此為止。

總之呢，當時我依然對姐姐充滿著純情，任誰看了都會覺得既美好又紳士，我愛著姐姐，並喜歡著、思慕著姐姐。姐姐就是我的興趣，我的嗜好。若這個世上存在以姐姐為神的宗教，我也會覺得十分合理，所以我有空就會撰寫羅莎莉特的福音集。

是因為這樣嗎？所以婚禮那天才有了可以讓我記下語錄的演講環節。但只要姐姐一打開話匣子，字句量就龐大得令人擔心，以我愚鈍的腦袋可能無法一字不差地全部記住。

所以我在姐姐搭乘花車遊行時，拿了我的手冊和筆。接著從別館前往姐姐的婚禮會場，結果看到一個戴著面具，動作鬼鬼祟祟的人。

「你是誰！」

我緊抓著筆，萬一狀況不對，就要拿筆戳他，然後去叫艾斯托或傑克過來！我所接受的教育是，如果遇到難以招架的可疑人士，就要先逃走再叫布朗家過來，所以我已經作好了萬全的準備。

只要出現空檔就要刺，有空檔就要刺！滿腦子想著這件事的我評估著和對方之間的距離，結果戴著面具的人突然說了句奇怪的話。

「我是你媽媽！」

是女人的聲音，還主張她是我的媽媽，在我聽來就是個天方夜譚。

「我沒有媽媽！」

「你有！是這裡的人都說你媽已經死了，你才會這樣覺——」

「不是那個意思！」

聽到我大吼，女人慌張得縮起身體。對我而言，媽媽或爸爸之類的存在毫無意義。我從很小的時候就只看著羅莎莉特一個人，我只有把她一個人放在心上。

我對如此崇高的人所擁有的信任，雖然無法用人類的語言形容，但如果非要用亞蘭語來闡述，倒是可以這麼表達。

「對我而言，我只有羅莎莉特小姐一個人！她是我的姐姐、我的父母、我的情人、我的信仰！她是唯一一位凌駕於我之上的人！」

「喔喔，好喔……」

女人退了幾步。

哼哼，嚇到了吧？也是啦，我對姐姐這分至高無上的偉大愛情，一般人確實很難理解。

曾經我也跟傑克．布朗認真談心，試圖用語言表達我對姐姐懷抱的心意為何，但當我一字一句說明後，傑克可能是被我嚇壞了，頭也不回地轉身就跑。

真是個軟弱的人，連接受的勇氣都沒有，還敢詢問我對姐姐的愛情要怎麼定義？

「喔……那個，你真的不好奇你的身世之謎嗎？」

「一點也不好奇！」

我如果好奇這件事，早在十歲那年就離家出走了好嗎！又何必忍受狄倫．蒂亞蒙特那傢伙在這個家生活！

女人說的話一點也不好笑，正因為不好笑，所以我打算逃走後四處尖叫有怪人入侵。

「那就有點麻煩了。」

「呃！」

什麼啊，這女人什麼時候靠這麼近的？而且不曉得她哪來的力氣，居然捏著我的脖子將我整個人舉了起來。我喘不過氣，抓著那女人的手臂，雙腳懸空掙扎。

她用一種聽起來也沒特別生氣的語氣說道：「快說你好奇！」

「好奇！咳！我想知道！」

呼，活下來了。我還以為自己要死了。

我一投降，女人就大笑幾聲，說著「就知道你會好奇」，然後得意洋洋地開始說明。

我從剛剛就一直覺得怪怪的，這女人難道是……瘋子？

「在你們這家人的認知中，你的媽媽就是我。身為獨一無二魔法師的我被認定是你媽媽，你可以跟別人炫耀。」

「喔，好……」

「什麼？你不尊敬我嗎？」

「嗯，就也……」

「看來是想死了才會這麼目中無人喔！」

「呃啊！」

女人爆打我的頭，我不知道她是不是我媽，但如果這種人真的是我媽，那我也不需要。

總而言之，對方非常強大，但感覺精神狀態很不正常。正當我盤算著要找機會逃跑的時候，看到遠處正在偵查的威爾．布朗輕鬆翻過圍牆。

再拖一點時間，把這瘋子交給他之後就逃跑好了。

「反正呢，對我而言，你的身世也不是重點。」

哇，都已經跑得這麼快了，居然還沒有腳步聲。

要不是我親眼所見，我肯定不會發現威爾．布朗已經靠近。這種技術是怎麼練成的啊？這招感覺很適合用來瞞著姐姐跟蹤她耶，我以後一定要拜託威爾教我。

「總而言之呢，那把劍在你死後一年左右才插的……對，應該是在你二十一歲時插下的，你之後去你家地下室找找，應該會有。」

威爾．布朗甩動手臂，掏出一把長得像錐子的刀刃，看它的彎曲角度，難道是能一下就捅破喉嚨的武器嗎？真不愧是布朗家七兄妹中，以心狠手辣而聞名的威爾．布朗！

「如果出問題，讓你死是最快的方式。反正如果你想知道事件原委，就找它幫你復原……」

好可惜！威爾雖然瞄準了女人的脖子，但她就像剛剛一樣瞬間消失，並以常人無法企及的速度突然出現在其他地方。

「這裡太殺氣騰騰，我都不敢來了。」

威爾·布朗絲毫不在意攻擊失敗，持續展開攻勢，即便是現在的我也無法模仿他的動作。但女人彷彿是在嘲諷他，一一躲開攻擊並向我大喊。

「如果你真的為你那麼喜歡的姐姐好，就別忘記我的忠告！我還要忙著跟瑪麗亞玩，先走了！」

「嘖！讓她跑了嗎？」

哇喔喔喔喔喔，超酷耶！

嘖了一聲的威爾·布朗眼中充滿殺氣，就是很常見的那種，在主角敵營當反派當累了，最後自己的善良本性覺醒，成為主角伙伴的那種豪邁系帥哥的樣子，我也不禁發出哇啊啊的聲音並給予掌聲。

真的有夠帥，宇宙無敵酷，簡直像是《刺客教條》[6]！

果然，布朗家的每一位都是很難親近也令人畏懼的男人。本來就已經散發神祕劍氣了，居然還是黑髮黑瞳！人設過多也沒有多成這樣的，真不愧是威爾·布朗！

「哇！這是我第一次看到威爾工作的樣子，太猛了！好帥！」

6 電玩遊戲，玩家須在遊戲中扮演著身手矯健的刺客。

「沒啦，也沒到這程度……」

「是真的很帥！哇……」

我不斷讚嘆，男人難為情地搔搔後腦勺走向我。應該是要我保密剛剛發生的事吧，因為威爾．布朗負責整頓家裡發生的大小事件。

「請保密面具女潛入家中的事，公爵大人知道的話會生氣。」

「好！」

「……也不能告訴小主人。」

「啊？」

這就稍微……有點困難。其他人就算了，不能跟姐姐說這件事讓我覺得好沉重啊，我現在就要去見姐姐，也不知道能不能好好正視姐姐的臉……

「如果外流，我會把里溫少爺欺負葛倫少爺的方法和日期仔細寫下來，貼在玄關布告欄。」

「我什麼都沒看到，沒聽到，也絕不會說出口。」

「好的。」

連威脅別人的方法也超聰明！好酷，帥呆了！

雖然世界上最帥的存在依然是我們家小主人，但第二名應該就是威爾．布朗了，我跟威爾打勾勾約定嚴守祕密後，就各自離開了。

好像也沒過多少時間吧，但我抵達會場時婚禮早已經結束，姐姐也早就換穿第二套禮服了。

身穿純白婚紗的姐姐可說是這場活動重點中的重點，結果我卻沒能親眼看到，我哀痛又委屈地哭了。

我對那個面具阿姨的怨恨，無論經過千年萬年也不會忘的。管他什麼媽媽不媽媽，她總有一天一定要死在我手上。作出這個決定的我，流著淚去邀請姐姐跳舞。

我哭著上前，但姐姐說這讓她心情不好。姐姐就連嫌惡的表情都好優雅美麗，果然是我世界上獨一無二的姐姐。

姐姐是我的唯一、我的最愛、我最特別的珍寶。

我從凋零的黃豆芽那裡搶過姐姐的手，開心地跳了舞。看到黃豆芽氣憤的樣子讓我心情很好，但黃豆芽看起來也已經夠老了，怎麼還沒死？他這八字也真是有夠硬的，跟外表完全不同。

在那之後過了很長一段時間，我也開始能使用劍氣。變得更加健壯，身體線條更加明顯，更美麗，力量更大，只要下定決心，甚至也能殺人。跟家裡養的動物們拉近了一點點距離，也更熟悉工作業務了。總而言之，距離只為姐姐而活的完美弟弟模樣，我又更加靠近一步。

跟新來的外甥也是，一百枚金幣不只能玩一小時，我們已經熟到可以玩兩小時的程度了。雖然在遇到姐姐親生母親那天，我差點就被殺了，但換個角度想，這搞不好反而是件好事。

那位對我的厭惡是一看到我就想揮刀殺死我的程度，這不就表示以後只可能越來越喜歡我嗎？反正好感已經來到最底端，以後就只能從谷底往上爬了。

為了先對日後姐姐生母回來的那天預作準備，我詢問家裡的僕人，姐姐的母親喜歡什麼樣的人，結果他們都對那位不太了解，我也只能繼續精進我平常的修行。

世界上沒有女人會討厭漂亮又身材好的男人，這是姐姐和布朗女士說過很多次的話，我可以確定是準確的情報。

我為了挑選每天必敷的晚安面膜材料，把侍女集合起來。雖然平常我都用蘆薈或小黃瓜加強保濕，但最近太常加班，肌膚逐漸缺乏彈性，感覺用點豬腳的明膠應該不錯，雖然味道有點重，但效果更好。

「里溫少爺！里溫少爺！阿斯特里溫少爺！」

這聲音是奧莉薇嗎？這個表現得跟平常不同，吵鬧著跑來的侍女，是自從姐姐把我收為弟弟後，就一直在我身邊的侍女。

這聲音是奧莉薇嗎？這個表現得跟平常不同，吵鬧著跑來的侍女，是自從姐姐把我收為弟弟後，就一直在我身邊的侍女。我一直很感激她願意作為我的左膀右臂，也告訴我家裡發生的大小事，有時候還會提供我欺負黃豆芽的創意方法，而且她也有著想成為下任侍女長的野心。

「小主人回來了！她和路西路西執行約會工作時，在飯店被襲擊了！」

「什麼？」

飯店？妳剛剛是說飯店嗎？

好不容易把黃豆芽趕走，才覺得通體舒暢而已，她居然跟路西路西去飯店！我的天，高貴又美麗的姐姐甚至還魅力四射，真的讓我沒有一天能安心耶。

在過去這段時間，我為了阻止那些靠近姐姐的男人所付出的努力，就像跑馬燈一樣閃過腦海。姐姐是完美無缺的，但我還是想盡辦法掰出她的缺點，結果讓姐姐被馬利烏斯殿下責罵的那天、急中生智阻止了馬利烏斯殿下和姐姐同寢的那天，還有用全身阻止王儲殿下糾纏姐姐……那些日子全都歷歷在目。

此外，我還把如雪片般飛來，要寄給姐姐的情書都燒掉；逼迫有空就像水鬼一樣糾纏姐姐申請約會的黃豆芽加班；把在王宮宴會場那些搞不清楚分寸就想邀姐姐跳舞的人統統擋下，甚至把自願當二房、三房老公而帶著鉅額存款的資產階級全部抓起來，暫時和傑克．布朗同盟，樹立了絕佳榜樣。

雖然傑克．布朗也是我的眼中釘，但當我們站在同一陣營時又沒人比他更可靠，而且我光是想到他在地下室拷問人的模樣……噢……真是光想都不願意。

但現在那不是重點，要是運氣不好，因為一天的約會而趾高氣昂的路西路西搞不好就會因此纏上姐姐。那傢伙本來就已經跟姐姐是筆友關係，從他指定要跟姐姐約會時，我就一直有不太好的預感。

王儲殿下的部分，等姐姐繼承公爵爵位後就沒什麼大不了，算是相對令人安心的存在。但路西路西如果濫用權力糾纏，就算是姐姐應該也很難應對。

我就該在這種時候華麗出場，把局面搗亂才是。天底下要去哪找像我一樣這麼為姐姐著想的弟弟呢？

我會排除掉一切障礙，姐姐只要放心接下公爵大位，跟我一起生活到頭髮變成跟我相同的銀白色就好了。我看黃豆芽平常也不喝甲魚湯，身體都搖搖晃晃的，應該也活不過十年就會死了，我完全可以等。

我帶著堅定的意志，與奧莉薇一起前往本館。就在我計算著該在什麼時間點出場才能把整個氣氛搞砸時，意外登場的公爵大人讓我決定先行隱身。

不用我出場，公爵大人應該就能打發路西路西了，然而就在這時，我聽到一段實在難以忽略的對話。

什麼？皇后？我去代替姐姐？

……嗯？我要和姐姐一起生活到變成老爺爺老婆婆耶……先生？

感覺我的眼淚就要掉下來了，就連嘴唇都在發抖，奧莉薇緊抓著我的手，要我堅強。是啊，她說的對，我必須堅強起來。

如果我因為自己的錯誤而倒下，沒有任何人會同情或幫助我。當然姐姐會因為看我可憐而伸出援手，但我不想欠姐姐人情，我想要守護她！

我在公爵大人和路西路西離開後，衝上前抱住姐姐。我哭哭啼啼地哀求著不要當皇后，姐姐跟我約定不會把我送去帝國，還在我床邊牽著我的手陪我直到入眠，賺翻了！

雖然昨天晚上姐姐有來哄我睡覺，但我的不安感依然沒有消散。光是當皇后這件事就嚇死我了，珍妮特．愛達尼利這臭婆娘還趁黃豆芽不在的時候跑進辦公室，甚至占據了一個位子。

與其看那女人在姐姐身邊拍馬屁，不如看黃豆芽在這裡行光合作用還好一點。再加上皇后這件事，我左思右想都覺得，要是犧牲我一個人就能換得家族平安，也能讓路西路西消氣，公爵大人似乎不一定要留我。

而且，就，畢竟公爵大人看起來也不怎麼喜歡我……

雖然他把我當成自己的兒子，但坦白講，應該是因為姐姐強迫他才逼不得已這麼做，他的內心應該還是沒有接納我。

到目前為止，公爵大人從未看著我的眼睛說話過……也沒跟我面對面吃過飯，甚至這麼愛跳舞的人也從沒邀我跳過舞，即使我主動發出邀請，他看起來也不是很願意。

在這寬廣的宅邸內，能稱得上是自己人的，對我來說就只有姐姐和維奧萊特老師了，奧莉薇雖然挺照顧我的……但更像是為了達成她個人野心的投資。

我對維奧萊特老師和莉莉，除了感激，還是感激。從我還只是在宅邸掃地的一介僕人，到立場改變的現在，她們依然是我的裁縫老師，也是我親密無間的朋友。

莉莉……雖然她在我小時候說要讓我搭飛機，結果把我丟到跟玄關天花板差不多高的地方，造成我的心理陰影……但她其實是個善良的朋友。在我因為黃豆芽很煩而把刀叉插在牆上時還會包庇我，現在也會在我們都有空時一起訓練。

其實我會和她們熟絡起來是因為貝琪的關係，但她在我成為姐姐的弟弟之際就突然辭職離開，沒有一句道別，也沒說要去哪，坦白說讓我挺傷心的。

她現在會在哪裡，又在做什麼呢？雖然她的個性有點陰沉又狠毒，但畢竟是我從小就認識的人，所以我偶爾也會想念她。

總之，我一定要拒絕成為皇后，還要盡早把珍妮特・愛達尼利提出公爵宅邸。

我決定先從比較好處理的珍妮特下手，我在她的辦公椅上安裝了某種機關後，就在走回別館的路上，突然注意到地下室前放置的路障。

我記得塞基先生好像在這裡調查一把奇怪的劍？

……等等，以前那個怪女人好像說過地下室有一把劍？她說會在我過完二十一歲生日後出現，印象中，調查好像也是從那時候開始的。

所以……那個戴面具的瘋女人說的是真的？

我輕鬆跳過路障，回想著女人說過的話。但她那時候講了什麼啊？有問題就去找那把劍？不對，她是說死掉嗎？不是啊，我幹嘛放姐姐不管，一個人去死，又不是瘋了。講到姐姐我總算想起來，她是說如果我為了姐姐好，就應該去看看？

目前碰到的問題我都無法自行解決，姐姐雖然看起來沒有想得太深，但皇位第一順位繼承人總不可能隨口向人提議當皇后的事吧？再加上那傢伙不是說想把姐姐當成皇后帶回去或求婚，而是問姐姐想不想擔任皇后這個職位。

也就是說，他看姐姐很會處理王宮內外的問題，才提議要姐姐把皇后當成職位轉職。所以只要能把工作做好，退而求其次，把我帶走也沒什麼問題啊！如同公爵大人所說，我比姐姐更能統率後宮，而且又是漂亮的阿斯特里溫。

這是姐姐說過的話，不會有錯的。姐姐說我是世上最美的人，最帥的是泰奧多爾殿下，身材最好的則是馬利烏斯殿下。說到這個，我真的很羨慕馬利烏斯殿下耶。

姐姐曾這麼說過，臉是預賽，身材才是決賽。其中最重要的部位是胸部，接著是臀部，既然如此，那腰和大腿也是結實的更好。

雖然我遵循著姐姐的教誨努力鍛鍊身體，但可能有什麼先天條件的限制吧，無論我怎麼練，都練不出馬利烏斯殿下那種結實的體態。

到底要吃什麼，怎麼健身，才能讓肌肉和脂肪達到如此完美的平衡呢？

我遺憾地捏了捏自己的胸部和屁股，抓住地下室的門把。門是關著的，所以我嘿咻一聲，用蠻力扭斷門把，走進裡面。

破壞門把這件事之後再叫奧莉薇栽贓給她平常不喜歡的人就好，她肯定又要興奮地拿出她的仇人筆記吧，畢竟被這種方式攆走的僕人和侍女也不是一兩個而已。

這間地下室和公爵家的其他地下室差不多，陰暗、潮濕，還有一股霉味。

如果要說異狀，應該就只有房間中央插著一把像是黑化巴爾蒙克[7]的劍而已，那把劍還被一條鎖鍊纏繞著。

旁邊還有個應該是塞基先生用銅線層層纏繞的詭異箱子，它看起來不太重要，我輕鬆跳過它，握住那把劍。

「喔？」

我的心臟突然怦怦亂跳，意識一陣模糊……

等我回過神來，我跑到了一個奇妙的空間。

7 中世紀著名的中古高地德語史詩《尼伯龍根之歌》當中的寶劍。

不對，該說是一無所有的空間嗎？我的意識明明還在，但什麼都看不見，連我的身體都感受不到，也不曉得該如何移動我的手腳，比較像是打從一開始，我在這裡就沒有屬於自己的身體，所以也沒辦法移動。

使用者辨識中，阿斯特里溫．克勞利，是復原對象。

喔？聽得到聲音？復原對象是什麼，阿斯特里溫．克勞利又是誰？

阿斯特里溫．克勞利為復原對象。

哇，我沒講話也能跟他溝通嗎？這是什麼原理？但這是什麼啊？是夢嗎？

開始復原。

〔是／是〕

哈哈，哪有選項只有兩個「是」可以選的啊？但我好像在哪聽說過克勞利耶，是不克出席姐姐婚禮，把喜帖退回來的親戚嗎？姐姐的堂叔？還是什麼遠房親戚，反正應該是那邊的……

已同意，開始復原，目前進度百分之一。

等一下！我又沒說要復原！

事情好像朝著奇怪的方向發展了，雖然我嘗試阻止，但現在的我只有意識，實在一點辦法也沒有。

有種被勒住脖子的感覺，好難呼吸，我是不是作錯選擇了？早知道就不該去碰那把劍的。

瞬間，狄倫．蒂亞蒙特出現在我眼前，他掐著我的脖子，無論我怎麼掙扎都掙脫不開，最終窒息而死。

復原進行中，目前進度百分之五。

等等！等一下！這是怎麼回事！暫停！我不要！我不想死！

復原過程無法中斷。

我不是說我不同意了嗎！難道我光是想到「是」這個字就會被當成同意嗎？哪有這種道理，怎麼比姐姐更像騙子……不是，我從來沒有覺得姐姐是騙子！

等一下，這次好痛，超級痛。姐姐抓著那把該死的劍開始大暴走，我只能阻止她。面具女說過，抓住劍的姐姐為了實現我的願望，什麼事情都做得出來，所以絕對不能讓她靠近那把劍。

但是姐姐在十六歲自殺失敗後就陷入昏迷狀態，因為瑪卡翁先生長期的悉心照料，姐姐的臉色雖然看起來健康得像隨時都能醒過來，但她依然沒有恢復意識。

過了幾天、幾個月、幾年，姐姐都一直躺在那裡，這種狀態的姐姐究竟是怎麼到達別館地下室，還抓起那把劍呢？我雖然覺得這是胡扯，但那女人的話終究成了現實。

雖然姐姐醒來是件好事，但她沒過多久就死了。都是因為我，她是因為我才死的，所以我活不下去，沒有活下去的理由，於是我結束了自己的生命。

好痛。

復原進行中，目前進度百分之八。

羅莎莉特在十六歲時自殺，當時舉辦了一場盛大的喪禮。幾年後，面具女出現，她說只要我獻上自己的生命，就能救活羅莎莉特，我也同意了。

復原進行中，目前進度百分之十三。

羅莎莉特在十六歲時選擇自我了斷，面具女又出現了，她說我必須死才能讓羅莎莉特活下來，我說我死也沒關係。

復原進行中，目前進度百分之十七。

小主人的驗屍結果出來了，是墜樓身亡，我無法相信。我被趕出宅邸了。當我回過神來，發現自己在大街上流浪的過程中昏倒了，我應該是餓死的。

我已經想不起小主人的事了，我只覺得好餓。

復原進行中，目前進度百分之二十。

小主人一直死掉。我明明跟面具女說過無數次，我願意代替她去死，但不管過幾次，小主人總會在十六歲死去。

肚子餓這件事是很悲慘的，我很傷心，因為會讓我想不起姐姐的事情。太餓了，真的好餓。

發生錯誤。

這可怕的記憶會延續到哪呢？我死命撐著，終於看到小主人出現在我的面前。

小主人還活著，雖然我的手臂很痛，但這不重要。小主人，羅莎莉特小姐還活著真是太好了。

「姐姐，您不可以死，不要丟下我一個人，嗚嗚。」

雖然很像在胡言亂語，但我只是太開心了，才會又哭又笑的。姐姐拿出香水噴在我身上，然後我就睡著了。

Touch My Little Brother and You're Dead

Touch
My Little Brother
and
You're Dead

#

第二十二次？

#22 Round?

二十三歲的羅莎莉特

「嚇死我了！」

因為雙臂纏滿繃帶的阿斯特里溫突然瞪大眼睛，我被嚇得抖了好大一下。

這孩子像是殭屍一樣，上半身直挺挺地坐了起來，我本來打算逃跑，但這小不點一看到我又開始狂掉眼淚，抱住我的腰。

「嗚嗚嗚嗚嗚！姐姐！小主人！您還活著吧？是活著的姐姐對吧？」

是因為他失控地胡言亂語我才讓他睡著的，結果醒來後又開始了，但我早有防備，香水一直都放在身上。

「里溫，你再不冷靜我就要噴這個了。」

「噢！」

很好，終於閉嘴了。我趁著里溫鬆開手，動動我的手指關節。

現在就是令人興奮的彈額頭時間囉。

「里溫，我明明交代過不准進地下室，也發了公文，還有設置路障。」

「那個，姐姐……」

「先彈額頭再說。」

「呃。」

我狠狠彈了里溫的額頭好幾下，立刻腫了好大一個包，結果里溫又開始哭了。

好痛，不要再念了，我耳朵好痛。我對著全身搖晃，摀住耳朵的孩子彈完最後一下額頭後，才問他為什麼會去地下室。

但這臭小鬼顧左右而言他，不斷閃避我的問題，直到我又比出彈額頭的手勢，里溫才急忙開口。

「是媽媽！有個自稱是我媽媽的人叫我去那邊看看！」

「……你媽？」

「對。」

啊啊啊？這又是什麼故事？里溫什麼時候遇到他媽媽了？我先問起這件事，這個小不點才說出在我婚禮那天遇到那女人的事，是威爾．布朗要他不能說，所以才隱瞞至今。

哇……我要瘋了，這孩子居然有事情瞞著我嗎？

「我的婚禮都是多久以前的事了，你居然瞞著我快兩年？」

「對不起，但威爾叫我保守祕密……」

「看來比起我，你更聽威爾的話。」

「啊啊！」

我又多彈了他額頭三下，里溫痛到抱著額頭在床上翻滾。雖然瑪卡翁先生幫他把骨頭接回去了，但肌肉應該還是很痛才對，他難道都不痛嗎？

「因為他說公爵大人知道會生氣！」

「這……」

說得也沒錯！

把他本人綁走還生出薛丁格的阿斯特里溫的女人，如果她來這裡的事情被知道了，爸爸肯定又會昏倒。這件事情威爾的處置沒錯，我也沒辦法責怪他。

「然後，我也不知道這是不是作夢……」

「夢？」

這孩子昏迷之際還作夢嗎？但他的表情凝重到應該不只是單純的夢境而已，我要他據實以告後，他講出許多光聽就讓人起雞皮疙瘩的事。

里溫思緒紊亂，顛顛倒倒地說了一大堆，但稍微歸納一下……他好像是得到了之前幾次人生的記憶了。

被狄倫殺死是第二十一次人生的事。

跟暴走的我戰鬥是第二十次人生的事。

我不斷在十六歲嘗試自殺應該是十九次人生之前的事。

在復原進度進行到百分之二十左右時發生錯誤，應該是因為我強制把里溫和劍分開的關係。里溫和劍的連結斷了，復原就被強制中斷了。

這真是，我該拿這孩子如何是好……在我死後居然還有這些事情嗎？面具女誘惑他，說她有辦法復活我，所以里溫才乾脆地說他可以交出自己的性命。

嗯……我真的該拿這小不點怎麼辦啊……

我捶打著胸口嘆了長長一口氣，接著撫摸里溫。真是辛苦的孩子，因為肚子餓而橫死街頭又是怎樣啊，太令人傷心了。

「首先，里溫你先冷靜，有個你必須接受的事實。」

「什麼？」

「那不是夢。」

我從第十五次人生開始不斷自殺是事實，因為我也記得。我一說完這句話，里溫就發出喘不過氣的聲音，整個人往後一倒，頭直接撞在床頭上。

他沒起來，應該是又昏倒了。

「……」

嗯……我看他應該還要再休息一下。不過這樣反而更好，我決定下班後再來跟里溫多聊一點，便離開房間了。

不過啊，我仔細想了想，既然我在第二十次人生拿著那把劍大暴走的前一次人生，因為自殺失敗而陷入了昏迷狀態……這就表示我在第十九次人生沒有真的死掉，暴走事件的時間點其實是發生在第十九次的意思嗎？

那現在這次就不是第二十二次，應該是第二十一次囉？

哈哈，如果這是小說，那章節標題就該換了耶。

Touch My Little Brother

Touch
My Little Brother
and
You're Dead

外傳

#Side Story

即使用眼淚填滿我的人生

and You're Dead

我是羅莎莉特小姐的契約丈夫，不是戀人，雖然我也深知她不會把我當成異性看待，但還真的沒想到我們竟然連朋友都不是。

哇，我只是個外人，是跟羅莎莉特小姐不熟還裝熟，完美的陌生人。哇……我還是個搞不清楚分寸的人。

「嗚……」

雖然沒流淚，但我嘴裡發出了一些微弱的聲音。回到韋洛切領地後，我一直趴在辦公室的桌上。

我沒有工作，但就算不工作也沒人會干涉我，所有人都在看我的臉色。我想應該是羅莎莉特生日宴會上發生的事都傳開了吧，真是富有同理心的人們，貼心的部下，我好心痛喔。

「領主大人！領主！葛倫先生！出事了！出大事啦！」

大事？什麼大事？還有比我被羅莎莉特小姐宣判為陌生人更大條的事嗎？難道是帝國攻進來了……真希望亞蘭王國被毀掉。

「出事了！帝國大皇子收集完魷魚麵包的貼紙，換成約會券了！」

嗯，看來應該是要跟羅莎莉特小姐約會吧，這哪是什麼大事？身為一個陌生人，我哪有資格去攪局呢，哈哈。

「是喔……」

我趴在辦公桌上，好不容易擠出這句話，菲力普嚇得走向我。

「是喔？您這是什麼意思？您要趕快去阻止啊！」

「我哪有資格……」

「您是她的丈夫啊！小公爵的丈夫！」

「哈哈……」

什麼丈夫，我們連朋友都不是耶，哈哈……

我失魂落魄地笑了幾聲，菲力普又開始大呼小叫。先生，大家都在工作……你安靜點……

「誰！是誰把葛倫先生變成這樣！本來就已經瘦得像火柴人了，現在簡直就像乾癟的麥子！」

「菲力普，你表面上是在擔心別人，但都在偷偷損人耶。」

「弗羅德你閉嘴！逃出洛克斯伯格的人哪有臉在這裡插嘴！」

「喂，那哪是我的錯？你自己跟那個狐狸精交手就知道了！我不管怎麼想都覺得他肯定不是人類！」

又吵起來了，又在吵……大家都共事幾年了，可以好好相處嗎……

因為太吵了，我無力地滾動我的頭，好不容易才摀住其中一隻耳朵，結果出現一個嗓門更大的人讓他們住嘴了。

「主君！請賜我一死啊啊啊啊啊啊——」

嗯……黛安娜小姐又有什麼事情呢？

我又轉動了我的頭，讓她繼續說，黛安娜自白了毫無意義的罪名後，請求一死。

「其實葛倫先生當初收集到一半放棄的貼紙裡面，有一張是限量版的雷射貼紙。有位帝國出身的商人說他願意以高價收購，我想說已經絕版了，又可以補貼我的生活費，才會——」

「沒事……我明白……」

這會怎樣，那又會怎樣，山就是山，水是水啊。

我呵呵笑著饒恕黛安娜的罪，三人又開始怪裡怪氣地嘀咕起來，說我好像精神異常，如果不能盡快恢復正常該怎麼辦之類的。

你們如果這麼閒就都去幹活吧，雖然這好像不是從第一線退下的我有資格說的話。

「主君，夫人和其他男人出去約會真的沒關係嗎？」

「有關係又能怎樣呢？我是陌生人啊……」

「所以是有關係吧？真是不幸中的大幸。」

對啦，黛安娜小姐都說是大幸了，我也很開心喔。

我笑著在桌上持續滾動我的腦袋，隱約看到黛安娜小姐抱拳跪地，但那孩子好像又突然想到什麼事情似地抬起頭，用不惜一死的表情發誓。

「我黛安娜．琴托，在導正自身惹出的過錯之前，不會再踏入韋洛切領地一步！」

雖然我不知道這番話確切是什麼意思，但這表示她要離開韋洛切領地嗎？那工作呢？災後重建負責人如果離開韋洛切，那誰要負責現場監督啊？

「等一下，黛安娜小姐，妳要……」

「請主君務必保持身體健康！」

不是，那個，妳總該說說妳要去哪吧……

「……」

嗯，沒關係嗎……算了，韋洛切領地也爛掉好了。

看到黛安娜小姐跑出辦公室，我又繼續在桌上滾動我的頭，我總算明白羅莎莉特小姐為什麼有時會這麼做了，因為這樣腦袋裡不會有任何雜念，頭也很舒服，真不錯。

幾天後，我又聽說了洛克斯伯格領地的另一個消息，菲力普和弗羅德雖然想向我保密，但我也從僕人們的竊竊私語得知了真相。

路基烏斯皇子跟羅莎莉特小姐一起去了飯店，過程中遭受敵人攻擊而逃出，他們有做還是沒做的部分沒人知曉，但甚至連威爾．布朗似乎都是支持他們在一起。

好想哭，我結婚一年後才總算有一次約會，也沒兩個人單獨去過飯店。姑且不論飯店，我們甚至不曾單獨手牽手躺在床上過。

從某個時候開始，我就不到辦公室上班了。我躺在床上任憑眼淚浸濕枕頭，弗羅德和菲力普沒有多說什麼，只負責照料我的三餐就離開房間了。

就在某一天，我聽見走廊另一頭傳來小女孩開心大喊的聲音，她努力狂奔到我的房間門口，沒敲門就直接闖了進來。

「主君！我辦到了！您知道這是什麼嗎？主君！」

是黛安娜，這孩子看起來有夠邋遢。雖然不知道發生了什麼事，總之可以確認她這趟旅程應該挺艱苦的。

「有什麼事嗎？為什麼要這樣大喊大叫……」

「這是愛愛同意書！」

「……」

什麼？

我有聽錯嗎？愛愛什麼？

「這是愛愛同意書！一起相親相愛的意思！這裡還有夫人的親筆簽名喔！」

「給、給我看看。」

「這……」

我從床上跳起來走向黛安娜，我赤腳跑去奪走那張同意書，她眉開眼笑地看著我。

真的是羅莎莉特小姐的簽名，這張紙上明確寫著，等我回到洛克斯伯格家就會立刻允許愛愛，而且還約定必須每天執行這件事。

「妳是為了取得這個承諾，才跑去那麼遠的地方嗎？」

「是！我不是說要導正我造成的錯誤嗎，主君！」

「謝謝！」

該怎麼回報這份大恩大德呢？這張同意書對我而言的意義重大，就算……嗯……不做那件事情，光是同意一起睡就已經是莫大的進展了。

因為朋、朋友才不會一起睡！

「我要回去了，不對，應該先打扮一下，我現在看起來肯定很糟糕。」

「主君冷靜，我立刻找美容師過來。」

「好。」

我深呼吸一口氣，準備回到公爵領地。要剪頭髮跟剪指甲，既然這樣，那連身材也要注意一下，畢竟是要愛……愛愛嘛！

久違找回活力的我叫黛安娜好好休息，並讓她好好思考想要什麼獎勵。

既然都起床了，我也順便去看一下領地好了。即便能將事情交給代理人處理，還是我自己去巡視會更快，效率也會更好。畢竟當初幫助洛克斯伯格建設領地時，也有幾個行政設施我希望能建設在韋洛切領地。

我把黛安娜小姐費盡千辛萬苦帶回來的愛愛同意書裝進資料夾，放進包包。然後回到辦公室告訴菲力普和弗羅德這個好消息後，開始努力工作。

要確認我提出的設施都有開始進入試營運階段比想像中花了更多時間，也因為這樣，美容師、菲力普、弗羅德，甚至連黛安娜都在干涉我回去的事情。

造型、皮膚美容、有助於補充精力的藥等等，我把該準備的東西備齊，在工作告一段落後，回到洛克斯伯格宅邸。當然，愛愛同意書也在我帶回去的行李之中。

「……」

為什麼每次暫時離開一陣子回來，這地方都會變得不一樣呢？

首先光是洛克斯伯格家的大門就變得很奇怪，為什麼前面會有像觀光客的人群啊？為何還有導遊？那個捐款箱又是什麼意思？寫著「《尋母三萬里》劇中路克．洛克斯伯格的養父母家」的標示又是什麼意思……

我本來覺得不可能會有比看到巨大兔子在前院跳來跳去更衝擊的事，但在大門口飽受衝擊的我，一踏入羅莎莉特小姐辦公室，又遇到了更令人衝擊的事件。

桌子變多了。

現在是路克坐在我的位置，然後那個介紹自己是珍妮特．愛達尼利的人瞄了我一眼，簡單問候一聲就說她很忙離開辦公室了，她看起來是真的很忙。

「噢！葛倫回來啦？」

羅莎莉特小姐看都沒看我一眼，只是隨口問候了一句，她看起來依然很忙。然後！還有一件真的很奇怪的事情！

「里溫！里溫過來！幫我查去年的資料！」

「是，姐姐！」

阿斯特里溫比我最後一次看到時，動作勤快了五倍以上。

不可能啊，他怎麼能找得這麼快？而且我平常在用的繪圖板和辦公用品也全都被搬到里溫的位置上。

我有點賭氣地掃視里溫桌上的東西，發現有個圖表……等等，那是我原本在用的格式耶，如果換掉……

「……」

喔……圓形變得更好懂了？

因為一目了然的圓形圖表，我心跳加速，心跳得太用力，就像在我耳邊跳一樣。

里溫和羅莎莉特小姐正湊在一起討論事情，在羅莎莉特小姐嫌里溫噁心之後，我好像還沒看到他們這麼親密過。

剛剛跑出去的珍妮特小姐也匆忙回到辦公室，她擔心我久站腳會痛，還建議我去坐沙發，路克則是超高速按著計算機進行結算。

我坐在沙發上，規律地反覆著吸氣吐氣，維奧萊特端來了招待客人用的茶杯和茶，我感受到我的呼吸變得更急促。

啜了一口茶，我突然想到一種可能，該不會……我真的只是想說萬一……

「……」

這裡是不是不需要我了？

我心驚膽跳地希望時間走得快一點，但驚人的是，在下班時間前，結束今天工作的羅莎莉特小姐提早下達解散命令，大家紛紛擊掌。我想說總算可以和羅莎莉特說上話，才從沙發站起來，卻看到她帶著里溫一溜煙跑出辦公室了。

奇怪，羅莎莉特小姐原本是只有吃飯時間才會正眼看向里溫的人，現在怎麼……

「您終於回來了，葛倫先生。」

一對滿臉疲憊的紅髮男女走向我，路克和珍妮特說他們在這段時間代理我的工作，而從現在開始是快樂的交接時間。

我整個晚上都被這兩人抓著，把所有事情都丟回我身上的路克，帶著一副超級暢快的表情將計算機讓給珍妮特小姐，就回到百貨公司了。

……這是我送給羅莎莉特小姐的禮物，現在怎麼會是路克用完又傳給珍妮特小姐呢？

「啊，我還會在宅邸內待一段時間才走，以後也多多指教了。」

我不滿的不是這部分，是計算機，那臺計算機是我為了送給羅莎莉特小姐才訂的……

「那我先走了，有什麼事情請到羅莎莉特小姐的隔壁房找我，我現在住在那邊。」

妳又是為什麼睡在羅莎莉特小姐的隔壁？雖然我想問她為什麼放著那麼多客房不睡，偏偏要選那裡，但她咻一下就衝出去了。我跛著腿努力想追上前，可惜珍妮特小姐一下就跑得無影無蹤。我看她穿的鞋跟不低耶，速度還真快。

「您終於回來了，葛倫先生。」

妳也有等我嗎？難怪我想說維奧萊特怎麼還不下班，原來是在等我啊。從侍女專用休息室竄出來的她，在我面前抓著裙襬鄭重向我行禮後，乾咳了幾聲。

「您要先用餐嗎？還是沐浴？還是……嗚呼呼。」

「……」

這人是怎麼回事？雖然我對她這種不懷好意的笑聲感到不快，但我決定先填飽肚子，前往本館餐廳用餐。

我在餐廳前遇到洛克斯伯格公爵大人，公爵大人非常熱情地歡迎我，擁抱我，甚至還淚汪汪地看著我。

我……坦白說……比起公爵大人，更想被羅莎莉特小姐熱情迎接……

但我不能表現出來，便裝出開心的樣子，跟公爵大人單獨用餐。羅莎莉特小姐和里溫不曉得去做什麼了，用餐時間也沒出現。

吃飽後，在附近待命的維奧萊特又衝出來，強迫我選擇要沐浴還是嗚呼呼。雖然我不知道什麼是嗚呼呼，但我一說要洗澡，她就一臉洩氣地引導我。

她帶我抵達的地方是羅莎莉特小姐的房間。

「……這裡？」

「不是從今天開始同寢嗎？啊，還是我記錯日期了？」

「對！沒錯！哈，是今天沒錯。」

我慌張地結巴回答，維奧萊特摀著嘴笑著幫我開門。

呼～冷靜點，雖然是同寢，不過對方畢竟是羅莎莉特小姐，所以也不會真的發生什麼。她可是說要從朋友當起的人耶，肯定會把兩張床併在一起，說要在各自的床上睡覺。

我可不是笨蛋。

但這樣就夠了，我在韋洛切領地放下所有期待，回來洛克斯伯格。如果真有兩張床，在把兩張床合在一起之後，我打算充滿自信地說「既然我們是夫妻，至少可以牽手睡吧」。

「嗯？」

但要自己移動那張大床也很費力，還是先來暖暖身好了。

奇怪的是，羅莎莉特小姐房間裡只有一張床。為什麼呢？是忘記我要搬過來了嗎？

我訝異地問維奧萊特為什麼只有一張床，她卻也露出一臉疑惑的表情。

「小主人的房間本來就只有一張床。」

「但我們不是要……」

「那就更該是一張床呀。」

……怎麼回事？這是什麼狀況？為什麼只有一張床？

「那麼，葛倫少爺，先來準備沐浴了。」

「……等等！」

維奧萊特試圖脫下我的外衣，我緊緊抓著我的外套往後退。

呃啊啊！妳幹嘛啊！

「怎、怎麼了嗎……？」

「不是要洗澡嗎？我會多叫人來幫忙的。」

還要叫人？我嚇得說沒關係不用了，結果她又歪頭看著我。

「一個人洗肯定沒辦法在小主人回來前完成，而且還有很多要準備的東西……噢！」

維奧萊特倒抽了一口氣，眼神突然變得雪亮，但我實在不懂她在說什麼。

「原來是那個！真不愧是謀略家啊！比起主動送上門的餐點，當然要選那個，親自，嘿嘿，一件一件，我明白了。」

不是，我現在完全沒有聽懂，妳到底自己腦補了什麼啊？

維奧萊特留下一句有需要再叫她，就把我獨自丟在羅莎莉特小姐的房間了。嗯……一個人在這裡真是莫名緊張，只要在這裡等著，羅莎莉特小姐就會來嗎？

依照維奧萊特說的話推論，羅莎莉特小姐還要一段時間才會抵達，看來我還有點時間。

那我來觀察一下床鋪好了，雖然乍看是一張大床，但裡面可能藏著羅莎莉特小姐要整我的機關也不一定。塞基先生很會製作奇怪的東西，搞不好按下某個按鈕，床就會一分為二。

「……沒有耶。」

床沒有從中間分開，看起來也沒有隱藏裝置，我仔仔細細檢查了床鋪，但一無所獲。我只好坐在床邊，把枴杖斜立在一旁。

不知道了，我實在沒預期是這種狀況，我什麼都不知道了，完全猜不透羅莎莉特小姐的心思。會不會我手上這張愛愛同意書只是我想像中的禮物？還是有我沒確認到，但實際有寫在上面的不平等條約之類的？如果都沒有，難不成我從每一行第一個字直線讀下來會發現什麼愚人節快樂的藏頭詩嗎？

「葛倫在嗎！」

「呃啊！」

因為覺得羅莎莉特小姐真的有可能做出這種事，正當我伸手在口袋翻找合約書時，門突然砰地打開。

堂堂正正走進房間的羅莎莉特小姐上下打量坐在床邊的我，一臉滿意地脫下高跟鞋和外套，接著依序脫下雙腳的絲襪。

因為脫的過程會看到她赤裸的大腿，我下意識覺得不能看就撇開頭。結果我的身體突然一陣傾斜，不知不覺來到我身邊的羅莎莉特小姐一把將我推到床上，我的後腦勺不明就理地享受著床鋪的鬆軟，然後羅莎莉特小姐說了奇怪的話。

「嘿嘿，今天晚上不讓你睡了。」

這位不知道是去哪裡學壞，而且是學得徹徹底底。我雖然明白羅莎莉特小姐是出於何種意圖才說這句話，但我全身起了雞皮疙瘩。

不該是這樣的，如果繼續這樣下去，今晚肯定會變成彼此一輩子的悔恨。

「等等，等一下，羅莎莉特小姐。」

「真是的，害羞什麼啊。」

我不要！

我雖然想撐起身體，但不曉得是受姿勢還是重力影響，又或者是羅莎莉特小姐本來就力氣大，我完全無法動彈。我的肩膀被壓得很痛，原本正在一一解開釦子的羅莎莉特小姐不耐煩地抓著整件襯衫撕開，我也忍不住發出哀號。

「呃啊啊啊！」

「安靜點！別人會以為我要吃掉你好不好！」

難道不是嗎！

我甩開羅莎莉特小姐的手，好不容易才抓住襯衫的前襟，手抖個不停，幾乎都要哭出來了。我真的完全沒料到會是這種狀況，這位到底是跟路基烏斯殿下發生過什麼事情，才會變得這麼大膽？

「羅莎莉特小姐，住手……」

「……」

喔？怎麼突然停了？羅莎莉特因為我的拒絕而有點躊躇，眉頭深鎖，然後還很噁心地揚起嘴角，發出「嘿嘿嘿」這種像禽獸一樣的笑聲，然後瞬間解開我的皮帶釦環，一把扯掉皮帶，解開褲子鈕釦的超快手速讓人感到不可思議。

我實在是……忍無可忍了。

「我不是說住手了嗎！」

「啊啊啊啊！」

我用盡全身力氣推開羅莎莉特小姐，她從床上滾到地上，感覺摔得不輕，我雖然急忙起身，但因為我的褲子和襯衫都不在正常的位子上，我只能用雙手抓著衣服褲子，縮著身體站起來。

「還、還好嗎？」

「你是在幹嘛？」

「……這是我想問的問題！」

因為羅莎莉特小姐發脾氣，我也氣得大聲回應，結果羅莎莉特小姐瑟縮了一下，看了我的臉色。

我先是為了平息我的困惑而深呼吸，接著將身上的衣服釦子重新扣起，然後拍拍我身邊的床鋪。

「坐吧，我們需要談一談。」

羅莎莉特小姐不斷看著我的臉色，迅速來到我身邊，一屁股坐在床上。啊，剛剛羅莎莉特小姐真的超可愛……不對，現在不是說這個的時候。

「您是在哪裡學到這些的？為什麼，一開始就要，撲倒……」

「不是你先說要愛愛的嗎？」

「是沒錯，但您不是也說要先從朋友當起嗎？」

「是，我是這麼說過。」

「既然您把我當成朋友，為什麼還……把我推倒在床上？」

「朋友之間也是有可能這麼做的吧？」

「世界上有哪個朋友會這樣啊！」

羅莎莉特小姐覺得厭煩而摀住耳朵，不是啊，現在把這些好好聽進去都來不及了，一直逃避到底是想怎樣！

「世界上不也有那種朋友嗎？」

「所以對妳而言，我是那種朋友嗎？」

「這倒不是……」

「羅莎莉特小姐的目的是我的肉體嗎？」

「哈哈，你的肉體哪有什麼好看的。」

「……！」

「不、不是啦！我太口無遮攔了，我意思是……你的肉體也是有市場的！有人就是愛瘦皮猴，不是這種身材就吃不下……哎呀！我不是那個意思！」

羅莎莉特小姐，請您乾脆不要講話了。我既無言又悲傷，淒涼地將臉埋進手掌。羅莎莉特小姐急忙從抽屜拿出手帕給我。

「哎唷，別哭啦，都是我的錯。」

「我才沒哭！」

我一大吼，羅莎莉特小姐又安靜下來了。我好奇她在幹嘛，偷偷把手放下瞄了一眼，發現她非常喪氣，連肩膀都垂下來了。

因為這麼可愛的樣子實在很難得一見，雖然閃過要不要再拖點時間的壞心眼，但我很快又搖搖頭否定這種想法。羅莎莉特小姐肯定也很傷心，我如果因為有趣就繼續假裝生氣就太無禮了。

「那個，您不是說要以正式交往為前提跟我當朋友嗎，所以……」

「怎麼樣！你說！儘管說！你說什麼我都願意做！」

啊啊啊，太近了啦，羅莎莉特小姐的眼睛好閃亮啊。

羅莎莉特小姐靠上來的樣子看起來就像一隻興奮的小狗，讓我心臟不斷狂跳，但我該說的話還是得說，我必須鼓起勇氣。

「既然要從朋友開始，那進度也慢慢走……首先，我是覺得……是不是要先牽手比較……」

「喔！進度！順序是吧！好喔，那就暫時先牽手睡覺吧！」

羅莎莉特小姐從床頭櫃上的箱子拿出兩套蠶絲套裝，她說已經先做好情侶睡衣了，要我洗完澡記得穿上。

哇！居然是情侶睡衣！我一想到她也不完全是把我當成陌生人，就不自覺露出微笑。羅莎莉特小姐似乎也相當滿意，說著就知道我會喜歡而哈哈大笑，然後說她先去洗澡再回來。

我也要趕緊去洗澡換睡衣囉～

我拄著枴杖前往浴室，但不知為何，我在每個路口分別遇到了維奧萊特、莉莉和傑克．布朗。他們統統都冷眼看我，甚至我還看到遠處捧腹大笑走下樓梯的阿斯特里溫。

雖然大家的態度都很奇怪，但還是我哼著歌洗了個暢快的澡，穿上合身的睡衣，走向羅莎莉特小姐的房間。

羅莎莉特小姐已經洗完澡躺在床上，看到她拍拍身旁的空位，我鑽進被窩，牽起羅莎莉特小姐的手。

「關燈了，祝你有美好的夜晚。」

「是，羅莎莉特小姐也晚安。」

在我額頭親了一口的羅莎莉特小姐熄燈後，頭一沾到枕頭就睡著了。怎麼連睡覺的習慣都這麼安靜又可愛呢？

我覺得神奇，安靜地笑著，接著閉上眼睛準備睡覺。

如果慢慢照進度走下去，就能像其他人一樣平凡交往，總有一天就能實現正常的婚姻生活吧？然後，我在快睡著之前才終於明白，我剛剛究竟都幹了什麼好事。

我為什麼會滿足於牽手而已呢？是笨蛋嗎？

Touch My Little Brother and You're Dead

Touch
My Little Brother
and
You're Dead

第二十一次
#21 Round

二十三歲的羅莎莉特（1）

我上班時被莉莉和維奧萊特瞪了；傑克．布朗搖搖頭說他對我一點期待都沒有。我走到我的座位，發現威爾．布朗放了一個立體紙雕公爵之類的東西，寫下給我的訊息。

如果性功能有問題，現在得趕緊開始接受諮詢治療。

我把那個漂亮的立體紙雕工藝品塞進自動碎紙機，打開窗戶。

「我的性欲超級正常好嗎，大笨蛋！」

我喊得很大聲，響亮到幾乎要有回音的程度，威爾那傢伙應該也聽見了吧？我還想說這些臭小子為什麼看我的眼神好像在看垃圾，看來他們都在討論昨晚的事情。

但那真的不是我的問題，我簽下愛愛同意書後，真的打算盡我全力和所有誠意，完全投入這個行為，實際上昨天也真的差點有歡愉幽會啊。

呵呵，把葛倫襯衫釦子都解開後他細嫩的肌膚露出了一大片，衣衫不整的狀態下，有做造型的頭髮和臉依然保持整齊。看到如此端莊的孩子因為躁熱，整張臉連同脖子都紅彤彤的，甚至還淚汪汪地躺在床上，呵呵，噗呵！有哪個女人看到這個樣子……不會動搖啊！

歡愉幽會！這只能歡愉幽會了！

所以我展現出跟維奧萊特努力練習的華麗抽腰帶技術，準備迎接一個火熱的夜晚。然後就被拒絕了，還聽到他說暫時只能牽手睡覺。

我真的沒辦法理解葛倫少爺到底在想什麼，我正式向他提出交往，他不回答我就頭也不回地回到韋洛切領地。後來黛安娜獨自在不斷流口水的彼得面前示威，誓言如果我不簽愛愛同意書，那她死也不會離開，所以我很快就幫她簽名了，還想說這是綠燈的意思嗎，所以才作足了萬全準備……但葛倫少爺看起來好像又不是那個意思。

嘖，我倒是從來沒想過會遇到這個問題，因為我覺得自己非常漂亮，到目前為止也從未懷疑過自己的魅力。

我想了想，看著關係融洽，正打鬧著走進辦公室的珍妮特和里溫發問。

「孩子們。」

「是，羅莎莉特小姐。」

「姐姐請說。」

「我沒有性方面的魅力嗎？」

「才沒那回事！只要您願意，我今天晚上就能去侍寢！」

「我也是。」

「神經病！你不行好不好！」

「誰神經啊，妳這個瘋女人。」

「你啊！我就是在說你！你這個泯滅人性的可恨瘋子垃圾阿斯特里溫洛克斯伯格先生。」

「醜八怪話還真多，妳才是肥滋滋體脂肪超過百分之四十的珍妮特艾達尼利小姐！」

「喂！你怎麼知道我的體脂！」

「一看就知道了好嗎！」

「你是變態嗎！」

原來如此啊，但你們別吵了。兩個人揪著對方頭髮大吵，我一下令要他們停止，里溫和珍妮特就朝氣蓬勃地說「是」然後回到各自的座位。

這兩個人真的很乖巧聽話呢。

不過啊，如果照他們的回答，我不管是從一般角度，或是客觀角度來看，應該都是美麗且有性魅力的成熟女性啊，那為什麼葛倫少爺會說只要牽手睡覺呢？

雖然進度也很重要……但他真的是個過度保守的傢伙耶。

發出嘖嘖聲的我坐在椅子上轉動著椅子，葛倫少爺在整點時推開辦公室的門走進來，不知所措地向我打招呼。

我略顯尷尬地接受他的問早，結果珍妮特小姐突然跑來勾我的手臂。

「羅莎莉特小姐，我真的有這麼胖嗎？」

「呵呵呵，妳別在意。里溫只是為了逗妳才這麼說，珍妮特小姐只是曲線比其他人更加凹凸有致而已，妳該瘦的地方也很苗條啊。」

但那個勾手臂的動作，非得要把胸部挺這麼出來才能勾嗎？連髮色都比路克還紅，雙眼皮也很深，臉部曲線也很立體，唇色也很深，已經什麼都很深很濃的孩子還這麼親熱地靠上來，真的是讓我倍感負擔。

我心中頓時湧上一股難為情的心情，於是把身體扭向另一邊試圖保持距離，結果這回換成里溫跳起來，來我旁邊牽著我的手。

「姐姐！」

「喔，怎麼了？」

「您要摸我的胸部嗎？」

「不要。」

「哼！」

這些小鬼到底為什麼要一直把胸部湊上來啦！我知道了，你們還在青春期是吧！都是一些未來還充滿可能性的小朋友！

「孩子們，拜託你們開始工作吧。」

「是！」

「好的，姐姐！」

果然都很乖巧。

我好不容易才從兩人之間解脫，捶著肩膀的時候，又感受到葛倫傳來一股非常冷冽的視線。雖然我心情也不太好，但如果不看他好像也不行，於是我小心翼翼轉過頭，看到對方瞇著眼睛看著我，而且嘴唇還奇怪地扭曲著，整張臉皺在一起。

我有預感應該會聽到超級多的嘮叨，所以我一到午餐時間就抓著里溫前往塞基先生的魔法研究所。

「姐姐。」

「嗯。」

「這一定要每天做嗎？」

「當然。」

想想你之前搞出來的事情，當然要每天學到你矯正為止啊。

我對刻意勾著我的手還用胸口磨蹭的里溫說很噁心，然後大步走向塞基先生。

那個，阿斯特里溫回想起的記憶大概是到第十四到十五次人生吧……因為那時候我一直在自殺，聽了里溫的說明也還搞不太清楚是第幾次。但總之呢，在找回那段記憶之後，還發生了一次騷動。

因為黑化王者之劍而斷手，又遭受記憶復原的打擊，里溫進入非常嚴重的分離焦慮狀態。他拒絕與我分開，就連睡覺也會因為我不在視線範圍內而哇哇大哭，甚至破壞周遭的東西。

他還曾經把負責保護我的傑克撂倒，爬進我的房間說著不能讓我死掉，他這輩子都不會讓我出去這類的話。當時他用一副冷酷的表情，說著言情小說霸總風格的臺詞在那邊大吼大叫，所以我對他施放了大約一環程度的雷擊。

里溫發出燒焦味並昏迷，後來開始接受即使跟我分開也能冷靜下來的矯正治療。嗯，我也不確定這算不算正確治療方法，應該說是矯正實驗會更貼切。

「喔喔！我女兒的噁心又可愛的弟弟來了嗎！」

「呃！」

里溫在我向塞基先生學魔法時，會以戴上頸圈的狀態，被關在魔法研究所最高層的閣樓，淪落為只要一發作就會被施以電擊的實驗體。

在這場實驗中，我甚至用新的鋼絲手銬作為報酬，動員了傑克．布朗。雖然傑克確實是被鋼絲手銬吸引來的，但他似乎也對這場實驗本身相當滿意。

一旦里溫發動劍氣，就會造成大規模損害，所以我才把擁有能消除劍氣的鐮刀的傑克找來。不過傑克好像更享受電擊里溫的行為，我在樓下都能聽到他開心的笑聲。

但怎麼就不能控制得宜一點呢？

這場實驗持續了一段時間，里溫現在變得只要感覺到電流，就會掐著自己喉嚨無聲尖叫。真沒想到我在塞基先生旁邊觀察，竟也能看到條件反射實驗啊。

「噢，我的女兒，妳再過不久就能到達三環了耶？」

「什麼！真的嗎？」

「專心。」

「啊啊啊啊！」

不是，你用講的就好了，幹嘛電我啊！這臭老頭自從把相機送給葛倫後，就對我越來越隨便了，總覺得他好像在包庇葛倫。

「妳這小鬼！都說要愛愛了，怎麼只跟老公牽手睡覺呢？」

「這件事情已經傳到把拔這裡來了嗎？」

「哎唷，我會不會到死都還抱不到孫子啊。」

「不是有路克嗎，路克！」

「他是挺可愛的啦，但看著小朋友長大更有趣啊。」

哎唷？他講得好像養過一樣，明明自己也沒生小孩。

「指定範圍，凝聚。」

雖然我對於昨晚的事還有很多需要解釋的部分，但我決定先專注於眼前的練習。

畢竟我的輸出功率比直接被閃電打中而覺醒的雷屬性魔法師還弱，即便提升我的法術環位，破壞力應該也提升不到哪去，所以才在嘗試其他方法。

閃電是電，電磁力也是電。我把魔力轉為自力，將視野所見的所有鐵砂聚集起來，做成圓錐形，換句話說就是鑽頭。我對於「什麼形狀的東西插在人身上最痛」進行了無數研究，最終才找出這個形態。

「呵呵呵，因為先天條件限制無法凝聚出雷雲，就改變方向找出對策了是吧！雖然妳是我的女兒，但不得不承認，該說妳很會耍這種小聰明呢？還是說我真是害怕極了呢？」

「您只要稱讚『原來妳也下了很多工夫研究啊』就好了。」

「不，那樣不夠像稱讚啊，我現在有一種解放了怪物的感覺，但因為妳還得繼任公爵爵位，我也不能把妳塞進魔塔。」

現在後悔有什麼用呢？我早已知道了電磁力的滋味喔，嘿嘿嘿。

只要有這個，我就能鑿穿人類，鑿穿大地，也能鑿穿岩石。在南部鋪設鐵路時搞不好還不用繞來繞去，可以鑿出一條筆直的道路呢。如果用這個在山脈或河川鑿出隧道，還能省下火藥費用。讚啦，我要去多要點高速鐵路的股份了！

我發出嗡嗡聲，把地面鑽出一個大洞，揚起許多塵土，結果被塞基先生臭罵不可以拿魔法開玩笑。然後透過閣樓窗戶看著我的里溫，在高喊姐姐好帥之後，又被電到掐住自己脖子。

在這件事後，連傑克也知道我會使用魔法了，看來該知道的人幾乎都知道了啊。爸爸、威廉爵士、塞基先生等人、艾斯托、傑克、威爾、里溫……瑞姆·巴特應該也略知一二。

怎麼辦呢？家裡不知道的人反而更少了，隱瞞他們讓我覺得有點抱歉，但我又不能一邊向他們施展魔法一邊炫耀說我會使用魔法。

「對了，把拔。」

還不知道怎麼處理的事情，就往後挪再說吧，我停止施展魔法，走向塞基先生。看到我陰險地搓著手靠近，塞基先生用一臉懷疑的表情警戒地盯著我。

「幹嘛？什麼事讓妳這麼緊張？」

「那個東西完成了嗎？因為那位好像也差不多要來了。」

「啊，那個的話。」

塞基先生總算明白我在說什麼，他說數量準備得很充足，然後用比剛剛更懷疑的表情靠近我。

「但這真的能賺錢嗎？只不過是幾臺通訊機器而已，我不覺得能賣到那麼多錢耶？」

「真是的，您不相信我嗎？」

「不是，雖然跟錢有關的事，妳說得都沒錯啦……」

那就閉上眼睛，相信我吧。這老頭子成天埋首研究魔法，都不知道外面世界的變化。戰爭中的通訊兵有多重要你知道嗎！要是戰爭時可以更迅速下達指令、聽見現場的聲音，這在戰術方面無疑就是一種作弊啊。

只要在軍隊安插一名魔法師，通訊就能暢行無阻，熱愛戰爭的傢伙不可能不覬覦這種酷東西。

「您必須相信我，這個東西依據產品品質不同，有可能獲得比我提出的預估價格更高的收益。您想想，把拔和我如果能賺到一筆大錢平分，把拔的研究所就會擺滿最新魔法設備，倉庫裡也會有滿坑滿谷的魔水晶。這是我們的獨家販售，是壟斷！我們可以一起攜手打造燦爛的未來、美好的老年生活，把拔！」

「話是講得很好聽啦，但妳真的很像詐騙集團，羅莎莉特。」

「就算我真的是詐騙集團，我怎麼可能騙我唯一的把拔呢？我們是一家人耶！」

「嗯……說得也是。」

塞基先生好不容易才卸下戒心，露出滿意的笑容，我也牽著他的手跟他一起笑。

反正這項技術肯定會被偷走，在還沒太遲之前，先蓋個工廠準備量產吧。戰爭的模式不管怎麼改變都不重要，我只要能賺錢就好。

我為了從諾伊特倫公爵身上榨出更多的錢，甚至召集了塞基先生的徒弟一起商討該怎麼呈現通訊機器。只要這招有用，我就能直接在諾伊特倫公爵領地上插吸管吸血囉。

今天從早上開始就運氣不錯。一早起來，我就看到在一旁熟睡的葛倫少爺，給了他一個早安吻之後，這男人在半夢半醒之際回了我一個臉頰親親。

雖然他很快又微笑著沉入夢鄉，但我心情好得不得了，哼著歌，喝完早安茶就上班去了。

午餐時間，我和平常一樣去找塞基先生進行醫療訓練，沒想到我居然升上三環了，於是我跟在場的人一起辦了小小的慶祝派對。又因為諾伊特倫公爵下午要來，所以我換上正式服裝，手舞足蹈地出去迎接了。

里溫沒有吵鬧，我跟葛倫的關係不斷升溫，還成為了三環魔法師，幾個小時後又即將在諾伊特倫插上吸管，準備發大財。

我人生將會一帆風順，祕密資金倉庫裡會堆滿白花花的白金，只要處理完魔劍和里溫的願望，我的未來就會是一條康莊大道。

真希望每天都像今天一樣。懷著這個念頭的我和艾斯托在玄關一搭一唱，表演著阿拉貝斯克舞[8]，在艾斯托摟著我的腰猛地將我抬起又放下之際，有一輛馬車駛了進來。

不用看也知道那是印著諾伊特倫公爵家徽的馬車，但我還是大驚小怪地帶著僕人一起迎接北方的公爵大人。

「遠道而來真是辛苦您了，諾伊特倫公爵閣下，我是洛克斯伯格的羅莎莉特。」

我端莊乖巧地問好，這男人卻只是不發一語點了點頭。

我一點也不覺得被冒犯，他會這樣是因為背後有著聽完不可能不哭的故事，這故事也跟他之所以會瞪著一雙紅彤彤的可怕眼睛看著僕人們有關。

黑髮、紅眼、冰冷的神情、像是殺過數千萬人的凶狠殺氣，讓他被賦予北方的殺人魔鬼、戰爭狂人、鐵血公爵等等別名，同時也證明了有很多人害怕他。

所以還是早早讓他休息吧，我跳過那些制式問候，帶著必要的最少人員前往塞基先

8 芭蕾舞的舞蹈動作之一，單腿直立，另一條腿向後平伸。

生的魔法研究所。

我帶著諾伊特倫公爵大人的隨行人員和艾斯托，一踏進研究所的會客室，就看到師父已經準備好機器在等我們了。

「這裡沒有其他人，您可以放鬆一些了。」

我一講完，公爵大人的臉色就變得柔和，瞬間化身為眼睛笑成彎月的溫柔多情男。

「哎呀，累死我了，洛克斯伯格家果然很多人啊。」

「為何不用原本的模樣生活呢？要這樣偽裝自己會很累的。」

「我老婆說如果不板著臉，大家就會看輕我……」

嗯……說的也是。

天生帶著笑的眉眼，讓他看起來比實際年齡更年輕，而那溫柔得彷彿要滲出蜜的嗓音，更讓人容易看輕他。就算他的身分是戰場總司令，要是不展現出冷酷嚴肅的一面，肯定會被那些老手看扁。這是我十分能感同身受的部分，於是我點點頭，結果男人露出一臉受傷的表情。

「我看起來真的那麼好欺負嗎？」

「對。」

「喔……」

哎唷，公爵聲音真的好好聽，這聲音聽一輩子也不會膩，如果能用這個嗓音說句「閉上眼，辛克萊」，心跳不曉得會變得多快。

我一邊在內心羨慕公爵夫人，一邊抽動著嘴角坐下。即便他是個聲音好聽又溫柔多情的男人，在這個需要做生意的狀況下，我也不能夾帶自己的私心。

「現在可以開始交易了？」

「數量應該足夠吧？」

「那是當然。」

我們曾經利用書信往返討論過交易內容，掐頭去尾直接確認物品後，接著進入功能說明的部分。

「只要能使用魔力就可以使用對吧？」

「那當然，不然我何必多提通訊兵普及的事呢？」

「我有帶人過來，可以測試看看嗎？」

「好的，我們也有所準備。」

我請塞基先生幫忙，挑出事先與派遣出去的徒弟配對好的無線電，接著交給公爵大人。男人命令他的魔法師部屬啟動機器，確認能進行一定程度的對話。

「聲音很清晰，在溝通上沒什麼問題，那關於距離方面……」

當男人問起對方究竟是在哪裡進行通訊，我自信滿滿地笑著攤開我的手掌。

「五公里嗎？若能依照這個間距配置通訊兵，這項道具確實是革命性的研發成果，但預算問題就……」

「五十。」

「……什麼？」

「五十公里。」

男人驚訝得張大嘴巴，說著「這太扯了」，甚至還從坐位站起來。我搶過那支無線電，告訴他對方的所在位置。

「測試測試，這裡是洛克斯伯格家，這裡是洛克斯伯格家，菲埃那勒觀光港的天氣如何？」

「贊助者！這裡是菲埃那勒觀光港，雖然海浪有點高，但天氣十分晴朗。」

看到沒！這就是塞基魔法！

即將引領嶄新未來的我，感激地向師父送上讚詞，塞基先生難為情地說著「這孩子總是會說老實話」，然後諾伊特倫公爵又瞪著可怕的眼睛看向我。

「諾伊特倫也曾經投入過無線電開發，我很清楚，以現在的技術來說那是不可能做到的！」

所以說，把不可能變為可能就是塞基先生的偉大之處啊，我繼續讚嘆著師父的偉大，直到公爵大人逐漸找回冷靜，又變回溫柔多情男。

「恕我冒昧，但我必須去菲埃那勒觀光港確認一下。」

「哎呀，諾伊特倫和洛克斯伯格之間的信賴度這麼低嗎？」

「對。」

「……」

「我的母親被洛克斯伯格公爵大人整了不少次。」

「……」

雖然我不曉得這件事，但聽到我爸對前任諾伊特倫公爵大人巧取豪奪，搶走的領地相當於國家預算規模時，我決定安靜閉嘴。

呼……真是大騙子耶，居然還做到這種地步，既然爸爸曾經這樣對待人家，我在這裡……看來也該讓步才有道理……

「好的，那就請您動身吧，我問心無愧。」

「謝謝妳的體諒。」

留下魔法師和一位親信，抵達玄關的男人急急忙忙命人準備馬車。看他這副模樣，應該是擔心要是給我太多時間，我就會趁空檔耍小手段騙他吧。

看來應該是真的被爸爸騙了不少耶，這反而更讓我好奇了。

「公爵閣下，如果不會太失禮，我想請問前任諾特伊倫公爵曾遇到什麼事情……」

「妳不知道二十年前發生的那件事嗎？」

「我今年二十三歲。」

「什麼！」

你到底以為我幾歲啊？

男人也意識到自己的反應很無禮，索性乖乖說起過往的故事。

大約二十年前，我爸還是個新手公爵時，北部和現在一樣，時常與鄰近國家開戰，切雷皮亞聯邦國的某個小國跟諾伊特倫公爵領地，為了彼此的存亡而激烈交鋒。

當時爸爸假裝為了諾伊特倫好，全力支援軍需物資和人力，彼此之間也只有簡單簽署並各自留存一張日後戰勝時，洛克斯伯格要分一成戰利品的合約書。

那就是破滅的起點。

「早知道就該仔細看看那張合約書的……」

「合約書上有什麼不平等條約嗎？」

「在分享的戰利品範圍之中，也包含了不動產！」

男人吐露的話語中帶著極大委屈。

啊……領地被搶走的意思原來是指這個，我懂了。

「愛德華·洛克斯伯格要拿走我們討伐土地的一成，我們也無可奈何，畢竟是我們欠人家人情，但妳知道他後來做了什麼事嗎？」

意思是我爸又搶了什麼嗎？雖然再聽下去有點害怕，但對方都已經打開話匣子了，我也只能繼續聽下去。

「他在連接諾伊特倫的河川上游建造水壩，然後把流到我們領地的河水堵住，讓河川乾涸，如果想要他把水壩的閘門打開，我們就得繳水費！直到現在也還是如此！」

嗯……原來，爸爸真的太壞了，但我身為洛克斯伯格家的人，能跟諾伊特倫公爵大人說的就只有一句話。

「哎呀，當初真的該仔細看看那張合約書。」

「所以我實在無法相信洛克斯伯格，家母還因為那件事情氣得病倒了。」

哈哈，原來如此，所以才會是公爵大人親自來談我提出的交易案啊，我還想說他這個大忙人怎麼會特地蒞臨洛克斯伯格呢。

但只要這場交易成功，諾伊特倫公爵大人至少會對我留下好印象吧？不管怎麼說，塞基先生的無線電是真的有助於通訊兵普及。

我盡可能朝樂觀方面去想，繼續等著諾伊特倫馬車抵達玄關，沒想到卻是郵差馬車先到了。

穿著郵局制服的男人迅速下馬車，交給我一卷羊皮紙，說這是快遞。

「您是洛克斯伯格小公爵大人吧？拉爾古勒帝國大皇子說有緊急的事情要找您。」

什麼？不久前才回去的傢伙還有什麼事要找我？

雖然傑克有努力拷問那些殺手，但他們依然死撐著不招出幕後主使是誰，距離正式公布也還要好一段時間，他還會有什麼事情要找我，也讓我十分疑惑。

撕開封住羊皮紙的封蠟並確認內容後，我更加搞不懂路西路西在想什麼了。

親愛的羅莎莉特，我媽似乎被逼入絕境，越來越不擇手段了，小心一點，越早逃亡越好。

這傢伙為什麼要花這麼多錢寄快捷信件講這種廢話啊？

路西路西的書信毫無關注價值，我隨便揉一揉就把信紙丟進花園。諾伊特倫公爵看我讀完快捷信件又立刻丟掉，似乎對內容感到好奇。

「既然是用羊皮紙寫的，應該是重要公文，這樣隨便丟掉沒關係嗎？」

「他是我住在帝國的朋友，是個無聊就會叫我逃亡的傢伙，不用理他。」

「居然建議下任公爵逃亡，哪來這麼無禮的傢伙啊？」

就是說啊，無禮的路西路西，還是趕緊從王位爭奪戰敗下陣來，去找個人煙稀少的鄉下村莊過養老生活吧。

我把我的詛咒吞回肚子，發現諾伊特倫公爵的表情又變成可怕的樣子了。看來是因為有我們家的僕人經過附近吧，這人真的活得好累喔。

「走吧，快。」

哈哈哈哈，這人真冒失，本來就已經長得有夠娃娃臉了，都已經四十歲了還這麼不穩重，所以公爵夫人才會叫他板著臉嗎。

「好的，我沒關係，盡量快馬加鞭吧。」

「是！」

我的屁股又要裂成兩塊了吧。

因為公爵大人說很急，馬夫興奮地駕著馬車，早已不顧什麼乘車感了，每當轉彎時，馬車裡的我都會四處滾來滾去。看不下去的艾斯托要我坐在她腿上，我聽話坐上去，艾斯托隨即環抱著我的腰作為安全帶，給了我極大的安全感。

艾斯托代替我穩住平衡真的是太舒適了。

「嘔嘔嘔。」

一抵達菲埃那勒觀光港，我就立刻跳下馬車開始乾嘔。雖然託艾斯托的福守住了我的屁股，但暈車就沒辦法了。

「您還好嗎？」

「不好。」

不要再催了，塞基先生的徒弟不會逃走的，甚至有一名女徒弟說既然都被派來菲埃那勒了，也想順便看看海，就去了眺望臺，我還得作好要上去那裡的心理準備。

位於觀光港的眺望臺以前被當作燈塔使用，沒有電梯，必須走旋轉樓梯一層層爬上去。暈車完又要爬樓梯，怎麼不乾脆殺了我啊！

「小姐，要上來嗎？」

「拜託妳了。」

艾斯托攤開雙手準備抱我，我一口答應後就抓著艾斯托上樓了。因為頭暈，我要她速度放慢，以盡可能不晃動的姿勢舒服上樓，她點點頭開始爬樓梯。

妳這傢伙原來也是做得到的嘛，明明是要妳做就能辦到的孩子，那平常的乘車感怎麼會是那副德性？

「贊助者，這裡！」

在眾多觀光客中，我找到了塞基先生的徒弟。她的衣著打扮看起來不像是來工作，反而像是這裡的觀光客之一。她一手拿著菲埃那勒觀光地圖和聖光明路西路西號的玩具模型，臉上戴著好像貼了一層玻璃紙的奇怪眼鏡，另一隻手上拿著奶油魷魚，津津有味地品嘗著。

誰看了會覺得她是被派來的魔法師啊？明明就是享受菲埃那勒觀光行程的旅客。

「無線電在哪裡？」

「啊，這裡。」

而且她還將工作拋在腦後，隨便把東西塞在口袋裡。

她先把手上的東西交給艾斯托，翻找她的褲子口袋，拿出塞基先生開發的無線電，接著在諾伊特倫公爵大人面前示範。

色。

「啊啊，這裡是菲埃那勒，洛克斯伯格公爵家，有聽到嗎？」

「是，聽得非常清楚。」

無線電一出現剛剛進行通訊實驗的諾伊特倫魔法師的聲音，公爵大人立刻喜形於色。

只要有這個就能盡情嘗試奇襲戰術，也能自由自在發動突擊，還能馬上將被破壞的隊形恢復原狀，他發抖地說著這些……等一下，公爵大人，你在哭嗎？

「您還好嗎？瞪大眼睛哭的樣子好恐怖喔。」

「我太開心了，真的太開心了，嗚，不好意思。」

北方的殺人魔鬼瞪著血紅眼睛還不斷落淚，觀光客可能也覺得很恐怖吧，全都遠離我們周遭，甚至都打算下燈塔了。也是啦，應該連跟那個人待在同個場所都覺得討厭吧，因為太恐怖了。

「只要有這個，真的，就能有更多戰術，嗚嗚，我真的太開心了。」

啊……那種心情……就跟我收到計算機時是一樣的，所以我還算能理解啦……但從第三者的角度來看，真的會令人起雞皮疙瘩。拿到無線電就開心到哭成這樣……是不是有點問題啊……

「不管多少錢我都願意支付，賣給我吧，拜託！最好要獨家販售！」

喔，好喔，拜託你不要靠上來，太噁心了。

正當我忙著抗拒公爵大人貼上來的舉動，周遭突然暗了下來。現在明明還不是日落時刻，覺得奇怪的我走近眺望臺窗邊，才發現身旁的徒弟一臉興奮地看著天空。

「妳在幹嘛？」

「您不知道嗎？今天是菲埃那勒三百年一度的日全食之日啊。」

啊哈，所以妳才會戴著奇怪的玻璃紙眼鏡啊。最近事情實在太多了，我根本沒空去管什麼日食，早知如此，我就該把之前做好的玻璃紙眼鏡也帶來。

日全食就是太陽會被月亮完全遮住吧，這種日子可不是隨隨便便就能碰到。

雖然我試探性地問了徒弟有沒有多的眼鏡，她卻說不可能會多帶那種東西，我好失望。也因為不能直視太陽的關係，我只好盯著大海看，但奇怪的是，今天的浪好高啊。

「不覺得今天的海平面特別高嗎？日食應該不會對潮汐產生影響吧？」

「這麼說起來，好像真的怪怪的。」

當然奇怪啊，海水打上來，停泊在港口的船隻搖搖晃晃的，都快被浪打上岸了。

覺得狀況不太對勁的我凝視著海的另一端，看到遠方有個黑點正在靠近。

「銀幣！誰有銀幣！」

「贊助者，我有！」

很好，妳為了啟動眺望臺的望遠鏡還帶了一堆銀幣是吧，真的是個準備萬全的觀光客耶。

我接過女人手上的銀幣，投幣後，將望遠鏡轉到黑點方向。

遠處有個看起來很像海葵的東西。

「海裡為什麼有海葵？」

「因為是海所以有海葵啊？」

不是，我不是那個意思，我是說巨大海葵。而且那個海葵把類似觸鬚的東西伸得好長，觸鬚末端還同時出現了三種元素的攻擊魔法，擁有這種能力的人我只能想到一個，登時驚愕不已。

「孩子，可以三法齊施的人應該只有真魔塔主姐姐對吧？」

「對，只有世界上唯一的八環大魔法師，我們的偶像，也是我們的頂峰，瑟蕾娜小姐而已。」

嗯……好，我也是這麼想的。

在發生日全食的同時，海的另一端有一隻巨大海葵正在靠近，能夠三法齊施的八環大魔法師正在攻擊牠。

除了這組合很稀奇之外，我總覺得我好像在哪聽說過這件事。

我不斷回想過往的記憶，三皇子雄偉的胸膛閃過腦海的瞬間，我突然想起一句話。

當魔女從陸地之外帶回災難之種，世界將被浸染為一片黑暗。

真是的，沒想到三皇子那本異端聖書的終末之章還有這種內容耶。

想到這就不禁讓我覺得當時的自己真是太辛苦了。雖然我盡全力想逃避現實，但海中那隻巨大海葵和八環大魔法師正在日食造成的黑暗中進行死鬥的事實，老是把我拉回現實。

哇啊啊……這種伏筆不用回收也沒關係吧，作者大人還真調皮。

「哈哈。」

我只能笑了。

笑了一陣子之後，我立刻打開無線電向塞基先生求救。

我一說出我要死了，師父就問我發生什麼事。我向他說明有一隻比房子還大的海葵正在跟瑟蕾娜小姐戰鬥，他就說他會立刻出發，等他到了再用無線電聯繫。

「把拔！救救我！」

好，首先呢，我要冷靜，先冷靜下來。我先用望遠鏡觀察狀況，接著再去阻止立刻要加入戰局的諾伊特倫公爵大人。

我叫艾斯托抓住公爵大人，然後又繼續思考。從洛克斯伯格家到菲埃那勒觀光港，坐馬車最快也要一個小時。我看那隻海葵的速度，應該不用半小時就能抵達岸邊了。

我身邊只有一個北方殺人魔鬼，還有我們家一個能無限使用劍氣的餓鬼，看起來我們必須想辦法絆住那隻海葵。

如果能在塞基先生抵達前就解決牠當然最好，但也可以想辦法拖時間，等待塞基先生抵達。畢竟是泡在滿滿鹽水裡的海洋生物，用七環的電力電一下應該就行了吧？

不過，如果是在這傢伙上岸之後才電，那附近居民、社會民生，甚至是國際經濟也會完蛋。

……不行！不能讓牠上岸！萬一觀光港毀了，要損失多少錢啊！而且貿易港也在這附近耶，那是切雷皮亞、亞蘭、拉爾古勒三個國家的貿易樞紐啊！

「開船吧，讓那位自己在海上與對手抗衡太勉強了！」

但她到底為什麼不搭船，而是選擇孑然一身地站在海平面上？明明寫信要她來洛克斯伯爵公爵家，結果她居然出現在帝國方向就已經夠無言了。金瑟蕾娜小姐也不管有沒有什麼嚮導，她獨自一人，時而凍結水面，時而乘著風飛上天，與海葵持續搏鬥中。

我想說至少也要讓她有個落腳的地方，要擊倒海葵才會更加方便，所以我交代公爵大人帶來的魔法師先聯絡菲埃那勒公爵家，接著準備帶領其他人員，結果北方殺人魔鬼卻瞪著可怕的眼神抓住我。

「公爵千金先逃吧！這裡很危險。」

「不行，我不能讓諾伊特倫公爵大人自己戰鬥，那裡很危險。」

「萬一妳有任何閃失，我就沒臉見洛克斯伯格公爵大人了。」

「您如果死了，我也賺不到無線電的錢了啊！」

「洛克斯伯格家只在乎錢嗎？」

「沒錯！」

我們家連續三代都愛錢愛得要死！行了嗎！

而且我根本沒打算死好嗎，完全沒有。有瑟蕾娜、艾斯托還有諾伊特倫公爵大人在場，再加上塞基先生一個小時內就會抵達，還真的看不出我死掉的可能性。該擔心的是菲埃那勒領地沿岸居民，光是想到海嘯和塞基先生召喚的雷擊，我看今天應該會有好幾個人因此傷亡吧。

「我們搭聖光明路西路西號去吧！只要多帶一位魔法師過去就有緊急備用電力了！」

聽完我的大喊，師父的徒弟大聲哀號。路西路西號現在剛好停泊於觀光港，船員也全部都隸屬於洛克斯伯格，他們肯定會聽從我的命令，不會有其他意見。

因為海浪和海風都是從大海吹向陸地，如果缺少擁有駕船技術的船員和緊急備用電力其中一項，都無法順利抵達海葵附近。

「我不要！我不要當電池！變壓會讓頭很痛！」

「艾斯托！把她搬過來！」

「是，小姐！」

既然寄人籬下就要聽屋主的話好嗎，廢話還真多。我帶著一行人前往路西路西號，結果路西路西號船長出來說現在不能開船，一直講些沒用的話，我就把船長推進海裡，叫副船長出來，他立刻回答我會準備出航。

很好，渡船人的基本態度就是要聽從命令啊，只要你能活著回來，我就將你任命為聖路西路西號的船長！

我把師父的徒弟塞進緊急備用電力室並關上門，站在船頭觀察遠處的海葵，發現它有好多密密麻麻像菜瓜布的觸鬚。

「您有對策嗎？」

我詢問在我身旁的北方殺人魔鬼，對方一臉驚訝地反問我。

「自信滿滿地說要開船的人是公爵千金不是嗎？妳不是因為有方法才出頭嗎？」

「我哪有能力想計策啊，我們家又不是傭兵集團。」

「我不也一樣嗎？」

「但您是諾伊特倫啊，快把您的策略說出來吧。」

「那妳不也是洛克斯伯格嗎？每當國家陷入危機，洛克斯伯格都會挺身而出。」

「這只是菲埃那勒的危機，哪是國家危機？而且洛克斯伯格的專長不是戰爭，敲計算機才是我們的專業。」

「海戰也不是我的強項。」

「那您剛剛吵著說要出戰又是什麼意思？您畢竟是諾伊特倫，有什麼想法都講出來聽聽吧。」

「妳以為諾伊特倫是萬能的嗎？我們現在連兵力都沒有。」

「我把我們家艾斯托借給您。」

「只有一個男人能幹嘛？」

「艾斯托是女的！」

「這不是現在的重點！」

「您說的不對，無論何時，生物性別一直都很重要！不然誰要花錢請小雞性別鑑別師啊！」

這人的專業其實不是打架，而是吵架吧？為什麼一直挑人語病啊！

而且是他剛剛自己說要出戰的，我還以為他有什麼妙計，結果看來出戰只是條件反射，而且我現在冷靜下來才發現，這人是想推卸責任吧。

好吧，我看你推託事情的功力也絲毫不亞於其他公爵，或許不是運氣好才接下公爵爵位的。

「再靠近會有危險！」

這我看了也知道。

聽到副船長的呼喊，我召集船員排成一列。雖然那個公爵大人毫無對策就衝上前，但我說要開船可是有明確目的，只要幫忙鋪路，應該就能對瑟蕾娜小姐有所幫助吧！

「喂喂～瑟蕾娜小姐，這邊！往左轉！對！直走！」

我朝著真魔塔主招手，還擺動手臂指示她該往哪裡走。

瑟蕾娜小姐雖然是個睜著眼睛也找不到路的大路痴，但聽覺很正常，幸好她聽著我的聲音循線順利登船。

「妳是誰？為什麼知道我的名字？」

「姐姐，我是塞基先生這段時間持續保護的羅莎莉特．洛克斯伯格！」

「天啊！妳叫我姐姐嗎？」

佩戴單眼眼鏡的黑長髮美女，還能三法齊施的八環大魔法師驚訝得摀住嘴，雖然她謙虛說著自己不是我的姐姐輩，但那個開心到翹起來的嘴角藏都藏不住。

「您胡說什麼呀，不管怎麼看您都像是我的姐姐啊！姐姐～啊，我今年二十三歲，該不會其實您比我還小吧？這樣豈不是我失禮了！」

「噗，嘻嘻嘻！哎呀，孩子，哎唷，哪來這麼可愛的小朋友，是姐姐沒錯啦，我也是有點羞恥的，怎麼可以假扮十幾歲的人呢，哎唷，好熱喔，怎麼辦哈哈哈哈！」

瑟蕾娜小姐狂甩手搧風，臉部肌肉也十分緊繃，同時船上也此起彼落傳來船員們高喊著要緊抓住甲板的聲音。

每當巨大海葵的觸鬚拍打海面，就會引起高度相當於一棟建築物的海浪，讓船身更加傾斜。我利用電磁力將自己黏在主桅桿所在的甲板，瑟蕾娜小姐則是輕輕一跳，利用風勢跳著避開了海浪。

「看來妳不是單純接受我們家小不點塞基保護而已吧？孩子，妳幾環了？」

「三環！」

「哎呀，還這麼年輕，看來有很用功修行呢。」

她摸摸我的頭，還說我響亮的聲音跟她離家出走的狗很像。看來在這次人生，瑟蕾娜小姐也沒找到走丟的狗，她每次見到我都要講一次狗狗聲音的事，是因為放了很深的感情在狗狗身上嗎？

「對了，要想個辦法處理那隻喬勒亞夫的怪物才行。」

「喬勒亞夫？是指拉爾古勒帝國的國教嗎？」

「對啊，那些該死的喬勒亞夫神官無聊就會召喚這些……嗯，應該說是古代生物？」

什麼意思？我第一次聽說耶！

見我嚇得不輕，瑟蕾娜小姐皺眉敲了敲自己的腦袋，就像在維修故障的電器用品。敲著頭的她好不容易想起了什麼，一副恍然大悟的模樣。

「對對對，我兩百年前把召喚神官全滅了，所以最近的小朋友才不知道這些事。」

她到底幾歲了啊？從她把活了超過一百歲的塞基先生當成小孩子看就讓我一直覺得很奇怪了……唉，跟大魔法師相處久了，我對年紀的觀念也變得更怪了。

「我有先呼叫塞基先生了，但他至少要一小時才能過來，瑟蕾娜小姐可以先處理掉牠嗎？如果讓那東西登陸，會造成港口嚴重的損失。」

「天啊，真不像最近的小朋友，居然還這麼善良。」

女人再度摸摸我的頭，陷入沉思。此時，原本劇烈搖晃的船也變得穩定，諾伊特倫公爵渾身濕漉漉地跑向我。

「事情不太妙！因為魔法師停止攻擊，牠的前進速度加快了！」

登陸時間縮短了，妳快點想想辦法啊！

雖然我搖晃著瑟蕾娜小姐催促她，但她突然又變得像故障的家電，沒聽進我說的話。

「如果靠近牠會有勝算嗎，公爵大人？我們家的孩子以前也抓過巨大魷魚，她很會打架的！」

「牠的觸鬚又多又長，在靠近牠之前，船會先被撕爛。」

所以我只能等故障的瑟蕾娜小姐恢復正常嗎？我焦急地跺腳，身邊突然傳來砰一聲，艾斯托挺身而出。她不知道是去打劫了哪裡的糧食倉庫，一邊切著像是塞拉諾火腿[9]的豬後腿一邊大口咀嚼。

「小姐，我可以遠距離攻擊。」

「什麼？」

「應該啦。」

9 西班牙生產的風乾火腿。

等一下，妳到底要幹嘛？

艾斯托咀嚼著生火腿，走近甲板欄杆，握住她的劍。

「去死吧！」

什麼？她要幹嘛！

我很久以前去愛達尼利玩時有看過她擺過類似姿勢，呃，這就是丟出玫瑰然後吊鋼絲特技的人，把劍氣當成雷射光射出的樣子啊。

艾斯托擺出要攻擊海葵上半身的姿勢，把劍舉高，聚集了極大量的劍氣。因為強大的能量聚集在同一處，還發出感覺要撕裂空氣的滋滋響聲。

她一腳跨上欄杆，彷彿要砸爛欄杆似地，用極強的氣勢揮劍。

「去死吧，威廉．布朗！」

我嚇得只能發出驚愕聲，從艾斯托身上竄出的劍氣劃破空氣穿透海葵，看起來就像是雷射砲一樣。

巨大海葵的身體瞬間消失了一部分，我實在不敢相像眼前這一幕那傢伙到底是如何做到的。

「可以耶。」

確認自己可以進行遠距離攻擊的艾斯托小姐，滿意地揮著劍，又切下一塊豬後腿肉繼續吃。嗯，妳用了很多劍氣，燃料肯定會流失，吃吧，多吃點。

「洛克斯伯格還偷偷培育人類兵器嗎？」

「這是誤會，我今天也是第一次知道。」

「但是，牠現在是在再生嗎？」

什麼？在這種狀況下，那隻怪物非得是有這種設定的海葵嗎？那隻古代海洋生物非得要清楚呈現出身為海葵的特徵，剛剛消失的部分身軀，瞬間又重新長回來了。

隨著咕嚕嚕的聲響，牠的細胞快速增生，轉眼又變回原本的模樣。可能是因為剛剛被擊中的地方很痛吧，牠瘋狂甩動觸鬚，掀起更高的巨浪。

「啊啊啊啊！」

「該怎麼辦，好像讓牠更生氣了？」

「還能怎麼辦！您也想想辦法啊！只顧著在旁邊看戲，話也太多了吧！」

「就說海戰不是我的強項了啊！」

「戰爭本身也不是我的專長！」

我一邊尖叫，一邊抱緊主桅桿。我突然想起自己以前咒罵過，把公主和阿斯特里溫擺在一起的話，感覺他們會像樹上的蟬一樣唧唧叫個不停。

所以說喔，人真的不能隨便罵人，緊抓著路西路西號主桅桿的我現在反而更像蟬吧。

「嗯？」

我正想說要看看瑟蕾娜小姐想到對策了沒，就發現那隻巨大海葵的前進方向好像改變了。

牠如果再繼續前進，就不是朝著菲埃那勒觀光港，而是朝貿易港的方向去了耶……

我判斷出這樣會造成更大損失，腦中也同時閃過那隻生物的行為原理。

「喂！那傢伙很笨！」

沒錯，海葵哪有智商啊！那傢伙應該是從帝國朝著亞蘭直線前進，被艾斯托的攻擊影響導致方向改變，但牠也沒特別注意這件事，只顧著繼續前進。

也就是說，只要改變牠的前進方向，牠就不會在亞蘭登陸！雖然朝這個方向繼續走的話，可能會抵達位於切雷皮亞雅聯邦國和諾伊特倫公爵領地國境的海岸村艾德梅洛，但如果牠去到那邊就是他國事務了，跟我無關！

「艾斯托！再一次『去死吧，威廉・布朗』！讓牠朝著西北方去！」

「哪裡是西北方！」

「妳的正面，稍微偏向不拿餐具的那個方向！」

「是，小姐！」

哎呀，我們可愛的艾斯托真乖。

她咀嚼著生火腿，不斷喊出「去死吧，威廉・布朗」。

雖然海葵會繼續增生，但也確實照著我的盤算，逐漸改變了前進方向。

「這有什麼意義嗎，公爵千金！」

這傢伙還沒搞清楚狀況啊？因為海葵被推往其他方向，海浪越來越小，結果這個男人卻跑來向我抗議。反正我現在不用繼續抱住桅桿了，於是我輕輕跳下甲板，抓著公爵大人。

「看清楚！那隻海葵現在往哪裡走？」

「就……」

看來他總算明白了，男人嚇得瞪大眼，接著又變回溫柔多情男，露出喜色。

「切雷皮亞！繼續往前走就會到切雷皮亞！」

「天啊！切雷皮亞那些傢伙應該會嚇得不輕吧！公爵千金真是天才。」

「沒錯！您理解了嗎？」

「我從小就常被稱讚是神童。」

「說得沒錯啊，真不愧是洛克斯伯格公爵家，卑劣的手段無人能及！」

聽著諾伊特倫公爵的讚美，我驕傲地挺起胸膛哈哈笑著，公爵也痛快地跟著我哈哈大笑。

再會囉海葵～滅亡吧切雷皮亞～反正卡波姐姐的家在內陸，我也不覺得抱歉！雖然不知道會是哪個沿岸國家受害，但總之對方應該得辛苦一陣子了！

我開心到難以壓抑我的興奮，抓著溫柔多情公爵的手唱起歌。

「小麥和大麥長大囉！[10]」

「小麥和大麥長大囉！」

我們一人一句接著唱，還勾著手臂跳起民俗舞蹈。這個勾著手臂繞圈圈，揮舞雙手的舞步，是亞蘭國民都應該要會的國民舞步。就連北方的殺人魔鬼也知道這支舞，他和我一起繞圈圈，手舞足蹈地繞著四周。

「喂！你們這些壞蛋！」

10 韓國童謠《小麥和大麥長大囉》的歌詞。

「啊！」

「啊啊！」

繞到一半，我的頭突然遭受強烈衝擊，好痛！頭痛欲裂的我按著頭頂，縮坐在地，是瑟蕾娜小姐生氣了。

「我還以為妳是個善良的孩子，看來是個超惡劣的小鬼啊？妳家沒事就沒問題了嗎？那其他國家的人要怎麼辦！」

「魔法師小姐！這件事情為什麼是亞蘭王國要管？」

「對啊！」

「你們居然還不反省！」

啊啊啊好痛！我快痛死了啦！

也不管對方是公爵或公爵千金，對我們一陣暴打的瑟蕾娜小姐一直喊著哎唷哎唷，還不停搥胸口。或許是因為看起來比我更凶，被打得更慘的公爵大人泛著淚抗議。

「太不敬了！竟敢打諾伊特倫公爵，妳以為這樣還能保住小命嗎？」

「好啊，你有辦法殺我的話就試試看啊！」

「啊啊啊！」

這傢伙幹嘛不安分待著，非要自討苦吃呢？

瑟蕾娜小姐似乎是用了某種不需要念咒語的魔法，直接就把公爵大人吹到半空中，用強風打遍他的全身。也是啦，瑟蕾娜小姐通常都沒在念咒語的。

「塞基家小不點，把手給我。」

「要打我嗎？」

「不會打妳啦，快點！人小小一隻，話倒是很多耶！」

看吧，妳明明就是要打我。因為她握起拳頭，我只能一臉欲哭無淚地伸出手，瑟蕾娜小姐抓著我的手，吸收了我的魔力。

「等等，這不是在排乾魔法嗎？怎麼做到的？」

「一般的魔法師不都辦得到嗎？」

「沒有啊，這方法消失幾百年了耶？喔對，瑟蕾娜小姐其實是老太……啊啊啊！」

好痛！很痛啦！不要用冰雹砸我的頭啦！很痛！

我的魔力被吸走，頭也很痛，感覺我會就這樣死在船上。正當我納悶我都這麼痛苦了，為什麼艾斯托還沒出現，才發現她不曉得是餓到昏倒還怎樣，一邊咀嚼著生火腿，一邊躺在甲板上睡著了。

其他人都快痛死了，她竟然還能睡到打呼。

「雖然力量有點不夠，但應該可以撐半個月吧。」

什麼意思？

我連講話的力氣都沒有，好不容易跪在地上抬起頭，才發現海上瞬間湧起龍捲風，接著開始結冰。不知道究竟溫度有多低，居然連海水都能瞬間結凍，路西路西號也開始結霜，氣溫瞬間下降。

好冷，我冷到牙齒開始顫抖，但我沒有任何可以保暖的辦法。

「等塞基小不點來了再叫我吧。」

難道這位也要進入睡眠模式了嗎？瑟蕾娜小姐拉緊斗篷，坐在地上，接著閉上眼睛和嘴巴。

反正這就是要我收拾善後的意思吧？她的特技這還真是跟我們家一樣，好會選人。

等我身體恢復正常狀態並下船，在港口迎接的塞基先生抱住我，他一把鼻涕一把眼淚地哭著說因為無線電沒有回應，還以為我已經死了……對耶，我的魔力都被吸乾了，實在沒有餘力啟動無線電了。

我說明完目前狀況，指示其他人將進入睡眠模式的瑟蕾娜小姐和艾斯托送回公爵家，再帶著塞基先生前往冷凍海葵的地方。

依照瑟蕾娜小姐的發言推測，冰封海葵的魔法最多只能撐半個月，我一跟塞基先生抱怨那該死的海葵被艾斯托的劍氣射中竟然能再生，他就露出一臉為難的表情。

「這麼大一隻，如果要一次消滅，讓牠無法重生，必須有足夠多的熱量……」

「意思是身為世界第一雷屬性七環大魔法師的把拔也辦不到嗎？」

「雖然捧我的話是很好聽啦，但這對我真的有點困難。」

「把拔不能使用那個嗎？剛剛瑟蕾娜小姐有使用排乾魔力的魔法耶。」

「那只有瑟蕾娜那種老太婆才辦得到，我這種小寶寶怎麼可能？」

「……」

「……妳就當作沒聽到吧。」

「好。」

好喔，我剛剛沒聽到妳說自己是寶寶，師父。

「總之，既然確認過海葵本體了，我們先回去吧，再待下去妳會感冒。」

好喔，反正還有半個月的時間，目前也只能先回去了。

大概是因為瑟蕾娜小姐的魔法導致我全身都有點結霜，身上的寒氣始終無法消散。塞基先生或許是覺得不斷發抖的我很可憐吧，便將他的斗篷蓋在我身上抱著我，多虧他的體溫，我身體好像有稍微回暖一些了。

我整個人縮進師父的斗篷裡，搖搖晃晃地走向馬車。今天還是先好好休息，明天再來討論該怎麼處理那隻海葵吧。

「哈啾！」

翌日，我應該是感冒了。真可惡，我昨天也有吃養生餐，還用熱水泡身體，結果還是感冒了。

大概是因為一起床就打噴嚏，葛倫一臉擔憂地用手測量我的額溫。

「雖然只有一點點，但您發燒了。今天要不要請假呢？畢竟昨天發生了大事，我相信公爵大人一定會受理的。」

「不行，我還沒完成和諾伊特倫的交易，王宮肯定也送來公文了，要快點去看看。」

這要由當時在現場的人去處理才能處理得更快，諾伊特倫公爵大人已經準備好要前往王宮了，只要我也動起來就行了。

「公爵繼承人的職務代理雖然會交給里溫，但我把我的所有權限都交給你，里溫那小子如果又爬到你頭上，就好好訓他吧。」

「我不是擔心那件事，只是覺得您好好休息一天會更好……」

「喔吼～我只是有點發燒，除此之外還是很有活力啊。」

我刻意甩動手臂表現出健康的樣子，然後起床。呵呵，居然有這種能把桌子清空，去外面工作的舒服日子。

里溫找回過去人生的部分記憶後，工作頭腦也好上五倍，再加上原本就很會幹活的葛倫和珍妮特小姐，即使我不在，辦公室也能正常運轉。

特別是葛倫是我的丈夫，我不在時，他也會主動處理那些只有繼承人才能批准的案子，而他處理的結果也總是令我很滿意，可說是夫妻以心傳心吧。至於那些不適合給葛倫看到的難堪案子就都丟給里溫處理。

以現在的團隊狀態來說，非常接近我理想中的公爵繼承人辦公室。真是棒呆了，這種地方不算烏托邦的話，哪裡才是烏托邦呢？

我在隔板的另一邊接受維奧萊特的幫助更衣後，原本要像平常一樣給葛倫少爺一個早安吻，但又突然停下動作，剛剛咳嗽還挺嚴重的，我可不能把感冒傳給他。

「家裡的事就拜託你了，我先走了。」

我本想加快腳步，葛倫卻突然抓住我的肩膀，在我的臉頰親了一下。因為他之前不曾主動做過這件事，我驚訝得看了他一眼，男人的臉瞬間漲紅，無法直視我的眼睛，只能看著其他地方。

「慢、慢走，不要太逞強了。」

呼呼，嘿嘿嘿，我當然會遵守啊，也不想想這是誰的叮嚀，我愛死這樣的葛倫了，在他的臉頰、鼻子、額頭和嘴唇都親了好幾口。

他叫我住手，然後就逃走了。

哎呀，突然感覺全身充滿力氣，我要去王宮跟拉爾古勒大使伙好好大吵一番。

我從傑克那裡得知艾斯托和瑟蕾娜小姐還在深度睡眠，便前往王宮。在馬車上，鄰座的諾伊特倫公爵也是沿路不斷咳嗽，我們披著同一條毯子，依靠彼此的體溫取暖。

抵達王宮主殿，隨著經過的人越來越多，公爵大人的眼睛也逐漸變成殺人魔鬼，這人真的活得有夠累耶。

身為昨天海葵襲擊事件的在場人員，我踏進會議室要作證時，看到我國國王陛下、拉爾古勒大使、切雷皮亞聯邦國大使齊聚一堂，各個面色凝重，我們家國王陛下看到公爵大人和我裹著一條毛毯的樣子忍不住碎念。

「你們……是得了什麼讓我長點氣勢就會死掉的病嗎？」

「是因為真的太冷了，陛下。」

「不想看到這個樣子就把暖氣開強一點吧，陛下。」

「您不也看到沿岸都結冰了嗎，陛下。」

「該不會到現在都還沒確認過現場吧，陛下。」

「身為一國國王，就該以身作則啊，陛下。」

「如果領袖懶惰，國家會滅亡的，陛下。」

「我們都很相信您的，陛下。」

「請不要辜負我的們忠心，陛下。」

「閉嘴！給我住口，坐下！」

雖然他口氣很凶，但公爵大人和我脫下毛毯坐下後，國王陛下就叫僕人去準備個人毛毯放在我們身邊。這人就沒辦法耍狠啊，畢竟他本性很善良嘛。

我啜了幾口侍女準備的溫暖穀物茶，拉爾古勒方的大使開始抱怨。

「萊歐斯陛下，恕我冒昧，我實在搞不清楚為什麼要找我們來。」

「是我叫的，我。」

身為召喚海葵的當事國家，怎麼好意思撇清關係？

我才不管拉爾古勒大使的眼睛瞪得多大，大口喝下甜甜的穀物茶後，緩緩開口。

「身為把那隻怪物放往亞蘭的事主國家還真是有夠厚臉皮耶。」

「您有證據嗎？公爵千金，您不知道無憑無據提出這麼嚴重的指控，可能損害洛克斯伯格，甚至整個亞蘭王國的利益嗎？」

「拉爾古勒大皇子寄了一封印有拉爾古勒王室印章的公文，說埃德莫克皇妃會動手，要我小心，這就是間接證據啊。」

「哎唷，單憑間接證據就要這樣誣陷別人……」

「掌管所有魔塔的真魔塔主表示，那隻海葵是只有拉爾古勒帝國的喬勒亞夫神官才能召喚的古代生物。真魔塔主是不隸屬於任何一國且具影響力的人物，這在國際法庭上也會是有力的證詞，該名證人現在受到洛克斯伯格保護。如果真的這麼冤枉，那就把三個國家的魔塔主都叫來調查就能知道真相了。罪魁禍首就是拉爾古勒，調查期間如果冰塊融化造成損害擴大，拉爾古勒就該承擔這些罪名，沒關係嗎？」

「這……」

「你說你要自己扛下這個罪名嗎？哎唷，真不愧是大拉爾古勒帝國呢，居然還培養出這種愛國烈士，這種犧牲精神我想學都學不來，真的是非常非常讓人尊敬呢。」

拉爾古勒大使氣得發出低吼，最後選擇閉上嘴巴，而原本沉默的聯邦國大使也開始追究責任了。

「那隻怪物現在被冷凍在亞蘭和切雷皮亞國境之間的海域，我們想追究原本前往亞蘭的怪物，後來卻被亞蘭王國引導前往切雷皮亞聯邦的責任問題。」

「這又是什麼意思？」

「我有證詞，亞蘭所屬渡輪曾經對怪物發動攻擊。」

「那個證人講的話有像真魔塔主一樣有公信力嗎？把他帶來，找他來作證啊。」

「那個……他是一般百姓……」

「想懷疑別人，麻煩帶著有公信力的證人來！我跟公爵大人當時都在現場！諾伊特倫公爵大人，路西路西號有影響怪物的前進方向嗎？我們只有觀察吧？」

「我同意，洛克斯伯格千金和我一直擔心那隻怪物要是跑來菲埃那勒該怎麼辦。」

「聽到了嗎！如果要推翻這個證詞，就把更有公信力的證人找來！」

我把茶杯用力地放在桌上，聯邦國大使皺著一張臉，迴避我的視線。

很好，就是現在，國王陛下，要搬出正題的話就趁現在。

「好了，大家都先冷靜，現在不是我們爭執的時候，趕緊準備三國會談吧，畢竟這是牽涉到國運的問題。」

對，就是這樣，快點把事情搞大，不要給他們思考的時間，趕快訂下首腦層級的會議，先把事情搞大再多拿點損失賠償。

「我想派泰奧多爾王儲擔任亞蘭的代表，隨行人員是洛克斯伯格千金，兩國大使意見如何？」

「那位也要一起去的意思嗎？」

「等等，小公爵應該很忙，也不是非要……」

就是因為很忙才要去啊，這樣才能順便放假，我可是有明確目標的。我催促著國王陛下，距離融冰沒剩多少時間，必須趕緊作出決定，聯邦國表示會派出聯邦副國王出席，帝國方則是依然保持沉默。

大家都掏出王儲或副國王的牌了，帝國當然得派出同等層級的人物，但要是三國會談的結果不盡人意，事情會變得更麻煩。

「那我們這邊就派出四皇子……」

「不，我覺得馬利烏斯皇子殿下比較好。」

我斬釘截鐵說完，拉爾古勒大使嚇得瞪大了眼。呼呼，他肯定很訝異，因為我竟然叫他在國際會議派出那個傻子。

「等等，公爵千金，怎麼可以派馬利烏斯殿下呢？亞蘭聰明的王儲殿下和聯邦的副國王陛下要來訪，要是我們派馬利烏斯殿下當代表還說得過去嗎？」

「哪有什麼不行的，馬利烏斯殿下是帝國皇帝陛下最寵愛的埃德莫克皇妃的兒子，也是大拉爾古勒帝國皇位的第三順位繼承人啊。」

我笑著徵求其他人的同意，國王陛下二話不說地點頭附和，聯邦國大使應該也覺得馬利烏斯殿下比較好對付，於是露出微笑。

「不行，我們會派四皇子殿下出席，馬利烏斯殿下不行。」

「那好吧，既然都要會談了，就順便從三個國家的魔塔選人出來調查海葵……」

「什麼！」

拉爾古勒大使的臉部血液循環還真好，整張臉紅得不得了呢。

男人緊抓著自己的頭髮，苦思冥想之後，用哀求的語氣說道：「那路基烏斯殿下，至少同意讓路基烏斯殿下隨行吧，亞蘭不也派出了公爵千金擔任隨行人員嗎？」

我知道這個人是四皇子那邊的，他明知道這樣會把功勞全部帶給大皇子也還是提出這個意見……看來情況真的是岌岌可危了吧。

我只要能見到馬利烏斯殿下，其他什麼都好，偷偷給國王陛下使眼色後，由國王陛下作出令人滿意的結論。

「那請大家各自準備，四天後再集合吧，我個人認為聯邦國的羅希爾很適合作為會談場所。」

「那就由聯邦國這邊通知羅希爾，那座島在政治上也很中立，距離三個國家都算近，我也同意。」

「場地部分，拉爾古勒沒有問題。」

哇，那我可以在以觀光勝地聞名的羅希爾帶著三皇子一起玩了嗎？賺翻啦！這不是賺到那什麼才是賺啊。

羅希爾全年天氣猶如初夏，是以擁有祖母綠海岸而著稱的觀光島國。街道上排列著椰子樹，也聽說人們都很善良，而且穿著風格十分開放。

雖然以地理位置來看，它更靠近亞蘭或拉爾古勒，但因為這座島長期不與鄰國交流，有著強烈的文化差異，所以不想被這兩國吸收，而希望成為聯邦所屬國之一。

羅希爾島的沿岸都是沙灘，不適合建造港口，亞蘭和拉爾古勒也對它毫無興趣，所以都很乾脆地讓給聯邦。

呼呼，衣著開放，那我可以見到穿著開放的三皇子了嗎？嘿嘿，我刻意要跟著王儲殿下去果然是對的。

「那就到時候見了，解散。」

陛下一下令，兩國大使都示意要先行告退後就急忙衝出會議室了。整起事件的最大證人在我手上，他們應該會另外進行調查，找出對自己國家有利的證據吧，勝負將取決於未來這四天的準備。

既然會談日期已經訂好，我就先回家跟諾伊特倫公爵把昨天沒談完的生意談完吧。

正當我一邊想著工作一邊起身，國王陛下突然用很溫柔的聲音叫我小頑固。

我瞬間起雞皮疙瘩，但畢竟是我們國家的國王陛下，所以我決定回答。

「怎麼了嗎？陛下。」

「幸好你們是我這邊的人。」

「這是什麼意思？我們一直都和陛下同一陣線啊。」

「嗯……別說廢話了，快回去吧。」

不是，我本來就已經要回去了，是誰抓住要回家的人不放啊？

我一邊抱怨，一邊鄭重說了再見，一回家就用十套無線電賺了千枚白金幣。諾伊特倫公爵大人成功用比預算更低的價格入手這些設備，他看起來像是摀住嘴在忍笑，但他直到最後都沒有發現一個重要的真相。

我從來沒有同意這個東西只獨家販售給諾伊特倫。

我們沒有簽合約，也沒有口頭約定，我只是在諾伊特倫公爵大人拜託我只能把無線電賣給諾伊特倫，不要賣給其他人時，笑著點點頭而已。

真是笨蛋，這種重要的事情就要留下書面紀錄啊。就是因為這樣才會母子倆都被洛克斯伯格家吸血，真是可憐的孩子，他也未免太善良了吧。

反正諾伊特倫公爵也只是想拿著樣品回去偷技術而已，我只要在那之前開一家工廠，開始量產比這臺無線電更低階的產品，再把量產版本賣給菲埃那勒和切雷皮亞，還有拉爾古勒。

不管戰爭模式是否改變，我只要能賺錢就好。

我一邊盤算著要把工廠蓋在蒂亞蒙特侯爵領地那邊，所以得先鋪設鐵路，一邊走向辦公室準備處理其他業務。

比起冷到發抖還堅持要出門的模樣，回到家的我看起來健康多了，葛倫少爺也安心不少。在我受到他滿滿的關懷準備坐下之際，辦公室的門突然打開，有人走了進來。

他飄揚著又紅又長的頭髮，看起來像是工作到一半就跑來，還戴著只有進行處理文件時才會戴的眼鏡，滿身大汗。這個又帥又面熟的男人叫作路克．洛克斯伯格。

我好奇地詢問我唯一的寶貝兒子為什麼急著跑來這裡，他急忙走向我，抓起我的手，接著用很熱情的聲音說。

「媽媽！」

「……」

啊……我知道這孩子為什麼會這樣了，原來那個消息已經傳到百貨公司的社長室了嗎？

真是的，這笨蛋兒子的情報網還真是又廣又迅速。

「路克，你的心思未免太明顯了吧？」

「媽媽！我愛妳！」

……既然都說愛我了，為人母的我也是沒辦法。這小子該有多想見馬利烏斯殿下才會大汗淋漓跑來找我呢。

「好吧，我允許你一起去海葵會談。」

「啊啊啊啊！媽媽！我愛妳！」

「我也愛你，路克。」

我們擁抱著彼此跳舞，並高喊著馬利烏斯殿下的名字。

馬利烏斯殿下是帝國的寶物，那我們母子一起去看寶物該說是參觀博物館呢？還是參觀遺跡呢？總之就是那種很學術又有益的行程，因此即便我身為一個有夫之婦，要去見單身男人也不會覺得良心過意不去。

反正就是去見帝國寶物而已，而且還有兒子隨行！老天，哪來這麼健康的旅行啊！而且認真說起來，這也不是旅行，是出差！哇～那我不就只是為了執行公務才順便看帝國寶物的嘛，還有人比我更清白的嗎！

我不斷洗腦自己，刻意避開葛倫瞪我的眼神，開始和路克安排出遊行程。阿斯特里溫雖然也吵著要一起去，但我一說連葛倫都沒要參加母子出遊了，他憑什麼在這裡插嘴，他又扁起嘴巴坐回位子上。

雖然葛倫看起來心情超差，但慶幸的是他沒有對我發火。工作結束後，我和路克一起待在旁邊的小房間分工合作，找出三皇子的移動路線，計算所有的可能機率，就為了在最自然的狀況下和殿下度過個人時間。直到我們傾注全力準備完才各自回房。

我引以為傲的兒子和我，在這四天之內作足了萬全準備。

天亮了，路克和我壓抑住躁動的心情坐上馬車。

透過威爾．布朗的情報，我們將三皇子殿下的動線進行了書面化確認，預防萬一，裝作巧遇的計畫也由路克統統記錄下來。

兒子和我在天還沒亮之前就先去泡溫泉，做護膚保養，把身體洗得乾乾淨淨後噴上香水，做造型，確認彼此的衣服有沒有互相搭配，有沒有哪裡不夠好等等，反正就是想盡辦法把自己打扮成最好的狀態。

因此，我們實現了在商務面十分幹練，看起來沒有刻意打扮，但又看得出所費不貲的親子裝。

我們用卡爾和奎爾這對雙胞胎兄弟選擇的年度色古典藍為主題，用白色直線作為點綴，身著為初夏島國注入沁涼感的幹練服裝與首飾，在前往菲埃那勒港口的馬車上嘻嘻哈哈聊著天。

雖然身懷召開冰封融化四分之一以上的海葵怪物對策會議的重大任務，但我真的很開心，講白一點，討論對策是王儲殿下的事，跟我無關。

對現在的我們而言，最大的課題就是要盡早抵達羅希爾，在會議開始前假裝巧遇馬利烏斯殿下。

而且除了我，也有很多人可以幫忙工作。首先，這次出遊的參與人員比我想像中還多，解除睡眠模式的瑟蕾娜小姐說想去看看各國要怎麼處理海葵問題，因此，擔心瑟蕾娜小姐又迷路會完蛋的塞基先生和其徒弟們也都表示要同行。

聽到王儲殿下要代表國家出差的消息，卡波姐姐也蹭了我們家隊伍同行。如果我能在後面幫一把，讓她和殿下有更多時間共處，她也會在會談時盡量將風向帶往對亞蘭王國有利的方向。

這筆買賣完全不虧，我當然表態會捨身成仁，於是卡波也帶著部下一起搭上馬車。

解除睡眠模式的艾斯托當然也要作為我的護衛同行，令人意外的是，傑克沒說要陪葛倫留守，也跟著來了。所以我帶了兩個護衛、維奧萊特、莉莉及其他僕人、馬夫等等。

因此，載著我們家人的四臺馬車浩浩蕩蕩地前往菲埃那勒，王儲殿下則是說不想見我，所以昨天就搭船先走了，不會有碰到他的問題，就只剩祈禱航行一帆風順了。

抵達天氣晴朗的菲埃那勒港，我一下馬車就開始哈哈大笑。路克戴著長長的帽子，胸口別著藍玫瑰，帶著久違的好心情，和我牽手一起看著大海哈哈大笑。

太讚了，只要上船，再過兩天一夜就能見到馬利烏斯殿下了，甚至還是衣著開放的馬利烏斯殿下。我現在心情正好，要不要趁著大家把行李搬上路西路西號時和路克跳支舞呢？

我正要起舞，有個長得非常眼熟的人從卡波姐姐搭乘的馬車走了下來。

他漂亮的小鳥米色[11]髮絲往後梳了一半，不知道是用了什麼方法，還穿著跟我們相同色系的西裝，拄著金色柺杖，威風凜凜地走過來。

最重要的是，他的臉上掛著王儲笑容。

「那個，葛倫少爺怎麼會……」

哇，哇啊啊！我的丈夫現在正在大笑，這是他現在非常生氣的證據。他前幾天都不動聲色，還對我很好，誰能想到他現在會來捅我一刀啊？

「請別這樣對我說話，小公爵閣下，我只是作為娜塔莉公主的伙伴一同前來的微不足道的男人而已。」

喔喔，原來嗎……那個……是我有眼不識泰山，真是抱歉。

「抱歉了，妹妹。因為妹婿氣勢洶洶地說他也要同行，我實在無法拒絕。」

可惡，傑克．布朗這傢伙，難怪他不願意留在家裡，說要跟著我一起來。

11　日本作品《LoveLive!》人物南小鳥（Minami Kotori）頭髮的顏色，在視覺上是偏灰的棕色。

卡波姐姐一臉為難地向我點頭致意，隨即登上船艦，我的丈夫跟在她身後，頭也不回地服侍著公主進入船艙。

然後我……

「媽，不能就這樣認輸。」

我重新整頓我的心情，沒錯，我聽了路克的激勵後，重新睜大眼，我們可是有著要見馬利烏斯殿下的使命！

「沒錯，兒子！以後的事情就以後再想吧！」

「沒錯，想想馬利烏斯殿下吧！」

「曲線！」

「腹肌！」

「蘋果臀！」

我咬著牙牽起路克的手。葛倫之後再安撫就好，但能遇到馬利烏斯殿下的機會可不多，這搞不好是這一次人生的最後一次了。

我不會錯過這個機會的，下定決心後，我踏上了船艙。

在船上待了一夜，我們終於抵達羅希爾國。天空開闊蔚藍，天氣晴朗，就連陽光也暖洋洋的！

我脫掉纏繞在脖子上的圍巾和外套，穿著短袖洋裝速速下船，享受羅希爾國的一切。這裡還真的如同傳聞，大家都穿得好清涼啊。

不管是建築風格或植物都是前所未見，所以我和路克就像觀光客一樣四處逛。這個是觀光業盛行的國家，四處都是紀念品店，但如果現在買了，行李就會變重，應該要先看好想買的東西，要回去時再裝滿行李箱……

「小公爵閣下！」

「是！」

真是的，這傢伙在船上都不正眼看我，為什麼一下船就這樣啊。

我被葛倫的呼喚嚇到而下意識應答，男人突然說要一起搭馬車。我也不清楚他態度轉變的原因，是他稍微消氣了嗎？搞不好搭船出遊除了能消除壓力，也同時消除了他的憤怒吧。

懷抱這樣的期待，我牽著路克的手一起跟著葛倫走，但男人依然擺著王儲笑容，然後用手指頭指著另一臺馬車。

「路克搭那一臺。」

「什麼？葛倫先生，我……」

「請搭那臺。」

「……好。」

受制於葛倫的態度，路克無法反駁，只能鬆開我的手。不斷回頭的路克看起來有著不少的留戀。

先生，我們還要一起搭馬車走，還有一些要討論的事情耶。

一開始路克跟我就打算看看狀況，要在馬車上等帝國的船耶，葛倫你這樣會讓我們很困擾。

然而我只敢在心裡這麼想，實際上什麼話都說不出來，因為我有會很慘的預感。

「那就上車吧，小公爵閣下。」

羅希爾準備的馬車朝著會場前進，而且是「只」朝著會場。

各國政要陸續抵達會議場地，大家先簡單地寒暄了片刻，隨口提到海葵相關的話題，但絕口不提會議內容，因為在晚宴結束後，明天下午才會正式開始展開討論對策的環節。

我們在會議現場工作時，隨行的僕從要整理宿舍、分行李以及針對緊急狀況預作準備，維奧萊特被推舉為指揮他們的代表，因為她的資歷最深。

這次人生的里溫活得很久很久，所以我才能看到維奧萊特身為最資深女僕的樣子啊。

如果把老手都帶來，爸爸那邊會出事，所以大部分跟著我來的人都比較資淺，但看到維奧萊特和莉莉在該訓話時還是會罵人，四處大聲嚷嚷，就覺得很好笑又很欣慰。

哎呀呀，真是活得夠久，什麼事都能遇見。我甚至有點鼻酸，都要落淚了，但現在不是那種時候。

「小公爵閣下，根據簡介來看，那裡就是會場了。」

不，可，以！

葛倫說的話讓我忍不住在內心發出哀號。窗外那個微妙傾斜的山坡上，有個巨蛋形狀的會議場，旁邊就是貴賓下塌的飯店。

也太近了吧！為什麼會議場離港口這麼近啊！

我坐立難安地拍打著膝蓋，卡波姐姐見狀，規勸著不安分的我。

「雖然我不知道有什麼事情，但既然都到這了，妳就放棄吧。反正妹婿都跟來了，你們一起度個假不是很棒嗎？」

不是啊，姐姐，不是這樣的。雖然葛倫來了，但如果錯過這次機會，以後可能就見不到三皇子了啊！

我焦急地雙腿直打顫，撇頭往回看，發現後面那臺馬車上坐著十分洩氣的路克。同車的艾斯托和傑克都在安慰他，但根本無濟於事。要是沒辦法遇到三皇子，我跟路克根本不願意跑這麼遠。

海葵會談有什麼重要的！我們家王儲殿下自己能處理好，我們幹嘛來這裡！

我一口氣把馬車窗戶開到最大。

「……羅莎莉特小姐？」

葛倫少爺不再叫我小公爵閣下，發出疑惑的聲音。但我已經下定決心了，既然事已至此，我不擇手段也要見到三皇子。

「太危險了！羅莎莉特小姐！等等！」

我整個人探出窗外，靠著平時跳舞鍛鍊出的全身肌肉爬上馬車車頂，我抓著馬車車頂的裝飾品，聽見四處傳來發現我的人聲。

「小姐！您瘋了嗎！」

「羅莎莉特小姐！這樣會受傷的，快下來！」

「快停車！乾脆把馬車停下來……」

「突然停下馬車，妹妹會更危險的！」

很好，如果馬車繼續以這個速度前進，我只要稍微往後一跳，就能落在後面那臺馬車的車頂上。

關於物體會持續以現有速度移動的慣性什麼的科學實驗我們都已經很熟了，我愛義務教育！我的十二年都沒有白費！

「變換，電磁力，全數解放。」

就算我落地出了閃失，我也能用電磁力依附在馬車凹陷處，意思就是我已經準備好安全裝置了。師父應該是看出我的意圖，他把身體探出馬車車窗，看著我大喊。

「女兒！玩的時候別受傷了！」

「好的，把拔！」

嘿咻！

我從原地奮力跳起，在空中轉了漂亮的一圈，順利降落在路克搭乘的馬車上。正如我的預期，雙手雙腳能剛好黏在馬車凹陷處，可以安穩地趴在上面。

「會受傷啊啊啊啊！」

葛倫少爺的尖叫從另一邊傳來。很好，現在只要劫走路克搭的馬車，就能掉頭回去港口了。

「少爺先走吧！代我向王儲殿下問聲好！」

跳到馬夫席的我搶走馬夫手上的轡繩，掉轉前進方向。

雖然馬匹稍微受到了驚嚇，但你們接下來將見到更令人嘆為觀止的東西，這一切都必須感謝我。你們都是母馬吧？多虧我，你們今天才能大飽眼福！

「把拔，幫我好好服侍瑟蕾娜小姐！我有點事情要辦！」

「好喔，去辦妳的事吧，別擔心。」

我開心地駕著馬車前往港口，我知道帝國來的船隻會停靠在哪個碼頭，現在就只剩下等待三皇子抵達而已了。

我在碼頭停靠馬車，路克和傑克下車時瘋狂念我。比如「受傷怎麼辦」、「有可能會死掉耶」、「要死也先留下嫡系後代再死啊」、「即便跳舞時喜歡在空中轉，也不能在馬車上幹這種事情啊」之類的。

我摀住耳朵裝沒聽見，他們氣得搥胸頓足，只有艾斯托過來替我拍掉衣服上的灰塵。她放下手，看起來也準備要開始念我時，開口時卻說出一番真誠的話。

「我相信小姐一定能辦到。」

哈，看來妳比我想像中更懂我呢，雖然有點過度信任的傾向。

我滿意地點點頭，這回輪到路克過來替我整理亂掉的頭髮。

「不用做這麼危險的事，只要向葛倫少爺好好說明，他也會讓您走的吧。」

「換作是你，你男朋友如果放著你一個人不管，還說要去見帥哥，你會送他去嗎？」

「……」

「……」

「不會。」

「對吧？」

「幸好您還活著，換作是我，肯定早就把背叛我的傢伙刺死了。」

孩子，你的思想也未免太過極端了吧。難怪這孩子本來很安分，某天卻突變試圖刺殺我……那是什麼時候的事了，第五次人生的時候嗎？

傑克拉長防毒面具上的望遠鏡說道：「那艘船是小姐在等的船嗎？」

哪裡？你說哪裡？我想說肉眼或許也看得到，於是看向大海，但只看到一個看起來像船隻的黑點。

「是帝國的船嗎？有掛帝國旗幟嗎？」

「對，船頭還有一個充滿邪教感的禿頭老人雕像。」

「孩子，他搞不好在其他國家的宗教裡是很偉大的人，別小看人家，話要講得好聽一點。」

「那，船頭有一座充滿宗教氣息的禿頭老人雕像。」

「很好，真乖，傑克．布朗。」

我迅速從襯裙拿出一顆糖果給傑克，接著走向停泊區。一想到再等一下就能見到三皇子，我忍不住露出開心的笑容，與路克牽著手一起跳舞，試圖讓緊張的心跳穩定下來，接著確認彼此的衣著。

髮型、首飾、衣服皺褶、異物，確認完畢！

美麗又端莊！我們是驕傲的洛克斯伯格！

我和路克一起高喊勝利口號，接著我端莊地站著等船靠港。船一進到港口，港灣職員和羅希爾準備的馬車就陸續靠近；在船錨完全降下後，眾人紛紛準備下船。

首先是皇子的隨行人員下船，把行李統統搬上馬車。到現在都還沒看到馬利烏斯殿下的一根頭髮，不知道要讓我們多麼焦心。只有看起來像是隨侍人員的人、像侍女的人，以及看起來不太重要的人下船。

這人不重要，這個也是，下一個也是，下下一個也是。可惡！馬利烏斯殿下到底何時才會下來啊！

「羅斯羅斯！是什麼風把妳吹來了，居然特地來迎接我？」

是馬利烏斯殿下嗎？因為聽見聲線差不多的人叫我，我急忙轉頭，結果只看到路西路西。

我對他一點興趣都沒有，因此很快又朝著船上走。

三皇子！確實有把三皇子帶來吧？

船頭擺著的禿頭老人雕像充滿邪教感，讓我覺得怪怪的，有種不好的預感。光看到那個雕像就覺得不舒服，太醜了，為什麼要把那種東西放船上啊，有夠不吉利！

「我從妳指定要我來參加會談時，就覺得有點微妙了，在這種正式場合還這麼積極主動，就算是我也會感到慌張耶。」

「……」

「……羅斯羅斯？」

這傢伙也太煩了，幹嘛在我面前揮手！

我瞪了路西路西一眼，接著走向路克，我覺得現在好像不是適合等待的狀況。

『路克，你確定馬利烏斯殿下是搭這艘船嗎？難道他跟路西路西是各自來嗎？』

『怎麼可能！兩位的關係又不像羅莎莉特小姐和王儲殿下那樣，何必費盡千辛萬苦跑兩趟呢？』

『等一下，為什麼突然講起帝國語？而且我覺得我要受傷了，可以給我一點關注嗎？』

好吧，那就上船吧，雖說帝國開的船也算帝國領土的一部分，但既然船都已經開來羅希爾了，船長應該還是會給點通融吧。

『羅斯羅斯。』

『讓開！路基烏斯！』

我都要忙死了，他幹嘛一直煩我！我推開路基烏斯殿下，然後他「哇」了一聲，消失在我的視線範圍。我趁這個空檔帶著孩子們跳上船，接著在船艙陰影處發現馬利烏斯殿下。

『啊啊啊！馬利烏斯殿下！』

『馬利烏斯皇子殿下！』

我們驚呼著靠近馬利烏斯殿下，他只是一臉疲憊地點點頭。

等等，我們健壯的馬利烏斯殿下怎麼變得這麼虛弱無力？是頭暈嗎？暈船嗎？拉爾古勒皇室負責隨侍的傢伙為什麼沒替馬利烏斯殿下準備暈船藥！

『您還好嗎？臉色看起來很不好，是暈船嗎？需不需要暈船藥呢？』

『不是……』

馬利烏斯殿下的狀態很不好，我直接跳過自我介紹，先確認他的是否生病了。我先叫艾斯托去倒水，接著摸了摸馬利烏斯殿下的額頭和喉嚨，總覺得好像在發燒。

『您有點發燒，身體很疲倦嗎？如果有快感冒的感覺，先躺下來會比較……』

『不是，那個……』

『那個？』

『只是……太熱了。』

『……』

啊……如果是這個問題……那個……

在那個當下，我實在很擔心馬利烏斯殿下的智力，但我還是緊緊抓著路克的手。我們不能無禮，從現在開始，一定要在不傷及馬利烏斯殿下自尊的前提下，解決這個狀況。

我向路克使了眼色，我這令人驕傲的兒子迅速會意過來，點了點頭。

『殿下，羅希爾和拉爾古勒的風土民情十分不同，拉爾古勒現在或許是冬天，但這裡不是。』

『羅希爾除了天氣好，火山島的特性也帶來了地熱。馬利烏斯殿下，您看看船下那些百姓們和我的衣著，不都很開放嗎？』

『就算脫下來也絕對、絕對沒有不禮貌的問題！』

『哎唷！要不是得顧及體面問題，我肯定會再脫一層裙子！熱死了～哎唷～好熱。』

我搖晃我的裙子，偷偷提醒就算脫掉也不會有損及王室體統的問題，男人這才面露喜色，擺出要脫掉上衣的姿勢。

『原來如此，是我白操心了。』

等一下，先生！先生，你要在這裡脫嗎？嗚哇，我是很感激啦，但這是外面耶，這樣有點……

『啊啊啊！』

『啊啊！啊啊啊！』

馬利烏斯殿下脫掉上衣了！

男人脫掉外套，抓著上衣，就像蛇在脫皮一樣，露出赤裸的身體。濃郁的男人味與麝香基調香氛巧妙融合在一起，用力敲打我的左心房和右心室。

三皇子脫下衣服後，因為變得涼快而露出暢快的神情，看起來十分幸福，那份幸福也感染了我們。在這個空間裡，你很幸福，我也很幸福，所有人都很幸福。

『哇，主啊！』

『爸爸、師父、爸，我的天！』

我兒子路克在胸前劃了個十字，我也在旁邊緊緊握著雙手。太讚了，馬利烏斯殿下，帝國最強，不對，是世界最強！是人類至高無上的寶物！

我看著汗水滑過他雕像般的軀體，這才確認他是真實存在於人間的存在。怎麼會呢！這麼完美的身體居然不是特別打造的藝術品，而是會呼吸的人類！我能和馬利烏斯殿下出生在同個年代，真是超級幸運的人類，簡稱幸人！

「小姐！水來了！」

太好了！趕緊遞給馬利烏斯殿下！

我感激到發不出聲，用手勢比劃著要艾斯托快點把水拿給馬利烏斯殿下。他大概是真的很熱，一下搶走水桶，往自己的頭頂澆。

『啊啊啊！呃啊啊啊啊！啊啊啊！』

『啊啊！啊啊啊啊！』

怎麼辦，我再這樣下去會暴斃吧！我還活著嗎？真的還活著嗎？會不會我已經死了，現在身處在天堂吧？甚至還有腳騰空離地的感覺，感覺整個人輕飄飄的，這裡真的是天堂嗎？

「請您站好，剛剛差點就摔跤了。」

啊，原來是傑克一把扶起倒抽一口氣差點往後倒的我。獲得傑克幫助的我重新落地站好，深呼吸一口氣。

這對心臟不好，濕透的馬利烏斯殿下實在是對心臟不好。

『女士，還好嗎？』

『沒事！您還記得我們之前見過一次面嗎？我是羅莎莉特．洛克斯伯格！』

『當然記得，妳是洛克斯伯格公爵千金嘛！』

啊啊啊啊，馬利烏斯殿下說他記得我！我開心得狂戳路克的腰。

路克帶著有點期待的眼神向皇子搭話。對方雖然記得路克是沙泰爾家的人，但現在沙泰爾家什麼的根本不重要，重點是他記得路克！

天啊！這個粉絲服務太讚了吧！不僅天氣熱就把衣服脫了，甚至還記得粉絲！這根本就是天生當藝人的料嘛！馬利烏斯殿下讚讚！拉爾古勒的人類遺產！

『被您記住是我的榮幸，殿下。但我現在不是沙泰爾家的成員了，是路克‧洛克斯伯格。』

『原來如此！在亞蘭見面時就覺得兩位關係匪淺，公爵千金是把他納為二房了嗎？』

『哈哈，不是的，路克是成為我的兒子了。』

『什麼？』

怎麼了嗎？為什麼一副見鬼了的表情？

馬利烏斯殿下的表情好怪，我擔心他是不是中暑了，又把艾斯托叫來，正當我要叫她再去取一桶涼水時，有人抓著我的肩膀，用非常流暢的亞蘭語向我搭話。

「無視我，還用一副要殺人的表情推開我，妳的目的就是馬利烏斯嗎？」

什麼？你怎麼變這樣？眼前的男人看起來就像掉進水裡的老鼠，肩上還像首飾一樣掛著一堆散發濃濃鹹味的海草。

『……天啊！』

難道是因為剛剛我推了他一把而落海嗎？不是啊，他又不是紙片人，為什麼輕輕一推就會掉進海裡啊？怪讓人不好意思的。

路西路西應該是真的非常火大，他抓我肩膀的手非常用力，我痛得忍不住要大叫，但我看到馬利烏斯殿下的臉之後決定忍耐，很端莊地小小叫了一聲。

『啊啊！』

我輕輕驚叫了一聲，拍了拍路西路西的手，被海水浸透的男人嚇得跳離我身邊，我趁機盡全力做出踉蹌的模樣，倒進馬利烏斯殿下懷裡。

『對、對不起！是我太心急了，對皇子殿下造成極大的失禮……嗚嗚。』

『皇兄，再怎麼生氣也不該這麼用力抓淑女的肩膀啊，甚至還是個弱女子。』

「弱女子？誰？」

『我沒關係，如果這樣能讓路西路西殿下消氣……啊啊，啊啊啊！』

『都鬆手了還會痛的話，可能是受傷了。就算你對我再怎麼不滿，也不該牽連與此事無關的公爵千金啊，皇兄！』

「你沒聽到那女人剛剛叫我路西路西嗎？」

嘿嘿嘿！道歉吧路西路西！可不能隨便拿柔弱的淑女出氣啊！

我在馬利烏斯殿下瞪路西路西時，趁機吐舌頭還用雙手做鬼臉，雖然目的是要惹路西路西生氣，但看到他真的快氣瘋的樣子讓我忍笑忍得好痛苦。

路西路西戴著海盜眼罩氣質就已經夠凶狠了，臉部表情還因為生氣而扭曲，看起來根本就是個罪犯。

把他現在的狀態拍下來發布賞金通緝肯定絲毫沒有違和感，噗哈哈！是殺人犯的臉！殺人犯的臉！

『我的天啊，我心臟比較弱，看到這麼可怕的臉，手腳會不自覺開始發抖，嗚嗚。』

『還好嗎？來，抓著我的肩膀吧。』

哇呼！是公主抱！

我在內心雀躍歡呼，立刻假裝貧血，不斷說著身體不舒服，緊貼著馬利烏斯殿下。

馬利烏斯殿下為了照顧我，直說著要趕緊把我抱上馬車，路西路西憤怒的聲音隨即從身後傳來。

『竟然還有這種女人！』

嘿嘿嘿，就算你用帝國語耍狠也不干我的事，你這個戴海盜眼罩的傢伙。

傑克．布朗留在路西路西旁邊，似乎在說也只能習慣我這樣，並安慰他。看到這樣我就放心了，反正他身邊有個陪他玩的人就夠啦。

說起傑克．布朗，他可是個被路西路西搶走玩具也沒有一絲怨言的善良孩子。之前路西路西很想要傑克的望遠防毒面具，他們看起來喜好也挺相似的，應該能成為好朋友吧。

『咳咳！不過，馬利烏斯殿下的衣服好像得重買了，畢竟來到南方前穿了一身厚重的服裝。』

『這部分沒關係，侍女也帶了輕便的正式服裝過來。』

『哎呀，那怎麼會在這麼熱的天氣，穿了一身厚重衣服呢？』

『哈哈，因為皇兄說如果我在這裡失誤害他丟臉，他就不會再見我了。』

什麼鬼，這意思是路西路西刻意折磨馬利烏斯殿下嗎？手足之間應該要好好相處吧，我轉頭瞪了身後的路西路西，他立刻氣呼呼地發出抗議。

『這才不是我的錯！明明是你自己沒聽懂，是笨蛋馬利烏斯的錯！』

『沒錯，都是我過於駑鈍的錯。』

不是，你不要笑得這麼傻，這都是路西路西的錯好嗎！

雖然我能理解大皇子和四皇子殺得你死我活的部分，但據我所知，馬利烏斯殿下和路基烏斯殿下是同胞兄弟啊，為什麼兩人之間關係這麼差呢？但如果要說是因為路基烏斯殿下欺負馬利烏斯殿下而導致關係不睦，這講法好像也怪怪的。

『呵呵呵！那在抵達會場之前就慢慢換裝吧，時間還很充裕，我現在因為貧血有點嚴重，好像走不動了，請問可以跟您坐同一輛馬車嗎？』

『當然！不過話說回來，這段時間不見，妳的帝國語變得好流暢喔。』

『呵呵呵！我為了碰到您的時候可以多聊幾句，所以才認真學呀！』

『是嗎？真是我的榮幸。』

那現在就跟馬利烏斯殿下、路克一起坐馬車吧，我內心打著這個算盤，故意發出作嘔的聲音，向身後的路西路西發出信號。

雖然我是因為要他快點識相滾開，才會搖搖手示意，但男人笑了笑，率先坐上馬車拍拍自己的鄰座。

『我允許你坐在我旁邊！馬利烏斯！』

『……啊！好的，皇兄！』

喂！你跟我有仇嗎？

喂，你要約會我就陪你約會，要我給錢我就給錢，要我留下審問資料我也留了，你想要的我都做了，現在怎麼有臉阻止我的計畫？

但我實在沒辦法找他毛病的原因是，馬利烏斯殿下的反應實在太過開心了。因為皇兄真的很久沒有允許他坐在隔壁了，就連他那超大塊的胸肌都開心得抖動起來，我哪來的權利去阻止人家呢？

反正……如果要欣賞馬利烏斯殿下，前座的風景應該也不錯。

『那走吧！我還真是第一次對於工作這件事感到如此興致盎然呢！』

哎唷，可不是嗎，你這討厭鬼。

路西路西動了動手指，大笑著下達出發指示。

雖然我的護衛不能一起待在馬車內，但也不能因此忽略他們。艾斯托和傑克像馬鈴薯泥一樣擠在馬夫席同行。馬車也因此變得很沉重，但幸好羅希爾家的馬匹都很有力，依然輕巧拉著馬車前進。

在路西路西以外的每個人都談笑風生之際，馬車抵達會場了。但真不曉得路西路西到底對我有何不滿，我每講一句話，他都像鸚鵡一樣學我說著「您說的沒錯」、「好害羞啊」。

不是啊，人為了保持禮貌，說話語氣和平常有所不同也很正常吧，他幹嘛像個小朋友一樣不斷學人講話？

我之前就有這種感覺了，路西路西肯定是還沒長大，才這麼不懂事，嘖嘖。

『別生氣了，皇兄沒有惡意。』

如果那叫沒有惡意，世界上的所有人都超級善良了好嗎？我嘀咕幾句，但決定看著馬利烏斯殿下的短袖正裝消氣。

不是，明明就有看起來這麼涼快又漂亮的苧麻套裝，為什麼一開始要穿著那麼厚重的衣服？這個材質很通風，還稍微能看到裡面的內衣，超讚耶。

保留了帝國傳統服飾特有的樣式，該露的都露出來，甚至還有通風功能，這就是所謂的時尚外交嗎？只要見一次三皇子，所有人肯定都會記住帝國的服飾，太棒了，拉爾古勒設計師最棒了，讚讚！

『呵呵呵，是啊，路基烏斯殿下愛開玩笑的部分，我也是很清楚的。』

『很清楚的～』

小心我撕爛你那張嘴！

我趁著馬利烏斯殿下下馬車的空檔，試著伸手扯掉路西路西的海盜眼罩，結果這狡詐的傢伙居然使出防禦。我們抓著彼此的雙手，瞪大眼只想著要扁對方一頓，結果路克這聰明的孩子一把抓著馬利烏斯殿下的手下車了。

『謝謝您的體貼，馬利烏斯殿下。』

『啊，我是要牽公爵千金……算了，沒什麼。』

啊啊啊！這是為了要牽我才伸手的啊！可惡！我難道是為了看到這種光景才收養兒子的嗎！啊啊啊可惡！

我惋惜地搥胸頓足。這臭兒子大概是覺得馬利烏斯殿下要護送自己，就這樣牽著他的手一起走進會場。

哇，我要瘋了，他現在真把自己當成洛克斯伯格家的子女了是吧？好可怕啊。

『妳的兒子真是又聰明又可愛呢。』

『我很清楚，請您閉嘴。』

『這裡不是妳的主場了，為什麼還敢這麼白目呢？』

『這裡也不是路西路西的主場啊，羅希爾是中立國。』

『羅希爾雖然是聯邦國家，但地理上距離拉爾古勒更近，防衛軍的武器和大砲火藥有八成都靠我國提供，只要我下令，妳很可能就會化成灰燼。』

『還真會說話呢，拉爾古勒提供了八成的軍火是吧？羅希爾使用的魔水晶全是亞蘭出產，作為傭兵的魔法師也全是亞蘭人民，我只要講一句話，就能讓您像那隻海葵一樣變成冰雕唷！』

『亞蘭拿得出手炫耀的東西就只有魔水晶了嗎！』

『有魔水晶就足以輾壓全場！如果覺得委屈就去找礦脈挖魔水晶啊！』

這傢伙怎麼好意思小看魔水晶啊？我國魔水晶蘊藏量很多這件事，不是只有多到可以拿出來賣這麼簡單的優點而已，更代表土地本身的魔力排放量和凝聚力很強大，就是這樣的環境條件，才讓魔法師人口高於其他國家。

不僅如此，目前官方掌握的魔法師人口比例，大約是每千位亞蘭人民就有一位魔法師，但考量到沒有登記的幽靈人口，可預期魔法師的實際人數比帳面數字更多。

所以我要講的重點是什麼？很簡單，亞蘭是不分男女老少，都擁有高度人權意識的國家。

由於魔法師的能力並非天生，而是會在生活中忽然覺醒適合自己的魔法屬性和對魔力的感應能力，所以如果因為對方現在還不是魔法師就任意欺凌，輕視沒有力量或身分低微的人，又或欺負小孩子或老人，一旦受迫害的弱者覺醒成為魔法師，加害者的腦袋就不保了。

而這股隨時可能被報復的恐懼，讓人人互相尊重不再是口號。在這樣的環境下，大家就算彼此看不順眼，仍會以禮相待，法律得以快速訂定並落實推行，在任用人才方面也不會差別待遇，整個國家從內部基礎開始穩定發展。

我國之所以能從五個附屬國的統合開始，齊心協力延續著亞蘭王國的命脈，都是因為大家不想要丟掉小命，努力察言觀色所獲得的結果。更強大的暴力才是強化人權的泉源，因為沒有人想活著活著就被爆頭。

當然啦，人們不可能都一樣有禮貌，或一樣聰明，多少還是有些人不思考未來，過著沒有明天的生活，比方說像是狄倫，或是狄倫．蒂亞蒙特。

『該死的亞蘭！要趕快攻打下來才行了！』

『您有種就在會場上講啊！這是國際問題！』

反正喔，這傢伙從小就以帝國大皇子的身分長大，才會這麼天不怕地不怕。啊，但應該還是會怕他媽媽吧？幾天前埃德莫克皇妃開始不擇手段的事也是，我還有事情要問他耶。

『那走吧！』

『好！走吧！』

等一下，我為什麼牽著這傢伙的手走進會場呢？當我回過神來，自己已處在被護送的狀態了，但這個樣子看起來真的很奇怪。

等等，老公還好好活在人間，我卻被拉爾古勒大皇子護送入場，這不是很怪嗎？

一意識到這件事，我就試圖遠離路西路西，但會場內傳來了路基烏斯・埃德莫克・拉爾古勒和羅莎莉特・洛克斯伯格一同入場的廣播。

看起來像是聯邦國副國王的人一臉詫異地看著我，我們家王儲殿下也皺著一張臉盯著我。黏在殿下旁邊的卡波姐姐也來回看著我跟葛倫，顯得坐立難安。

然後被我先送來會場的葛倫少爺，像是能通靈一樣精準地找出我的位置，一跛一跛走了過來。我的背冷汗直流，該怎麼解決這個難關呢？少爺現在又露出王儲笑容了，我必須要讓這個笑容消失。

我決定在少爺發話前先開口，好，我只有這個辦法了！

『路基烏斯殿下！這位是我唯一的丈夫葛倫・霍芬・洛克斯伯格！親愛的，先向殿下問好。』

羅莎莉特先發制人！少爺解除了笑容防禦！效果十分顯著！

我說的話讓葛倫感到有點慌張，他先含糊地講了幾個字後，用生疏的帝國語問候。

『我是葛倫・霍芬・洛克斯伯格，我的妻子似乎讓您操心了。』

喔喔，好險！原來少爺會講帝國語啊！

爵位繼承人在接受繼承人教育時，外語是必修課，我本來還擔心少爺在很小的時候就失去父親，早早去了叔父家，沒有學這些東西，真是好險耶。

『丈夫……這個嗎？』

怎麼會稱呼別人的老公「這個」啊？真是有夠沒禮貌的路西路西。我非常不悅地狠狠肘擊路西路西的腰，他立刻發出咳嗽聲，但也沒鬆開我的手。

『羅斯羅斯，妳不是喜歡好胸弟嗎？這種像乾癟的秕子[12]一樣瘦巴巴的男人居然是妳的老公，我當然驚訝啊。』

『什麼乾癟秕子，明明是飽含智慧，令人垂涎，像麥一樣的男人好嗎！』

『看來妳也認同瘦巴巴的部分嘛。』

『纖瘦也有纖瘦的魅力。』

『既然妳有這種硬找出魅力的才能，那也來找找我的吧，應該多得數不清才是。』

『你這老頭到底在鬼扯什麼啊。』

『誰是老頭？妳還是快點回覆下任皇后的任命信吧。』

『原來那張公文是那個意思嗎？我拿去擤完鼻涕就丟了耶？』

『我是有可能從這裡就把妳劫回帝國的唷。』

『哇嗚，您有這種力氣嗎？腰會斷掉吧？要想想年紀啊。』

因為他說了太多叫我去帝國就職之類的廢話，我跟平常一樣，一句句頂嘴回去，但葛倫少爺的臉色看起來有些不安。

他來回看著我和路西路西，發抖的樣子很像在猛獸面前的湯氏瞪羚。然後他小心翼

12 穀類植物所結的果實，虛有外殼，裡面卻是中空的。

翼伸出手臂，把手放在我被路基烏斯殿下抓住的手上。

『她是……我的夫人。』

『……』

『……』

什麼意思，這是要立刻去床上的意思嗎？

葛倫即便怕極了路基烏斯殿下，也緊抓著我的手不放。我完全能感受到他的顫抖。

我不想管什麼會議了，正在考慮要不要立刻開個房間時，路西路西開始笑了。

他似乎從葛倫的行為獲得極大啟發，抱著我和葛倫開始胡言亂語。

『別擔心，我就大發慈悲讓你繼續當羅斯羅斯的情夫吧。』

『他不是情夫，是我的丈夫。』

『她、她是我的夫人！是我的夫人！』

再這樣下去這孩子就要哭了，不要再逗他了！

我甩開路西路西的手，帶著葛倫回到亞蘭貴賓席入座。真是的，我只是來欣賞馬利烏斯殿下而已，居然碰到這種狀況，話說回來，馬利烏斯殿下跑去哪啦？

「少爺，你還好嗎？」

「嗯，現在好多了。」

「那你有看到馬利烏斯殿下嗎？」

「……」

不是，為什麼又一副要露出王儲笑容的臉啊？那個技術都已經被我擊破了，還能繼續用嗎？

我怕少爺又鬧脾氣，趕緊補充是因為路克牽著馬利烏斯殿下的手進來，所以要把他叫回來。聽完我的補充，葛倫的臉色總算恢復如常，舉起手指指向某個方向。

「路克的話，他在拉爾古勒的位置那邊。」

「喂！路克．洛克斯伯格！」

一聽到我的呼喊，路克嚇得立刻從座位上站起來。我看這傢伙已經被馬利烏斯殿下迷得神魂顛倒了，居然敢忘記自己的國籍？你以為我是為了這樣才花六兆把你從沙泰爾家撈出來的嗎？

「哎呀，我的寶貝兒子，你不是亞蘭人民啊？是要把百貨公司附近都買下來，自己獨立建國嗎？咦，外國人在洛克斯伯格做生意要付多少稅金，你應該也很清楚才對啊？」

「對不起，是我被馬利烏斯殿下迷惑了。」

嗯，這部分……坦白說，我可以理解。如果馬利烏斯殿下剛才牽著我的手，現在在路克那個位置的就會是我；再加上考量到馬利烏斯殿下平常的行為，應該是完全沒有意識到要帶路克前往亞蘭席入座，就直接讓路克坐在自己旁邊吧。

「即便如此，你也應該要努力保持清醒啊！」

「對不起，我沒有任何辯解的餘地。」

「冷靜點，羅莎莉特小姐，路克已經在反省了。」

「葛倫少爺，你剛剛明明叫我夫人講得很順口，怎麼現在又變成羅莎莉特小姐了？」

「那個……」

哈哈哈哈，臉又紅了，就說他是個捉弄起來超好玩的人了。少爺聽到我哈哈大笑才發現我是故意捉弄他，就用力搔了我的腰幾下，說我太過分了。

腰側受到攻擊，於是我扭動身子準備反擊，泰奧多爾大概是覺得看我們打情罵俏非常不順眼，乾咳了幾聲。

「這不是私人場合，適可而止吧。」

「覺得委屈的話您也結婚吧，殿下。」

「妳不管講什麼都非得扯到結婚嗎？」

「對。」

哎呀，主席來了，坐吧坐吧。

王儲殿下可能是想跟我一較高下才猛地起身，我按著他的肩膀讓他坐下後，試圖讓他冷靜下來。這討厭鬼王族似乎是對我的安撫方式感到不滿，用力捏了我的手背，我卻只能吞下我的悲鳴。

「好的，在第一屆三國海葵會談開始之前……」

以主席身分參加這場會談的女人介紹自己是羅希爾國的王后，並表明接下來的會談將以亞蘭語進行。馬利烏斯殿下和路基烏斯殿下對三國語言都很熟練，不管用哪種語言進行都沒關係。應該是因為切雷皮亞聯邦國的副國王小時候住在亞蘭，他表明比起帝國語，更熟悉亞蘭語，所以才會選擇亞蘭語作為會議共通語言……

但講得更直白一點，是我們獲得了禮遇，因為我們家王儲殿下的帝國語雖然講得流暢，但他不會切雷皮亞語。羅希爾是中立國，三國語言都是共通語言，但既然屬於聯邦國之一，應該用切雷皮亞語進行會議更符合禮儀才是。

哎唷，丟臉死了。如果格雷斯繼續當王位繼承人，我就不用遭受這種恥辱了。

我刻意用能讓王儲殿下聽到的音量嘖嘖幾聲，這傢伙的耳朵應該是有徹底打開，我看到他緊握著拳頭發抖。所以就叫你平常要多讀書，為什麼要自討苦吃呢？

總之呢，殿下跟我該丟的臉也都丟了，進入正式程序的主席依序介紹加害嫌疑國拉爾古勒、第一波受害國兼第二波加害嫌疑國亞蘭，以及可能遭受損害的切雷皮亞聯邦代表們，接著介紹治外法權魔塔的代表瑟蕾娜小姐。

會談準備時間應該很匆促，沒想到居然還準備了治外法權出身者的座位，羅希爾這次真的辦得不錯。在來會場的路上也沒遇到任何不便，讓人覺得賓至如歸，所以說禮儀是真的很重要啊，羅希爾好棒，讚讚！

「那麼現在起，開始召開第一屆三國海葵會談。」

主席敲下議事槌，站在主席身邊的隨行人員講解開會概要後，給予各國發言機會。現在還只是互相試探的時候，大家雖然沒討論什麼重點，但看著這場按照程序進行的會議，我的內心深處也湧上一股快感。

行雲流水的主持真是太棒了，好想學一下這裡的開會指南喔，怎麼會連放議事槌的位置都這麼漂亮呢？我的心臟發瘋一般地狂跳。

不只是我有這種想法，坐在我身邊的葛倫少爺也把臉湊向我，在我耳邊吐出溫熱的氣息。

「羅莎莉特小姐，有辦法取得這邊的開會指南嗎？」

啊哈，你跟我想的一樣。

我表示同意，並回答一定要取得指南，葛倫滿臉興奮點點頭。就連會場外各國國旗都按順序排列，馬車裝飾也改造成依照國徽或家徽交錯排列的模樣，用心程度簡直非比尋常。等會議結束，我就要去糾纏羅希爾王后。

雖然海葵是個極大威脅，但會場內相當和平，會談非常順利，各國代表也都穿著漂亮衣裳前來，大家都有先努力研究對手的家務事，才能這樣優雅委婉的攻擊對方，世界上還有比這更溫馨的場合嗎？

這是我近十年來參加過的所有會議中，最美好的一場。我連心情都平靜下來，為了潤潤喉，用銀湯匙沾了一下桌上的茶水，確認湯匙沒有變色後啜了幾口茶。再這樣多聊個三十分鐘，就會彌封會議內容，敲幾下議事槌，然後就可以準備享用晚宴了吧？

羅希爾國有什麼知名料理啊？雖然我有先提醒他們，艾斯托會吃很多，但這裡會不會出現食材不足的問題呢？艾斯托的食欲不能用一般人類的標準來衡量。早知道就不要說會吃很多，而是寫下精準的進食量了，可惡，我當初太忙了，根本沒想到這些。

但如果真的不夠她吃，到時候再帶她去吃觀光餐廳好了。正當我這麼想的時候，突然覺得會場內好像變冷了，就算我穿短袖也不可能突然變得這麼冷……

「你們這些可惡的傢伙！」

這不是我的錯覺。

瑟蕾娜的怒吼讓整座會場結凍，這裡說的結凍不是氣氛凍結，而是物理性的結凍。結凍的門檻、結凍的旗子、結凍的主席席位以及我結霜的紅茶。

要是她在這裡全力施展魔力，整座會場全都會變成一顆大冰塊。

女人起身用力拍桌，桌子隨之碎裂，她接著大吼道：「現在討論喬勒亞夫召喚的古代生物才是重點吧！你們這些傢伙自家的臭水溝哪裡重要了？十天後那傢伙就會開始移動了！牠會甦醒！你們絲毫不擔心自己的國家和人民是不是？哎唷，我居然還想救這些人，為了你們我還跑來跑去、跳上跳下的，過去數百……咳咳！」

「還好嗎？瑟蕾娜老太婆？」

「老了還這樣大呼小叫才會嗆到喔，瑟蕾娜小姐！」

「要想想您的歲數啊，瑟蕾娜小姐！」

「你們給我閉嘴！」

都快冷死了，現在甚至還颳風，塞基先生的徒弟們為什麼非要插嘴，造成更大的災難呢？他們是故意的嗎？

「那個女人是誰！誰找來的！」

「根據書面資料，她是魔塔主的代表。」

「那種大魔法師為什麼會在這？」

「因為她是讓海葵凍結的當事人！」

原本美好的會談現場變得一團亂，即便是各國代表，也沒人敢隨便站出來對抗治外法權代表瑟蕾娜小姐。雖然有部分人為了盡快離開這裡而試圖開門，但門也被凍住了，就算用椅子也砸不開。

我深深嘆一口氣，儘管我現在處於即將冷死的危機之中，這場美好會談因為瑟蕾娜小姐的一個魔法就被毀掉這個事實還是讓我倍感悲傷。但我也不能只顧著悲傷，還是得收拾殘局，況且馬利烏斯殿下現在冷得直打哆嗦。

擁有世上最養眼身材的馬利烏斯殿下居然這麼狼狽地瘋狂發抖，我實在是看不……還是看得下去啦，他連發抖都好可愛喔，但我還是得在他因為這種劇烈溫差而感冒之前挺身而出才行。

「偉大的瑟蕾娜小姐！請問我可以說句話嗎！」

「幹嘛！」

「這裡的各國代表都跟我年紀差不多！」

「……什麼？」

瞬間，風停了，該說這是換位思考嗎？我想來想去，能夠抑制瑟蕾娜小姐怒氣的最佳辦法就這有這個了。

「妳剛剛說什麼，壞丫頭？大家都跟妳差不多年紀？」

「對！如我之前所說，我二十三歲！我們國家的王儲殿下三十一歲！馬利烏斯皇子殿下是三十三歲！那邊的聯邦國副國王是……」

「四十一歲！切雷皮亞聯邦國副國王是四十一歲！」

「主席羅希爾王后四十四歲！」

「……大家都還不到半百嗎？」

隨著飽受打擊的瑟蕾娜小姐的聲音，會場內開始流動溫暖的空氣。氣溫逐步回暖，瑟蕾娜小姐停止她的冰凍魔法，好像還反而開始施展會微微發出熱風的魔法。

「這不就等於是昨天剛出生的寶寶嗎？這麼小的孩子聚在一起，就算想破頭也不可能得出結論啊。」

對吧？如果對手是小孩子就沒辦法了吧？

在意識到自己發飆的對象還是一群剛出生的寶寶時，瑟蕾娜小姐覺得發火的自己像個傻瓜，無奈地笑了。

「不是啊，國王還是皇帝那些傢伙到底是為什麼會相信這些小不點，把事情交給你們來辦啊？算了算了，插手的我才是白痴。」

女人搖搖手，擺出一副想繼續看我們表演的態度，但已被破壞的會議很難重新再啟。洞察一切的主席急忙結束會議，並讓書記官封存會議紀錄。

寒氣尚未完全消散，即使主席的嘴唇仍在發抖，她依然依序走完會議所有流程，接著舉起議事槌。

真的很專業，這女人太專業了！如果把議程具象化成人類，應該就是她的模樣吧？羅希爾國王后，同時也是擔任這場會議主席的這位女性，真的可說是繁文縟節的女王啊。

真的是儀典女王，她就是儀典女王啊！

「那、那麼，第一屆三國海葵會談第一部的會議紀錄先行彌封，並宣告暫時休會。」

咚咚，會場內響起議事槌的聲音。我深深受到她的啟發，沒想到這等人才居然會待在這種小國，我忍不住眼眶泛紅，站起來鼓掌。

我一站起來鼓掌，葛倫少爺也起立鼓掌，路克同樣非常激動。我們洛克斯伯格一家，都不吝於給予努力工作的羅希爾王后熱烈讚賞。

太帥了，真的是全世界最帥。爸爸也應該要在這裡親眼見證的，他肯定會用公爵權限授予羅希爾王后一枚洛克斯伯格的榮譽勳章吧。

「太帥氣了，王后陛下，這是我參加過最美好的會議，您也是我見過的主席中，最美麗的一位。」

因為王后陛下宣布會議結束，我帶著要去閒聊糾纏的念頭走向主席席位，盤算著要獲得開會指南的葛倫少爺也跟在我身邊稱頌王后。

要快點吹捧，快點得到指南，快點去看馬利烏斯殿下。我藏起我的私心，以夫婦同行的姿態和王后陛下一起前往晚宴會場。

可惜這位真不是省油的燈。除了葛倫，我還找了被馬利烏斯殿下迷得神魂顛倒的路克一起吹捧，但王后就是不肯答應給我們指南，難道是光靠語言還不夠嗎？

我在晚宴後的小型派對現場拿著香檳杯嘟囔。為了開會指南和羅希爾進行交易也不太划算，一個不小心甚至可能落得一場空。我還是希望可以耍耍嘴皮子就得到指南。

『原來妳在這啊，洛克斯伯格公爵千金。』

天！馬利烏斯殿下在後面！

我盡可能擺出最漂亮的表情再優雅轉身，迅速把剛剛喝的香檳杯放在後面桌上，輕輕垂下眼睛，正準備說出「天啊」之際——

『噗哈哈哈哈哈哈！』

對方不是馬利烏斯殿下。

『哈哈哈哈！嗚，哈哈哈哈！』

這傢伙每次笑著笑著都一定會哭耶，路西路西又摀住嘴發出嗚咽聲，我無法離開這個人身邊，只好又拿起剛剛推到桌上的酒杯啜了幾口。

因為我如果現在離開，就會被以為是我把路西路西弄哭之後逃跑。

『笑完了嗎？』

『等等，我肋骨好痛，先不要跟我講話。』

到底是笑成怎樣才會肋骨痛啊？我向路過的僕人要了一杯水，讓路西路西慢慢喝下，他咕嚕咕嚕喝完水，深呼吸一口氣，開始罵我。

『怎麼會分不出我跟我弟的聲音呢？笨蛋羅斯羅斯。』

『明明是您故意裝出馬利烏斯殿下的聲音，認不出來還怪我嗎？』

『還是要聽出來才對啊！這樣才有禮貌吧！』

『路西路西跟我講禮貌真是令人意外耶。』

『什麼意思？』

『我怎麼能說出殿下的禮貌已經被狗吃了這種話呢。』

就是現在，你肯定又要捏我耳朵了吧，我要防禦，全力防禦！

我抓著路西路西的手跟他角力，但原本深受我信任的護衛居然都一動也不動。路西路西攻擊我，傑克和艾斯托應該要出來阻擋啊，不然我不是又要被按摩耳朵了嗎？

「你們都沒看到路西路西在攻擊我嗎？還不上工？」

「我不太清楚，但應該又是小姐做錯什麼了吧？」

「您不是叫我不要亂咬人嗎？對方看起來也沒什麼敵意。」

我根本沒有錯！而且這哪是沒敵意的傢伙會有的態度？現在是都想爬到我頭上了是不是？

『羅斯羅斯家的成員怎麼都這麼可愛呀？妳兒子也是。』

『您以為我養他們是為了討您歡心嗎？』

啊啊啊啊！又要被捏耳朵了！好痛！我頭好痛啊啊啊啊！

「羅莎莉特小姐，快放手！」

什麼？我放手不就要被捏耳朵了嗎？

但因為葛倫的聲音充滿著堅定，我決定相信他，放開路西路西的手。然後我的身體被往側邊拉，路西路西整個人往前倒。

『皇兄！』

幸好我是摔進穩住平衡的葛倫懷裡，而在路西路西面臨危機之際跑來的馬利烏斯殿下則是抓著路西路西的腰抱住他。

可惡！好羨慕！超羨慕！後背能感受到的氣墊感！我也要！羨慕死了！

『太卑鄙了！路西路西！』

我到達的地方是這種峭壁，但他自己卻待在比鴨毛枕更有曲線也更柔軟的地方！羨慕死了，可惡，嫉妒瞬間湧上我的心頭，嫉妒之心就是媽媽的心情[13]，可惡的路西路西！

我來回看著路西路西背抵著的地方和我身體倚靠之處，然後我不自覺抬手拍了拍我身邊的筆直形體。

明明都是人，為什麼會差這麼多啊？曲線這種東西不是本來就應該要具備的嗎？不是嗎？還是說其實平坦才是正常的嗎？不對，但不管怎麼想都覺得，有必要筆直到這個程度嗎？這根本可以拿水平儀來量了吧？

「羅莎莉特小姐……」

「啊！」

不對，我不是故意的。我真的沒有那個意圖，我只是恰巧碰到。

「是灰塵！這裡有灰塵啦！可惡的灰塵！」

雖然我急忙打圓場，但看起來完全沒效，葛倫少爺已經淚眼汪汪。倒不如露出王儲笑容還好點，他一哭我就又無法自由行動了啊，怎麼辦？

『可惡！給我放手！』

我還在思考該怎麼安撫葛倫的同時，路西路西突然用最驚悚的聲音大吼。我是第一次看到路基烏斯皇子表現出這麼明顯的厭惡反應，但這已經超出厭惡的程度，而是憎惡了吧？之前跟四皇子吵架的時候也沒這麼誇張啊。

『對不起，皇兄！是因為事出緊急。』

13 改編日本漫畫《轟天突擊隊》經典臺詞：「嫉妒心，男兒心！嫉妒魂，男兒魂！」

路西路西離開馬利烏斯殿下身邊，一面甩衣服還一面咋舌，氣得要命。葛倫哭喪著臉，路西路西又氣得火冒三丈，不曉得如何收拾殘局讓我一個頭兩個大，這時馬利烏斯殿下甚至還朝著這個火燒屋現場丟了一顆汽油彈。

這人為了讓路基烏斯殿下消氣，竟然拿我家開刀。

『很抱歉因為我的失誤讓各位看到這種混亂的狀況，我聽說很葛倫先生會唱歌，如果有這個榮幸，可以請他為大家高歌一曲嗎？』

『……』

『……』

不是啊，他好歹名義上也是公爵繼承人的丈夫，怎麼可以在宴會場上要他唱歌啊，笨蛋！你以為我老公是唱戲的嗎？

即使對方是馬利烏斯殿下，我還是覺得這個要求不太妥當，我準備了一長串髒話，打算把葛倫受到的侮辱十倍奉還。

好喔，該從哪開始呢？先講血統問題嗎？葛倫少爺只是因為這輩子都不出頭而已，他過世的父親可是擁有領地的貴族，也擁有男爵爵位；母親個性雖然不太好，但至少也是純血正統貴族出身，還是個侯爵夫人啊。

這跟那種被選為貢女的埃德莫克皇妃家的子女可是無法混為一談的，我們是來自有傳統和格調的家門耶。

『呵呵，馬利烏斯殿下的母親……』

『等等。』

我才正想問問他媽媽的近況而已，直到剛剛都還忙著整理儀容跟大鬧的路西路西立刻打斷我的話。他比出要我冷靜的手勢，拿起桌上花瓶裡的一大把花，接著用花打了馬利烏斯殿下的後腦勺。

『真是抱歉，我代替弟弟道歉。這傢伙就是仗著有母后大人撐腰，無憂無慮長大才會這樣。』

『就算再怎麼沒見過世面，剛才那番話對我丈夫也太沒禮貌了吧？』

哎呀，幾片花瓣從馬利烏斯殿下的後腦勺掉了下來，這又成為了一幅美好的畫面。四散飄落的花瓣停留在胸口，絲毫沒有要落地的打算，到底是什麼樣的氣墊和曲線，才能讓花瓣停留在那呢？太不可思議了，真是太奇妙了。這就是人體的奧祕，我只能說馬利烏斯殿下的身材就是人類的奇蹟。

『為了表示歉意，就由我來代替羅斯羅斯的先生來一曲吧。』

啊？你要唱歌？我現在真的一點也不想聽耶。

弟弟把別人的老公當成戲子，由哥哥代替成為戲子也算是一個不傷和氣又妥當的道歉方法，這也證明了路西路西能在帝國皇室存活至今絕非單純運氣好，他確實擁有應對各種狀況的聰明才智，但我真的對他的歌聲一點興趣都沒有……

葛倫的聲音肯定比他悅耳動聽，反正誠意有到就好，不想看到不堪入目場面的我試圖阻止路西路西，但他已大步走到宴會場裡的三角鋼琴前坐下。

喔喔，要來一曲的意思不是唱歌，是要彈鋼琴嗎？

路西路西熟稔地活動手指暖身，指尖輕靠著琴鍵開始演奏。

雖然我不太懂拉爾古勒的音樂，但這首跟我記憶中的鋼琴演奏曲相比，很像蕭邦的《第四號敘事曲》。

太神奇了，男人不用看樂譜，雙手動作輕巧，演奏行雲流水，踩踏板的技巧也很不一般，抑揚頓挫處理得相當完美，將這首曲子玩弄於股掌之間，這絕非只練過一兩次鋼琴就能展現的實力。

而且，要怎麼說呢？他的表現能力足以讓聽者產生共鳴，到底是怎麼彈的，竟然能讓我聽著琴聲感到傷心呢？

我張大嘴巴看著路西路西，演奏結束後，不由自主地給予熱烈掌聲。

好帥，這是我第一次覺得路西路西帥。好偉大啊，這就是鋼琴的力量，原來戴海盜眼罩彈鋼琴的男人也能這麼帥啊。

『真是感動，路西路西殿下。原來尺有所短，寸有所長，真是太意外了，好帥！』

『羅斯羅斯，妳是在罵我吧？』

『沒有啊！我說很帥耶！』

『不對，我怎麼聽都覺得像在罵我。』

『您學了幾年的鋼琴？感覺好像學很久了，剛剛手指像海葵一樣靈活移動時，我彷彿看到您身後散發出光芒了。』

『不要扯開話題，妳剛說什麼……尺有所短？』

嘖，真是纏人的男人。

我死心地讓出一邊的耳朵，然後發出啊啊啊的悲鳴。

可惡的尺有所短，既然都要被按摩耳朵了，那我就再講一次尺有所短，接著展現出不亞於路西路西的糾纏實力。

『所以說，您是什麼時候開始學鋼琴的？』

『小時候，我很努力學我媽媽喜歡的曲子，雖然這些都是白費力氣。』

咦？為何一副失魂落魄的樣子？這是你的瘡疤嗎？我又不小心挖開你的傷口了嗎？我想不到安慰他的話，只能擁抱坐在鋼琴椅上的路西路西。為了一出生就刺瞎他眼睛、關係不睦的媽媽所努力的故事，不用聽完我大概也能知道劇情了。

『妳幹嘛？』

『沒什麼。』

『但妳家的乾癟秕子正在發抖。』

『不是路西路西您想的那樣，但還是先作好心理準備吧。』

葛倫走到我身邊，露出一副恐懼的湯氏瞪羚模樣，然後跟著我一起擁抱路西路西給予安慰。少爺小時候也因為不正常的母親和弟弟受了不少苦，應該是能感同身受，才會想安慰他吧。

再加上依據修訂後的洛克斯伯格家緊急狀況應對法，有一條「必須給予精神不穩定的人一個溫暖擁抱」的規定，這是因為我在搗亂的阿斯特里溫身上看到顯著的鎮定效果，才親手加上去的。

『我還以為秕子是正常人，看來真的是洛克斯伯格家的人無誤。』

『我、我不是秕子。』

『好可愛的秕子啊，我懂妳要收他當丈夫的原因了。』

可愛的部分我同意，但他不是秕子！他內在明明超級充實的好嗎！我氣得幫路西路西做了全套耳朵按摩，並結束我的擁抱，他發出痛苦的聲音，抓著耳朵扭曲身體。

總算懂這有多痛了吧！別閒著沒事就抓別人的耳朵亂揉，你活該！

『皇兄，對不起，又是因為我……』

馬利烏斯殿下總算出現了，但他一道歉，路西路西又嫌惡地板起臉孔。

我本想說他到底為何這麼討厭馬利烏斯殿下，但回想剛剛發生的事，又似乎能稍微理解路西路西的心情了。

好吧，如果替這種弟弟擦屁股超過三十年，換作是我也會氣瘋。再加上還要應付諸多拉爾古勒皇族和貴族，能活到現在已經很厲害了，甚至能跟四皇子抗衡到現在，穩固自己的地盤，實在很猛。

四皇子已逝的母親與從殖民地被作為貢女獻上的路西路西媽媽不同，涅爾瓦皇妃可是正統的拉爾古勒貴族，所以喬勒亞夫正教在檯面上也都是支持四皇子的。

『走吧，羅斯羅斯，宴會享受到這裡應該也差不多該回去了吧？』

什麼？哪有！我還想繼續欣賞馬利烏斯殿下耶！坦白說，我其實很想徹夜看著馬利烏斯殿下，還想跟他一起待到早上耶？

路西路西一副理所當然的模樣抓起我的手，我嚇得不輕，立刻躲到馬利烏斯殿下身後。馬利烏斯殿下人高馬大，足以完全擋住我，我抓著他的腰，只探出一顆頭。

『我的夜晚比您的白天美好且漫長，結論是，現在開始才是狂歡夜啊！』

『已婚的女人還這麼不安分，我勸妳小心人身安全，畢竟我們現在可是身在遙遠的外國。』

『喂，連我老公都沒講話了，路西路西有什麼資格要我安分？』

『秕子！你快點講幾句話啊！』

路西路西推了推葛倫的背，建議他最好責罵我一番。可惡，這傢伙明明第一次見我老公，為什麼一直裝熟啊？

葛倫看著路西路西和我的臉色，最後向我提出建議。

『畢竟身在異鄉，比較危險，比起個人行動，建議還是團體行動為宜。』

『我看秕子你真的是洛克斯伯格家的人啊，為什麼話題會跳到那邊去？』

『意、意思是我看起來像洛克斯伯格嗎？』

聽到對方稱讚，葛倫靦腆地笑了，路西路西鬱悶得捶打自己胸口，發出「啊喔喔」的怪聲。這兩個人到底為什麼這麼合拍啊？真令人嫉妒。

「小姐！如果要玩我想去白沙灘！」

「啥？」

喂，妳到底是怎麼理解我們對話的？我好奇追問艾斯托，她說大概聽一聽感覺是要去玩耍的意思，就講了自己想去的地方。

什麼？這孩子的智力真的是拆卸式的嗎？會不會她其實是天才啊？還是我應該從現在開始讓她好好讀書？

「放棄吧，您覺得她有辦法看十分鐘以上的書嗎？」

這……也是，到目前為止讓艾斯托學成功的東西，都是活用身體的類型，或是短期講座而已。要讓她坐在書桌前讀書，一開始她當然會強迫自己忍耐，但肯定會在一個禮拜後就說她不要讀書而逃之夭夭。

這麼看來，布朗女士還真是偉大，居然能讓艾斯托學會讀寫亞蘭語，就算沙利文老師[14]復活也不可能辦到這件事。

「白沙灘嗎……好啊，還能看看海，也能讓孩子們活動一下。」

「時間這麼晚了，出去外面兜風不會太危險嗎？」

哎呀，講亞蘭語的馬利烏斯殿下依然這麼清新美好，應該是發現我的護衛不會講帝國語才體貼地切換語言吧？這部分真是有夠令人心動，是因為常常去沙龍的關係嗎？

「關於安全問題，只要沒出現瑟蕾娜小姐等級的高手襲擊……」

皇宮生活過久了，自然會遇到很多威脅生命的攻擊，有所擔心也是可以理解的，但既然有傑克和艾斯托同行，我完全不擔心安全問題。

擁有瑟蕾娜小姐或塞基先生這等實力的人也不常見，而且這次也沒有之前那種預謀要來殺路西路西的殺手跟上啊。

我為了讓馬利烏斯殿下放心，指著身穿白色護衛制服的艾斯托。

「別看她那樣，她一擊就擊垮了巨大魷魚，也能鑿穿巨大海葵喔。」

介紹完艾斯托，我接著指向身穿黑色護衛制服的傑克。

14 安．沙利文，美國殘障教育家，著名身障作家海倫．凱勒的老師。

「然後那個戴著詭異防毒面具的人，能讓這孩子全身開放性骨折喔。」

「哪有詭異！這是很帥的防毒面具，還有望遠功能耶。」

「這部分我也同意，打從我第一次看到這個防毒面具就覺得很酷，重點是它的鏡框部分還可以拉長。」

所以說，路西路西你到底為什麼跟我們家孩子都這麼合啊？

總之呢，在解決安全問題後，馬利烏斯殿下和路西路西跟我們家的孩子打成一片，還催促我快點去海邊。

在皇室，要出去玩得承受很多損失，真的出去了也不像去玩，所以我可以理解他們這麼興奮的原因啦⋯⋯

呵呵呵，既然大家都這麼開心，那我也沒理由阻止。

「我覺得這個點子不錯，羅莎莉特小姐，畢竟平常也沒什麼出去走走的機會。」

連葛倫都這麼說了，那我只能照做啦。

早知如此，我就應該叫大家作好加班的覺悟，把里溫跟珍妮特也一起帶來了。

上次去賭場是第一次也是最後一次大家一起出遊耶，阿斯特里溫現在應該自己一個人在房裡哭泣吧。

我愧疚地在心中感到懊悔，然後找到了羅希爾王后。我一說我們現在想去玩，請她幫我們淨空一塊白沙灘，她就欣然回應當然沒問題，接著用手指比出圓圈，畢竟她是個注重利益交換的儀典女王，我就知道會是這樣。

「由洛克斯伯格最佳美人代言。」

「活動廳，羅希爾觀光特別展。」

「地下商品館，特級攤位小吃特別展。」

「很好，我會提供觀光介紹冊，請幫我們安排。」

「也順便送我們會議指南吧。」

「還真是厚臉皮呢。」

呵呵呵，葛倫少爺，看到了嗎？我最終還是辦到了。我獲得了提供開會指南的書面承諾，並取得附帶紅酒吧的王后專用私人海灘使用權後，回到家人們身邊。

王后說會派人為我們打點一切，所以我們只要去那邊吃喝玩樂，盡情喝酒即可。聽到我帶回來的好消息，剛聚過來的路克、維奧萊特和莉莉也發出歡呼，在場的人們都因為能一起狂歡而興奮。

呼呼，愚蠢的傑克·布朗，都不知道我剛剛把你賣掉了，居然還這麼開心。

「壞丫頭，你們在吵什麼？」

看來我的這次人生，被瑟蕾娜小姐討厭得很徹底吧，她現在叫我都一定搭配「壞丫頭」、「壞小鬼」作為開頭。況且瑟蕾娜小姐在來參加海葵會談前，才因為得知我的身分而大傷腦筋。

二十三歲就取得三環成就，可說是成長速度不容小覷的魔法師，照理來說應該要被關進魔塔從人品教育開始磨練，但因為我是公爵爵位的繼承人，她不能隨便把我帶走。

我目前法術環位還不高，算是容易管理，但要是我繼續成長下去，達到六環並取得大魔法師稱號，到時候她就真的會很頭痛了。

首先，依照魔塔的規矩，成為六環一定要接受人品測驗。人類在過去受到太多人品惡劣又強大的魔法師迫害，因此魔塔會讓那些品格有缺陷的魔法師無法踏出魔塔半步。

也有人知道自己無法通過測驗而逃跑，所以魔塔還規定如果沒考試就逕自逃脫的魔法師，殺無赦。我們平常能看到的魔法師大部分都善良到有點傻氣，正是因為他們都在魔塔接受了正直生活的洗腦教育。

塞基先生和瑟雷娜小姐對於對手是善是惡，對世界有沒有助益的部分會如此執著的原因也是如此。

「我們要去白沙灘玩水看海！瑟蕾娜姐姐要去嗎？」

「咳咳。」

但為什麼他們對稱讚都特別沒抵抗力的原因我就不知道了。

姐姐用乾咳掩飾她開心得要命這件事，訓斥我現在時局如此，代表拉爾古勒的傢伙怎麼能跟代表亞蘭的隨行人員一起出去玩。

而我要對姐姐說的話就只有一句。

「三十三、三十五、二十三。」

我依序指著三皇子、路西路西和我，同時說出年紀。

瑟蕾娜小姐忍住眼眶裡的淚水，捏著眉頭開口說道：「好吧，我還要跟乳臭未乾的小鬼講什麼呢？玩得開心點。」

「真的不去嗎？沙灘還有附紅酒吧喔！」

「還要移動過去太麻煩了，我還是留在這裡接受舒服的按摩，好好休息吧。」

「年紀大了本來就會連搭交通工具也累得要命。女兒，你們玩水要玩得開心喔。」──塞基先生多講了一句話，等同捅了瑟蕾娜小姐一刀。嗯……看著這樣的師父，我總算知道他徒弟那種愛補刀的個性都是跟誰學的了。

總之呢，魔塔那邊決定不參加後，要去玩的人就確定好了。

聯邦副國王可能是早早休息了，已經不見蹤影；王儲殿下和卡波姐姐則是我們刻意排除，想讓他們兩個獨處，這麼看來，只要帶著現在聚在這的人一起去玩就好。

我叫了兩臺馬車，開始準備出遊。

我打開行李箱，換穿一身短袖短褲和涼鞋，看到我們家每個人的裝扮都像來度假……坦白說，我現在根本不會覺得意外了。

路克、葛倫、傑克、艾斯托、莉莉和維奧萊特都有考慮到可能會玩水，所以預先準備了戲水用的服裝。可惜因為太陽下山了，無法用釣竿或鏟子挖貝殼……好吧，原來艾斯托說想去海邊玩是因為想挖貝殼來吃啊！

如果要抓到能填飽艾斯托肚子的貝殼數量，應該要去泥灘才有辦法，但這裡是火山島，大部分都由玄武岩組成，沙子應該也是珊瑚沙……算了，反正也抓不到，我還是靜靜守護她的童心就好。

總之，我們全體都身穿完美避暑裝，各自穿著涼鞋或拖鞋排隊。馬利烏斯殿下依然身穿時尚外交服裝；路西路西也還穿著黑色服裝，他果然沒帶度假衣服。

路西路西臭罵我們是來這裡玩的嗎，但我真的就是來玩的，所以我堂堂正正地說我就是來玩的，路西路西卻摀著臉說他實在不想跟我講話。

不是啊，那你一開始就不要開口嘛，幹嘛問完問題還這副模樣？

我不能再像剛剛那樣隨便被捉弄了！我下定決心，準備在馬車抵達前先帶上馬利烏斯殿下行動，但沒想到有人的動作比我更快。

「馬利烏斯殿下，請上車。」

路克這傢伙邀請殿下搭第一輛馬車，然後自己就坐在鄰座！不可以，不能這樣！再不濟我也得坐在馬利烏斯殿下對面！

我慌亂地找著我的夫君，但很無奈的是，他也被人搶走了。

「上車吧，秕子。」

「嗯？什麼？」

葛倫茫然地看著我，然後被路西路西拖上馬車。

不對，等一下，你們為什麼都排擠我！

「就叫您平常要心地善良一些啦。」

是還有誰比我更善良！不能和馬利烏斯殿下搭同一輛馬車就已經委屈得要命，這些傢伙看起來也沒人會讓位給我，我只能坐在艾斯托腿上前往海邊。

一般來說，馬車是四人座，但因為他們的馬車是由帝國的護衛代替馬夫駕車，我還期待著下屬們理所當然的禮遇，但竟然沒有半個人要讓我。

一路上大家都說是我的錯，但我到底是做錯什麼？把海葵送去切雷皮亞？還是把傑克賣給不認識的人？不是啊，身為公爵繼承人，本來就有可能做出這種事嘛！

我強力主張我只是依照當下狀況作出適當的應對，但除了艾斯托以外的每個人都嘆氣，不斷重複著「是小姐的錯」，這群小不點為什麼只會講這幾句話啊？

是大海！雖然有點晚了，但總之還是看到大海了！

本來很擔心天色昏暗會無法欣賞海景，幸好身為儀典女王的羅希爾王后發揮她的才智，讓我們享受到了南國的大海。

我們洛克斯伯格雖然很愛亂花錢，但這裡的王后也不容小覷。王后的私人海灘設有非常多路燈，為了能安全戲水，還在淺海附近所有安全網設置魔水晶，所以水面下會透出閃閃發亮的光芒。

即使現在是晚上，也能看見祖母綠色的海洋，珊瑚礁也看得一清二楚，我覺得夜景搞不好比白天更漂亮。再加上島上特有的地熱，就算太陽下山也不會冷。雖然也會覺得有點不安，因為要是火山島平常就散發這麼高的熱度，哪天火山爆發了也不意外……反正現在沒爆發就好，畢竟如果連這也要考慮進去，那可能都不能觀光了。

「大海！沙子！沙灘！」

艾斯托這傢伙，雖然平常就覺得她很像狗……還真的是很像。

她就像被鬆開頸繩的大型犬，興奮地在沙灘上奔跑，接著撲通一聲跳進水裡，還開始游狗爬式，看起來非常開心。

艾斯托還真是健康，換作是我，可沒有像能她這樣玩的自信。

「請抓著這邊。」

「好。」

「一、二！」

傑克．布朗和路西路西突然一起走近我，做了奇怪的事情。他們分別從兩邊抓著我把我抬起，把我丟進海裡就迅速逃走。

「你們這些傢伙！」

我一定要殺了他們！

我命令艾斯托抓住兩人，接著依序將傑克和路西路西丟進海裡。

因為實在太氣，我還將他們的腦袋壓進水裡進行拷問，沙灘上的路克和馬利烏斯殿下則是看著我們捧腹大笑。

「艾斯托啊～」

「是，小姐。」

「妳也把我兒子跟馬利烏斯殿下抓來吧。」

「是，小姐！」

反正都這樣了，那就大家一起受死吧。

我把路克和馬利烏斯殿下推進水裡，然後讓艾斯托抱著我走回陸地。我決定讓孩子們自己玩，自己去跟葛倫少爺一起優雅地喝紅酒。

畢竟是在沙灘上，葛倫少爺的行動變得更加不便，我牽起他的手，披上維奧萊特準備的毯子，接著點了紅酒。

嘴裡都是鹹鹹的海水味，是該喝點甜的。

「馬利烏斯殿下現在從頭到腳都濕透了，您不去看嗎？」

「我說我想看的話，你會讓我去嗎？」

「我哪有阻止羅莎莉特小姐的力量呢？」

「我怕得都不敢去了好嗎？」

你看看，他現在已經準備要露出王儲笑容了！

我一說我怕老公所以不敢亂跑，葛倫就露出滿意的笑容，幫我倒了紅酒。哼，我回答得不錯吧，至少我在這段婚姻生活中還是有長進的，真是成長迅速的羅莎莉特．洛克斯伯格。

我在內心自賣自誇，也替葛倫的酒杯添滿紅酒。我習慣性地多說一句「以後也多指教」，葛倫又一臉憂鬱地說這樣變得很像在公司聚餐，才啜了一口酒。

真是的，饒了我吧，習慣這種東西不是這麼簡單就能改的。

「為什麼你們自己先開始了？我也要一杯。」

「真是夠了，如果看到夫妻在享受兩人世界，通常都要假裝沒看見吧？」

「我為什麼要？」

真的是討厭鬼，臭傢伙，是討厭鬼裡面最討厭的那種！

再加上這男人又得寸進尺，硬是擠進我和葛倫中間拿起酒杯，然後繼續叫葛倫秕子，還要他倒酒，我就搶過酒瓶，朝路西路西的酒杯嘩啦啦倒酒。

「滿了啦！好了！」

「哎唷，多喝點啊！多喝點，喝快點，然後快滾！」

「面對大拉爾古勒帝國至高無上的皇子，這是什麼無禮放肆的惡言！」

「我哪有惡言？我不是只說要您多喝點，趕緊離開嗎？」

「妳以為我聽不懂嗎？這不是要我早點去死的意思嗎！」

「哇啊～真不愧是大拉爾古勒帝國至高無上的大皇子殿下，好會講亞蘭語唷。」

「妳這女人！」

「怎樣？你這男人！」

我又跟路西路西手抵著手開始比腕力，葛倫連忙拜託別人來阻止，馬利烏斯殿下和路克隨後跑來。

路克把我整個人架住，試圖分離我跟路西路西，馬利烏斯殿下則是抓住路西路西的肩膀。可能是因為事態混亂，路西路西看起來沒有像剛剛那樣表現出憎惡的樣子。

剛剛馬利烏斯殿下只是指尖稍微擦過他的身體，他就好像被蟑螂爬過身體一樣直打寒顫，現在倒是能處之泰然地只顧著咒罵我。三皇子應該也發現這件事，於是露出了我從未見過的燦爛笑容。

哇啊……三皇子的非官方笑容原來長這樣啊，好養眼、好少年喔。

路西路西忙著咒罵我，等到他後知後覺突然發現拉住自己的人是弟弟後，雖然用力拍打了馬利烏斯殿下的背幾下，但看起來心情沒有太糟糕，而馬利烏斯殿下好像已經快要喜極而泣了。

他可能覺得自己無法控制淚腺的爆發，就說要去問羅希爾的僕人有沒有煙火，便匆匆帶著護衛離開了。

我低聲向緊抓著我的路克問道：「馬利烏斯殿下怎麼了？他們到底是什麼關係？」

「根據我最近更新的資訊，兩人關係應該沒有太差，是路基烏斯殿下單方面對弟弟築起高牆。」

「為什麼？」

「因為埃德莫克皇妃只帶三皇子殿下出去。」

「啊……」

就算路西路西的存在很可能讓她不可告人的祕密被發現，但畢竟也是自己的兒子啊，好歹公平地給予關愛吧。

我一邊發出嘖嘖聲，一邊拍拍路克抓著我肩膀的手。

「好痛，可以了，兒子。」

「是，羅莎莉特小姐。」

喂，既然我都叫你兒子了，你也該回我一聲媽媽吧！你之前吵著要見馬利烏斯殿下時還媽媽長、媽媽短地叫我，那該不會就是最後一次了吧？以後應該會繼續叫我媽媽吧？不然我會生氣喔！

「煙、煙火啊，肯定很漂亮。」

我老公真可憐，原來你忍耐不了這陣微妙的沉默了啊。

整頓狀況後，我對葛倫的話表示贊同，並補了句不能對煙火抱有太大期待。畢竟臨時準備的煙火，應該也只有那種綁著火藥的長棍子吧。雖然那也有一種簡樸的美，但如果期待看到砸大錢的煙火，我可能會覺得更失望。

「煙火？是說會在天空炸開的那個嗎？」

「對啊，我以前跟葛倫少爺約會時花了點錢準備，嗯……大概花了三萬金幣嗎？」
「妳錢還真是多得沒地方花耶。」
「羨慕就逃亡過來吧，亞蘭正等著路西路西喔。」
「不要學我，妳還是快點回覆皇后任命案吧。」
「我說過我不當皇后。」
「我會繼續送公文，直到妳同意為止。」
「您是嫌羊皮紙太多了嗎？」
「比起只有一根指頭大小的亞蘭，我們的畜牧業規模確實挺大的。」
呵，這傢伙居然戳我們痛處。因為農地不足，畜牧業也難以發展，這對於除了水產大部分食品都依靠進口的亞蘭是非常椎心刺骨的一句話。何況，比起帝國，我們國土只有鼻屎大小也是事實。
但如果我又拿魔水晶出來吹噓，就等同於承認之前路西路西嘲笑亞蘭只有魔水晶能炫耀這一點。
應該還有能贏過帝國的亞蘭之光才對，一定還有，所以你不要露出已經贏我的表情好嗎，煩死人了，可惡的路西路西。
「那個，其實我從剛才就一直想問……」
葛倫少爺突然插入我們的對話，他甚至歪著頭，用詫異的語氣詢問我和路西路西剛才說的話是什麼意思。
「皇后任命案到底是在講什麼？為什麼會問羅莎莉特小姐……」

「……」

「……」

喔……這該怎麼說明呢？既然是路西路西提出的，那就由路西路西負責說明吧！

我戳了路西路西的腰幾下，他一臉沉重地陷入沉思，但平常都很威風堂堂的人，這種時候為什麼沉默不語呢？

和我無關，我明明早就拒絕了，也沒有說明這件事情的辦法。這件事我不清楚，你自己處理喔。

「哈哈哈！馬利烏斯，我等你好久了！」

喂！給我解釋完再走啊！

路西路西把所有責任甩到我身上，拿著酒杯走向馬利烏斯殿下。看到路西路西這樣盛情迎接自己，馬利烏斯殿下不知所措，喜形於色。

呼……怎麼辦呢？

「……羅莎莉特小姐？」

葛倫少爺睜著充滿水氣的雙眼抬頭看著我，等待我的回答。

我有口難言，只好對他說實話。

在這裡撒謊有什麼用呢？畢竟照路西路西那傢伙的話來看，他之後也還是會繼續寄皇后任命案的公文來。

我先盡可能地讓葛倫冷靜下來，告訴他這不是什麼大事，只是路西路西問我有沒有當下任皇后的意願，截至目前為止還停留在他想挖角我的部分。

聽完我的解釋，葛倫把整瓶酒乾了，然後號啕大哭，直到哭累了才睡著。我讓傑克把葛倫搬到馬車上，回來時，煙火已經差不多要結束了。

「啊，洛克斯伯格公爵千金！」

正當我打算點燃最後一支剩下的煙火時，馬利烏斯殿下親切走了過來，在我旁邊高興地笑著。

該怎麼說呢？雖然今天晚上他特別愛笑，我也很開心，但好像少了平時那種色氣。

當然他的胸腰臀腿依然結實，也很帥，但就少了平常那種……該說是在一碰就碎的岌岌可危感中綻放的淒豔嗎？反正就是那種東西。

……現在就只是充滿朝氣的馬利烏斯殿下而已。

「我想向公爵千金表達我的謝意。」

「什麼謝意？」

「嗯，這是我第一次和皇兄玩成一片。」

不是，都超過三十歲了，居然不曾跟只差兩歲的哥哥玩，這件事真的既神奇又少見……呃啊啊啊！馬利烏斯殿下竟然害羞地搔臉頰！超可愛啊！路克沒看到嗎？只有我看到嗎？

哇，即使少了色氣，魅力依然不減，看看我小鹿亂撞成什麼德性了。跟平常截然不同的魅力真的是太厲害了，哇嗚，幸好這裡沒有其他人看到我這副模樣……呼！

「我會永遠記得這天的，這大概是我人生中最快樂的一天。」

太神聖了，馬利烏斯殿下露出陽光般的笑容，簡直明亮到我以為太陽升起了。怎麼回事？他是太陽嗎？人形太陽？作為靈長類人類科人類族人類屬的人類生命體竟可以這麼單純嗎？是天使嗎？他是天使吧？他其實是披著人類外皮的天使吧？

我充滿感激地凝視著馬利烏斯殿下，想把這一瞬間永遠烙印在我的眼裡。

我忍不住想，不知道能不能請他給我一點粉絲服務？比如握手或擁抱那種需要多花一點時間的，我好想抱緊他至少三十秒喔。

好吧，我來請求一個擁抱好了，十秒就好！

「請您將身上的襯衫給我吧。」

「……什麼？」

不是，我不是要講這個！

我正打算收回我剛剛不小心脫口而出的話，馬利烏斯殿下說如果只是這種要求，不管要幾件都沒問題，便把身上的襯衫脫下來了。

「喔喔喔……」

「只用這點東西可以嗎？」

「喔喔喔喔喔！」

我發出狒狒的叫聲，不斷點頭，他再次露出燦爛笑容，然後走回路西路西身邊。雖然路西路西責罵他年紀這麼大的人了還打赤膊在外面走很噁心，但馬利烏斯殿下心情絲毫不受影響，笑著搥了路西路西一拳。

我思考著該如何收藏手上這個無比神聖的東西。

首先，因為有點鹽分，要先洗……不對，那就會把馬利烏斯殿下的香氣洗掉。等一下，剛剛那邊有個人長得好像阿斯特里溫喔，嚇死我了，也太讓人起雞皮疙瘩了吧。

「……」

我左思右想，最後覺得還是先收在懷裡比較好。我將襯衫整齊摺好，塞進我的短袖T恤裡，享受著最後的煙火。

在海邊的其他人又喝了點酒，總算盡興之後，大家就一起搭上馬車回到住處，我則是在被分配到的房裡又喝了不少酒才睡覺。

雖然傑克和艾斯托不能跟我一起喝有點可惜，但在我勸說護衛人力短缺，他們必須負起責任後，才乖乖被我說服，早早去休息了。

從海裡走上來時雖然我也稍微用淡水清洗了一下，但身上好像還是有鹽分殘留，躺下時，有種喀嚓喀嚓，卡了鹽巴的觸感。雖然這讓我非常介意，但因為喝得爛醉，也沒有力氣起來，索性直接伸手抓了個珍珠色的東西抱著，躺在床上呼呼大睡。

「哈啾！」

在我打噴嚏的同時，我醒了。

哎唷……怎麼回事，早上了嗎？感覺我身體熱熱的，應該是感冒中標了。也是啦，周圍環境一直冰凍、融化、冰凍、融化，昨天還被整個人丟進海裡，我這樣沒感冒才比較稀奇。

感覺鼻水快流出來了，我在床上扭動著尋找我的手帕。

躺在我身旁的葛倫少爺揉揉眼睛，將手伸向床頭櫃，感覺是要打開抽屜拿出手帕，手帕卻從相反的方向伸過來。

「用吧。」

「喔，謝謝。」

擤了鼻涕之後，我整個人清爽許多，雖然喉嚨有點刺痛，但應該吃個藥，洗個澡就沒事了吧。

「但為什麼路西路西睡在我的床上呢？」

「不是妳自己抓著我的頭把我哄睡在這的嗎？」

「啊……」

原來……我看了躺在我身邊依然半夢半醒的葛倫少爺一眼，蠕動著身體下床。

「後面的事情就拜託您了。」

「妳要我自己說明這個狀況？」

「不然呢？我是泰奧多爾殿下的隨行人員，現在該去準備了。」

「我也是我弟的隨行人員。」

「那您也趕快逃吧。」

我撿起散落在地上的衣服逃去盥洗，不久後，就聽到大嗓門的葛倫少爺發出的悲鳴，然後我就加快腳步去沐浴了。

雖然用熱水浸濕身體，也吃了莉莉給我的退燒藥，但我的疲憊還是沒有散去。身體發寒的我穿上外套，但又因為宿醉全身痠痛和冒汗，真的感覺快要死了。

我不能離開這裡，除了因為身負必須關注整場會議直到結束的使命，一方面也因為主席已經入場，我也不方便再讓人代理我。

稍後才進來坐在我旁邊的葛倫少爺，本來還板著臉要求我說明早上發生的事情，但看到我不斷打噴嚏後，立刻關心地摸了摸我的額頭。

「妳身體不舒服嗎？發燒了。」

我都吃退燒藥了還是沒退嗎？糟糕。

雖然少爺希望我別參加會議，但我比了個安靜手勢，繼續關注會議進行。

萬一瑟蕾娜小姐又暴走，就只有我能阻止她。再加上拉爾古勒方的路西路西也飽受宿醉所苦，雙方戰力都差不多。

我們現在的身體狀況都無法干涉戰局，所以這場會議應該要由王儲殿下、馬利烏斯殿下和聯邦副國王互相角力作出結論吧。

於是，根據儀典女王定下的流程，會議開始。開啟第一部的會議紀錄並敲下議事槌，眾人就開始角力了。這只差沒有物理性的扭打而已，稱不上是會議，而是就算被稱為爭執也不為過的會談。

一般來說，如果口語交鋒讓情緒激昂，會進而變成翻桌互揪衣領的狀況。但這場會談還算安分，因為大家平均年齡都很低，都在盡可能維持自己的禮貌。

如果是北方的殺人魔鬼，他肯定已經先來一拳，然後準備開戰吧。

首先是互相人身攻擊，貶低對方的家庭，從「王儲性冷感說」開始，講到路西路西離婚兩次為止，會議才終於進入要討論該怎麼處理海葵的重點。

就在這時，切雷皮亞提出了一個令人驚嘆的提案。

「我們切雷皮亞建議保留此議案，下一次會談再討論。」

真是個厲害的解決方案，也可以說是不解決的解決方案！

切雷皮亞方的意見是因為海葵被冰封無法移動，所以在想出能確實殲滅牠的方法之前，建議先繼續冷凍牠。

就算大魔法師瑟蕾娜小姐不在，如果只是要維持現狀，也可以定期找幾個冰系魔法師凍住海葵就好。這方面的人力由亞蘭負責，費用和其他責任則由拉爾古勒和切雷皮亞聯邦負責，算是一個還不錯的計策。

這個想法相當有創意，不僅能讓三國平均分攤責任，被選為各國代表的人也可以不必承擔責任，所以，會議的討論方向也迅速聚焦於維持現狀。

不久，各國代表作出先維持現狀及保留會談的結論，王后立刻照著後續流程走，在作出結論的紀錄進行署名並給三國代表確認。最後再敲了議事槌，大家起身鼓掌。

以瑟蕾娜小姐的立場來看，這應該是非常令人惱火的結論，我也一直留意她是否又會抗議，但慶幸的是，她似乎在進入會場前就已經放下所有期待，只露出無力的笑容，把頭抵在桌上。

「呼……」

我放下心裡的重擔，深深嘆了一口氣。

我的嘴裡吐出熱氣，看來應該是真的燒得不輕，但我畢竟是相關人員，還是得起來鼓掌才行，這是所謂的禮節，繁文縟節！

「啊……」

但我試圖起身時，視野忽然歪斜扭曲了起來。燈明明沒關，但我眼前一陣發黑，差點就要摔倒之際，我扶著桌子，同時也感受到有隻手攙扶著我。

「羅莎莉特小姐，您怎麼了？」

實在太暈了。我完全不好，你別引起騷動。

因為男人的喊叫聲，我感覺到會場內的人們都注視著我。可能是因為我的狀況看起來十分糟糕，就連王儲殿下都罕見露出擔心的神色，路西路西也從對面的拉爾古勒席位跑來。

哎唷，本來只要讓我安靜地離開就好了，幹嘛把事情搞這麼大呢？

「葛倫少爺，如你所見，我現在身體狀況不太好。」

「所以我才叫您不要出席會議，好好休息啊。您還好嗎？」

「我把我的所有職權委託給你，我現在要去休息了，如果今天內都沒有醒來，就留下艾斯托一人，你們先回去，家裡的工作已經累積太多了。」

「我怎麼可能丟下妳一個人先走？」

你就走吧，回去工作就是在幫我了，反正也只是感冒而已，好好休息一兩天就會好的。能趁這時候休息，我也算是賺到了。

「還有，路西路西。」

「怎麼？妳有事要拜託我嗎？」

「如果敢因為我生病就叫神官，您就死定了。」

我現在的狀況只要吃藥休息就好，如果把神官叫來，反而會讓病情加重，我也會更加痛苦。

因為發燒，我的意識越來越模糊，只想放下一切好好休息，依稀看到路克似乎在擔心我的狀況，所以我使出最後力氣開口。

「還有……路克！」

「是，羅莎莉特小姐！還有什麼事情要交代的嗎？」

「你……」

我緩緩坐在椅子上，準備閉上眼睛。等我講完這句話就該睡了，我要躺平睡死。

「路克，你……」

「是。」

「要乖乖聽爸爸的話。」

路克好像又露出死魚眼了，但那也不干我的事。

我閉上眼睛，等著人將我挪到床上。

Touch My Little Brother and You're Dead

Touch
My Little Brother
and
You're Dead

外傳

#Side Story

Waiting for RozRoz

我真的還挺多優點的，首先，我長得帥，個性也非常正向溫和，身分也很厲害，是大拉爾古勒帝國皇帝的大兒子。如果運氣不好，根本抓不住這種金湯匙，所以我的優點應該也包含「運氣特別好」這點吧。

不過我最引以為傲也最想讓全世界知道的部分是，我非常善於忍耐。即便一出生就被用刀戳瞎了右眼，我也沒發出半點哭聲，不是很厲害嗎？

而且我在這有夠漫長的十年間，都在忙著觀察母親的臉色並討好她，對母親指派的一切任務都言聽計從，她說什麼我就努力去學、努力去做，只要是作為帝國大皇子能做的，我全都做了。

雖然我所做的一切，幸福的，跟享受的，母親都會讓馬利烏斯一起共享，但我無所謂，因為母親忠誠的護衛騎士說過，身為哥哥就要懂得跟弟弟分享。

母親的護衛騎士從我還很小就開始照顧我，我和他相處得也很融洽，對我而言，他就像我的朋友。

於是當那個像朋友的男人被母親殺死時，我幼小的心靈也真的受到驚嚇。母親親手挖出了男人的眼珠，並告訴我他是我的親生父親時，我還以為自己會嚇得昏過去。

但我還是忍住了，因為我從小就是個善於忍耐的孩子。

母親說她在我出生時也嚇了一大跳，綠色的左眼和金色的右眼就跟親生父親擁有的異色瞳一樣，所以她不得不下手處理。

因此，我才會在一出生就失去右眼。

也因為我長大跟親生父親越來越像，母親只能選擇滅口。她哭得很傷心，甚至還吩咐我，這件事如果被皇帝知道，我們就死定了，要我自己看著辦。

在那之後，我真正的忍耐史也開始了。就算母親只偏心馬利烏斯，我也無可奈何，畢竟我只是她和一名護衛偷情生下的孩子，而馬利烏斯是正統的皇室子嗣。

不管我再怎麼努力拉攏勢力及展現能力，我擁有的一切，終將屬於馬利烏斯，因為我不是皇帝的親兒子。就算我真的繼承皇位，母親肯定會用同歸於盡的方式揭開一切真相，把帝國送到馬利烏斯手上吧。

哈哈，怎麼可能讓她如願呢？一直以來，我之所以低調過活，並不是為了接受她的這一切安排，而為了我真正的目的，不管要我怎麼忍耐都不是問題。

就連我和第一次坦白心意的女人結婚，但對方不久後選擇自我了斷時，我也忍住了。我就是能忍到這種程度。

反正以後我不要再相信任何人，不要再對任何人動情就好了。

在我知道跟我政治聯姻的對象突然消失，而且跟我結過婚的兩名女子的結局都與母親有關時，我也選擇忍耐。

看來在我成為皇帝前是沒辦法結婚了吧，這也無可奈何，在達到我的目的之前，結婚這種小事不做也罷。

所以在聽說那個女人要來帝國時，我開心得睡不著覺。雖然微小，但我總算有了向母親和馬利烏斯報仇的機會。

在馬利烏斯想勾引的亞蘭貴賓名單中，也有那個女人的名字，我打算將她勾引到手，再故意製造問題，藉機向亞蘭發起戰爭。遺憾的是，計畫沒有如我的期望進行。

我接到任務，要讓那個女人平平安安地送回亞蘭王國。

我比任何人都早抵達托觀光港迎接貴賓，然後，那天我遇到了世界上最好笑的女人。

那女人不曉得是不是沒感覺到自己的生命遭受威脅，穿著好像來參加喪禮的全黑服裝，還帶了副玻璃紙眼鏡，彷彿打算看完日食就走。

結果她一進到皇宮就大吵大鬧了一番，針對位於拉爾古勒和亞蘭之間的潮境水域漁業，簽訂了對亞蘭漁民更有利的協定；還獲得拉爾古勒海盜不受拉爾古勒保護，可任由亞蘭的菲埃那勒公爵扣押，若民間漁船因王國方的誤判遭受攻擊，僅需支付小額撫慰金即可的約定。

一想到當時一臉驚慌失措的皇帝、大臣和母親的表情，即使是現在，我也能捧著肚皮大笑三十分鐘。

那個女人似乎天不怕地不怕，雖然我也常聽說她會揪著自己國家王儲的衣領吵架，但我倒是沒料到她會連帝國、皇帝、喬勒亞夫正教，甚至是能用權力擺布終末之章和召喚神官的喬勒亞夫異端分子都不放在眼裡。

也是啦，就是因為她無所畏懼，才會以終末之章提及的魔女之姿踏上帝國土地吧。然後她又特別不會察言觀色，看起來根本沒意識到她到底把皇室搞得多麼雞飛狗跳。

異端教主和母親覺得不能讓那女人活著回去，於是召喚了喬勒亞夫的下位神，但我對這女人實在太滿意，就指點她活下來的方法。

喬勒亞夫下位神之一，也就是那隻長得像巨大魷魚的怪物出現時，其實只要搭上我安排的船就能撈回一條小命，因為那艘船受到喬勒亞夫神官庇護，下位神不會將它視為敵人。

但這個搞笑的女人居然擊退了下位神，回到自己國家。

母親和異端教主無能狂怒的樣子實在太好笑了，我甚至笑到躺在床上打滾，掐著我的肋骨叫了神官，差點就笑到連橫膈膜和肋骨都壞了。

那個搞笑的女人名叫羅莎莉特・洛克斯伯格，我都用親密又友好的語調稱呼她「羅斯羅斯」，在那之後我也常跟她書信往返，還打算找個機會去亞蘭王國玩。

在相處之中，我驚覺一件事，那就是這女人不該是屈居於一介小國公爵身分的人物。簡而言之就是，嗯，她有著管理廣闊帝國的能力。

打個比方來說呢，是在我成為皇帝後，讓她擔任拉爾古勒皇后職缺都綽綽有餘的程度。這跟我對羅斯羅斯有好感，或我對她有私心，或是想一輩子都跟她在一起的緣由完全無關，單純是我觀察她的能力後作出的結論。

為此，我在聽聞羅斯羅斯要結婚的消息時，送了她一艘聖光明路西路西號……

可惡，連我自己也叫路西路西叫上癮了。

總而言之，我送她一艘最新型帆船，畢竟是羅斯羅斯結婚嘛～送點小禮物也不是什麼了不起的事。反正以後也只是要任命她為皇后，作為工作交流的商業伙伴而已，羅斯羅斯就算有喜歡的男人也沒差。

你說我嗎？我對羅斯羅斯？是對異性的喜歡嗎？我都說沒有了！

總之，在我每天都翹首期盼著羅斯羅斯的回覆時，最後還是出了大事。我錯過了我的母親，也就是埃德莫克皇妃和那個面具女再次接觸的事。

關於那個面具女的事我也不是很清楚，我只知道是她傳授了異端分子召喚下位神的方法，以及她會戴著那一點也不好笑的面具亂跑而已。

面具女告訴了埃德莫克皇妃召喚出更強大怪物的方法，之前光是召喚巨大魷魚，就幾乎犧牲了一整座村莊，如果要召喚更強大的怪物，肯定會需要更多祭品。

甚至平民還不足以作為祭品，必須要犧牲魔法師或神官才能完成召喚，因此，母親才想把這一切都栽贓給我吧。

只要包裝成是我一如往常和四皇子涅爾瓦起爭執，殺了屬於他陣營的喬勒亞夫神官，異端教主和埃德莫克皇妃就能召喚得以作為他們強力後援的下位神，也能將我手下的人才都送給馬利烏斯。

對於母親而言，這真是一舉兩得的好計策，但沒打算任人擺布的我在當時想起的人物，就是住在海的另一頭，將在未來成為拉爾古勒皇后的羅斯羅斯。

我居然替一個目前還是亞蘭王國子民的女人，製造出替拉爾古勒效力的機會，我還真是很為未來皇后著想的真．皇帝人才呢。

最後，我能倚靠的就只有羅斯羅斯而已，也想說可以趁這機會見見她，但我真的絲毫沒有想趁著跟羅斯羅斯約會時，做出什麼不可告人的事。

我閃過母親的眼線離開皇宮，在逃亡之際找到和羅斯羅斯聯絡的方法，而幫助我的人，正是沙泰爾家主，卡伊納．沙泰爾。

雖然我知道他遊走於四皇子和我之間，打算兩邊討好才會向我伸出援手，但不管理由為何，只要我能活下來，就算對方是畜生，我都能毫不在乎地與對方聯手。

然後，當卡伊納・沙泰爾把麵包的貼紙全部收集回來，並告訴我這是可以跟羅斯羅斯見面的方法時，我又笑到流淚。

這也太搞笑了吧，這女人平常到底都在想些什麼，才會光挑這種荒謬的事情做呢？把所有種類的貼紙都收集回來然後呢？跟公爵千金約會一天？

這傢伙天不怕地不怕，死愛錢，只要讓她坐上皇后之位，肯定能創造世代流傳的瘋狂事蹟與偉大功績，真是個獨一無二的人才。再加上我光是看到皇后的臉就會笑死，應該也能毫無壓力地履行皇帝義務吧。

只要有羅斯羅斯，我根本不需要其他妃子或後宮，只要那個女人當上皇后，現在的後宮殿應該會被廢棄吧。

但這也不是我這輩子只看著羅斯羅斯一個人、迎合羅斯羅斯，或是只要有羅斯羅斯就不需要其他女人的意思。只是照那女人的性格，如果納後宮，那個後宮就太可憐了，所以我才會在內心這麼決定。

雖然第一次約會順利結束後，我提出皇后提案時被她拒絕了，但我也知道她不是會乖乖聽話的傢伙，打從一開始就沒有抱太大期待。反正羅斯羅斯很快就會面臨她無法拒絕皇后職位的狀況，我很有耐心，完全可以等。

最重要的是，現在的我還有很多要為羅斯羅斯做的事。首先，要先搞定母親，在過往時光讓我失去兩名妻子的元凶，現在終於有機會處理她了。

帶著羅斯羅斯準備的暗殺事件報告書回到皇宮的我，準備在母親鬧事之前先將人抓起來，因為只要她開口說出我不是皇帝的親生兒子，一切就完了。所以我決定先斬後奏，只要殺了她堵住她的嘴，再向皇帝陛下說明就好。

我帶著手下衝進母親的宮殿，她看著我大罵「怎能對媽媽做這種大逆不道的事」之類的話，但我也有一大堆能回嘴的，比如「早知如此，當初就不該戳瞎我的右眼」、「不要殺死我的親生父親，也不要殺死我的妻子不就沒事了嗎」。

如果她沒有偷情，就不會有現在這些事了。她因為害怕東窗事發，就殘忍地背叛了不倫對象；把我當成策略性工具使用，取得我妻子家族的權勢之後就將她們拋棄。

這全都是她自找的，居然還怪我？真不知道什麼意思。就算我個性再好，也聽不下去這種毫無根據的誹謗。

那天是母親的最後一天，我親自送她上路，並拜訪了異端教主。

教主失去了與皇宮的連結，也就是埃德莫克皇妃之後，很快就轉投我的陣營，還低頭表示會聽從我的吩咐。

海葵型態的下位神已經召喚完畢，我把這一切的一切都算在已經踏上遠途的埃德莫克皇后身上。

喬勒亞夫正神官之所以會被虐殺，都要怪罪相信異端的埃德莫克皇妃，也因此才會導致海葵怪物的形成，而我則成為為了阻止母親而不顧性命的烈士。

劇本非常完美，我有間接證據和物證。這女人為了除掉我而安排殺手的部分是事實，居住在遙遠亞蘭的洛克斯伯格公爵千金羅斯羅斯還親自為我作證。

我的母親再怎麼跟異端勾結，為了阻止母親而陷入生死交關的我，應該也很難不被喬勒亞夫正教關注吧。掌握軍權的我獲得正教支持，也在背地跟異端聯手，已經沒有人能阻止我了。

接下來，獲得拉爾古勒多數有力人士支持的我，就只剩被冊封皇太子這個步驟，若能趁這時候把羅斯羅斯納為皇子妃帶回來就更好了。

當我想到皇太子妃這個頭銜時，腦中突然閃過一個很厲害的點子。

畢竟也不能只把已成形的海葵關起來，那乾脆把牠送往亞蘭吧。反正異端神官可以控制海葵，如果羅斯羅斯身身陷危機，我再佯裝一概不知，送信給她，應該就能好好解決這些事吧。

無論如何，那個海葵真的是很棘手的怪物，羅斯羅斯收到我的信之後，應該會想請我幫忙吧？屆時我挺身而出解決海葵，再提出要她來當皇太子妃的交易就好了。

呵哈哈，真完美，真是完美無缺的計畫。雖然我早早露出勝利微笑，但過沒多久就聽說了一則非常扯的消息。

據說海葵被冰封在亞蘭和切雷皮亞國境之間的海域，為了解決這件事即將召開三國會談，帝國方由馬利烏斯代表出席。

……呼……好吧，我認了，是我太小看羅斯羅斯，我忘了她是個完全超乎我想像的女人。

那個羅斯羅斯怎麼可能照我的意思行動呢？是我太過自負了，因為除掉母親的過程太順利，我都忘了我自己有幾兩重。

現在最重要的是，那個喜歡好胸弟的女人還指定我當會談代表的隨行人員，這樣看來，我應該能期待她對那份公文給予正面答覆吧？

會談前一天，我睡不著覺，睜著眼睛熬了一夜，但這是因為暈船，絕不是因為能夠見到羅斯羅斯讓我很興奮，也絕不是我在期待向羅斯羅斯展現我勤奮健身的身材成果時，她會垂涎的關係。

抵達羅希爾時，那個女人在港口等我，我是這樣想的，但事實不然。羅斯羅斯完全忽視了我的問候，把我甩進海裡，接著跑去關心馬利烏斯。

……到底！為什麼這麼喜歡那個腦袋空空的笨蛋啊！

當然啦，我認同他身材很好，但除此之外他真的沒有什麼特別的啊！那傢伙除了胸膛結實，就是個一無是處的大笨蛋啊！

掉進海裡的我死命爬上碼頭，對羅斯羅斯大發脾氣，但她眼中根本沒有我，反而自顧自地看著馬利烏斯尖叫。而且一起搭馬車時，馬利烏斯跟我明明就換穿了一樣的衣服，洛克斯伯格的傢伙卻都只盯著馬利烏斯。

那個……嗯……他是那個《尋母三萬里》的路克嗎？總之，為什麼那傢伙成了洛克斯伯格家的養子之後，開始跟羅斯羅斯幹一樣的事情啊？他們母子為何一起看著馬利烏斯流口水，難道其實是親生母子？該不會兒子是時空旅人，是從未來回來的羅斯羅斯親生兒子？

不過呢，母子的共同目標都是馬利烏斯還是有好處的。羅斯羅斯兒子這個可愛小鬼單獨帶走馬利烏斯的同時，順便製造了我跟羅斯羅斯獨處的機會。

真是的，我未來的兒子怎麼這麼乖巧懂事，竟然這麼早就開始盡孝道，真是個可愛的孩子。

我牽著羅斯羅斯的手走進會場，才終於見到我這段日子以來很好奇的人——羅斯羅斯的丈夫。羅斯羅斯一下罵我貧弱，一下罵我肌肉鬆弛，我還期待她老公身材會有多前凸後翹，但怎麼會有個像麥稈人偶的東西蹦出來發抖？

……不是，她自己跟這種秕子生活，憑什麼罵我沒看頭？我都已經健身了！我有增肌！而且為什麼不稱讚我胸圍變大了？一天到晚色迷迷盯著男人胸膛看的人，難道不該看出我的胸部也變大了嗎！

但在跟那個秕子聊過幾次後，我好像知道為什麼羅斯羅斯會跟他生活了。秕子……嗯……是真的很可愛。他不敢向我頂嘴，整個人抖個不停，好像瞪羚一樣，被捉弄的反應也很有趣。

看來還是不要廢除後宮好了，如果要讓他當羅斯羅斯的情夫，總要給他合適的職位，讓他掌管後宮也有助於維持我的顏面，至於《尋母三萬里》的主角就住在我之前用的皇子宮殿吧。

雖然這場邂逅跟我的期待不同，但越來越清晰具體的家庭計畫讓我十分愉悅。

現在母親不在了，會妨礙我的人都被剷除掉了，接著只要把羅斯羅斯一家帶回皇宮，就能改善皇室氣氛，國家也會進入太平盛世吧？我和皇后也將永留在拉爾古勒歷史上，受世人稱讚吧？

於是我決定跟未來皇后的情夫好好搏感情，我支開羅斯羅斯，和秕子搭同一輛馬車，他隨身攜帶使用的稀奇枴杖也抓住了我的注意力。

不管是羅斯羅斯還是她老公，他們的興趣都是在自己持有的物品裡藏武器嗎？一看就知道這是個有藏機關的設計，我摸了一下，發現這是轉動手杖，掌握訣竅拔出來就會跑出刀刃的設計。

枴杖劍？真是充滿古典風格。但至少秕子看起來還算是有常識的傢伙，畢竟我之前拋了一次羅斯羅斯的帽子，曾看到很可怕的場面。

我說因為平常會需要用到，想跟秕子要這個玩具，他卻瑟瑟發抖地反覆說「不可以，不行，請不要這樣」。

真的是個很好捉弄的秕子耶，羅斯羅斯也是因為這點才會決定要跟他成婚吧。他哭喪著臉表示如果沒了枴杖，他就無法行走，我隨口說了句要他摟著羅斯羅斯的腰一起走，結果秕子滿臉通紅，抱怨怎麼能在光天化日之下做那種事。

……我真的很好奇羅斯羅斯跟秕子要怎麼睡耶，如果我以後說想參觀一下，他們會生氣嗎？

總之呢，我也沒辦法放棄這個玩具，所以一直跟他討，他說以後再給我備品，拜託我放棄他手上這把。這個秕子準備得還真充足耶，我一表示一般不會有人帶枴杖備品出門的疑問，他卻回答因為經常被羅斯羅斯的弟弟捉弄，所以都會帶著備品。

那個……我到現在才理解洛克斯伯格公爵說的話是什麼意思，他說那個身為弟弟的小鬼才是真正適合當皇后的人，再加上剛剛聽到秕子這一番抱怨，看來我們家後宮裡那些有的沒的紛擾都是那個弟弟引起的吧？

我突然對秕子刮目相看了，還以為他只是一隻瑟瑟發抖的瞪羚，但既然能跟那個弟弟抗衡至今，應該還是有兩把刷子吧。

果然就該把後宮交給秕子掌管，畢竟等現在的皇帝退位，還是會有希望繼續留在后宮的嬪妃，感覺把那些女人交給他，他應該能將她們管理得服服貼貼吧。

後來，我跟洛克斯伯格一行人一同前往海邊，也是我這輩子第一次享受到真正像休假的休假。這可能真的是我人生第一次這麼放心地玩樂，明明沒什麼特別好笑的事，卻還是會傻乎乎地笑也是頭一遭。

我們在海邊玩了好久，接著在羅希爾提供的住處喝酒狂歡，因為覺得眼罩礙事，我就一把摘掉它丟出去，令我訝異的是居然沒有任何人責怪我。

從初次見面，對於我要不要脫眼罩還是會不會露出眼睛的傷疤，羅斯羅斯都不是特別在意，我本以為那是她個性使然，但我真沒料到連羅斯羅斯以外的人，看到我的眼睛傷疤都如此若無其事。畢竟就連馬利烏斯偶爾看到我摘眼罩，也會不自覺瑟縮一下。

包含羅斯羅斯的護衛、僕人、兒子，當然還有那個秕子老公在內，沒有半個人對我的右眼有興趣，這反而讓我有點不悅，甚至還糾纏大家關心一下我。然後羅斯羅斯說我很煩就戳了我右眼的疤，發出「叮咚」一聲就逃走了。

我一大吼要揪著那女人的耳朵，像擰衣服一樣扭轉，秕子立刻抱住我的腿哭訴不要欺負他老婆。

我就說洛克斯伯格盡是一些怪人吧。

至於再後來……我也不太記得了，但好像被羅斯羅斯扯著頭髮拖走說要一起睡覺，然後她早上狂打噴嚏，最後在會議會場發燒昏倒了。

我嚇了一大跳，表示要借神官給她，但羅斯羅斯在昏倒前就威脅我敢找神官就會殺了我。臭女人，我是擔心妳耶，竟然這麼凶。

「啊，路西路西大人，您來了。」

「……」

「嗯？」

「秕子，你應該知道我的名字吧？」

「是，您不是路基烏斯．埃德莫克．拉爾古勒嗎？」

嗯……對，秕子你也是洛克斯伯格，我明白了，非常明白。

我氣得揪著秕子的耳朵詢問羅斯羅斯的狀況。

海葵會談結束後，雖然各國代表都因公務繁忙各自返國了，但羅斯羅斯一行人都還待在羅希爾準備的住處。

我也必須趕緊回到拉爾古勒，但離開前還是忍不住來探望羅斯羅斯狀況。

其實我內心是想抓著羅斯羅斯直接逃回帝國，但那個叫艾斯托還什麼的護衛實在太可怕了，我不敢下手。

「羅莎莉特小姐現在在睡覺，應該沒辦法跟您對話……」

「沒關係，我只看她一眼就要走了，對了，你之前說的備品玩具呢？」

「您終究還是要拿走嗎？」

「我言出必行。」

秕子大嘆一口氣，這傢伙之前只要看到我都會抖個不停，現在變熟就完全不怕我了是吧？

「您為什麼這麼想要呢？不也有其他更好的武器嗎？」

「這個很帥啊。」

「是……」

哎唷？你現在是對我的品味感到無言嗎？

秕子瞇著細長的眼睛，憐憫地看著我，當我正打算要按摩他的耳朵，他立刻說會趕緊拿過來，一瘸一拐地走向他的房間。

羅斯羅斯的房間應該有艾斯托在，我直接進門也沒關係吧，所以我毫不客氣地打開門。

羅斯羅斯痛苦地躺在床上，那個身為護衛的女人一臉殺氣騰騰地怒視我。

那個護衛也真奇怪，昨天對我感受不到什麼敵意就放任我不管，今天倒是莫名地警戒著我，難道她看穿了我想抓走羅斯羅斯的心思嗎？

「您不能帶走小姐。」

真是神奇，她會讀心術嗎？這是什麼野生動物的直覺嗎？也是啦，她從行為舉止就很像野獸了。

「別擔心，因為妳，我早就放棄了。」

反正時候到了她就會自己來。我已經習慣等待了，等羅斯羅斯來拉爾古勒這點小事更是輕而易舉。

「小姐不可能去的。」

我要起雞皮疙瘩了，這傢伙到底是什麼東西啊？坦白說，我因為很怕她，還試圖不要離她太近，繞了一大圈才走向羅斯羅斯。

羅斯羅斯滿身大汗，皺著一張臉躺在床上。我早就說要找神官了，只要治療一下就能解決的事，為什麼要這麼固執呢？

「請不要叫神官。」

「我現在很害怕，妳不要再講了。」

我快被艾斯托那傢伙嚇死了，現在連想都不敢想。我盡可能努力淨空我的腦袋，拿起床邊的毛巾。但不管我怎麼替羅斯羅斯擦掉額頭的汗，她還是不斷流汗，感覺是發高燒了。

我想要做點什麼，但實在束手無策。

「請您直接離開就可以了。」

「閉嘴，到底要我講幾遍，妳這樣很恐怖。」

我跟這個護衛根本完全無法溝通，那個戴防毒面具的傢伙不在這嗎？

我環顧四周，確認房裡只有穿白衣的護衛後就放棄了，雖然很遺憾，但我必須在此跟羅斯羅斯告別，下次見了。

我有點氣這個一時半刻應該不會醒的羅斯羅斯，狠狠捏了她的臉頰才離開房間。我在外頭等了一下，去拿備品楞杖的秕子回來了。

男人一手拿著充滿使用痕跡的楞杖，另一手拿著亮晶晶的全新楞杖，那我的選擇當然就只會是這個。

「謝謝你，我會好好拿來玩的。」

「等、等一下，您不是要拿備品嗎？」

「不要，我更喜歡這把。」

「那個，其實我用新楞杖時，會有一段時間常常起水泡。」

「所以？」

「呃……沒事。」

真可愛。

我覺得秕子可愛又可憐，摸摸他的頭還鼓勵他要加油。

羅斯羅斯的弟弟看起來不是普通的狐狸精，但只要撐到來我們家就沒事了，我一定會好好改善你的處境跟待遇。

我轉動著秕子送我的楞杖，同時走上船，未來有好一陣子要忙了，希望我們重逢的那天到來之前，洛克斯伯格的每個人都身體健康。

這是很重要的事，要不要也跟喬勒亞夫神祈禱一下呢？

回到拉爾古勒船艙的路上，我忽然感到一陣空虛，大概是因為剛跟羅斯羅斯一行人嬉鬧玩樂後又變回一個人，才會覺得有點無聊吧。

馬利烏斯可能也和我有同樣的感覺，聽到我說要找他聊聊也欣然答應，還說要把在羅希爾買的酒拿來。

我一邊轉動著秕子送我的楞杖，等馬利烏斯回來。

前往羅希爾的路上因為暈船很嚴重，連睡都睡不著，今天身體狀況卻莫名地好，應該是因為心情放鬆不少的緣故吧。

『皇兄，我來了。』

這臭小子，我都還沒回應，他就自己隨心所欲進門了喔。

馬利烏斯露出我從沒見過的笑容，坐在旁邊打開他帶來的酒。趁著剛才他去拿酒的空檔，我也先把酒杯和冰塊準備好放在桌上了，然後這傢伙笑嘻嘻地替我倒酒。

『來羅希爾真是來對了，我這輩子還沒和皇兄這麼親近過。』

『因為母親的關係，我們之間確實沒什麼交流。』

『我對洛克斯伯格千金真的充滿感激，因為母親失蹤，本來我心情還不太好……』

這小子到現在還覺得埃德莫克皇后只是失蹤嗎？儘管陛下只宣布皇妃失蹤，但母后的死訊別說是一般身居要職的人了，四皇子涅爾瓦那傢伙恐怕也早就聽說了吧。

雖然我平常就覺得他很笨，但真的沒想到會笨到這種程度。

母親把這傢伙拱成皇帝之後到底想怎麼做？縱使她能在背後掌控實權，但就算是個傀儡皇帝，也要有點內涵吧？笨成這個樣子，要當傀儡也不見得能令人滿意耶。

『哈哈。』

『什麼事情這麼好笑？』

沒事，我只是覺得好笑而已。因為你而傷透了心，因此跟母親決裂的我簡直像個笨蛋，所以我才會忍不住笑出來啊，你這傢伙。

『啊，在皇兄去探病的時候，我買了這個……』

他天真爛漫地笑著拿出玻璃瓶，裡面裝著滿滿的珊瑚砂，瓶身上用切雷皮亞語寫著「許願沙」。

『我看紀念品店在賣這個，想說可以買來和皇兄分享，作為拜訪羅希爾的紀念。』

趁這次機會，我總算明白這傢伙為什麼這麼討人喜歡了，因為他笨到超過某個程度，甚至進入可愛的境界了。

母親失蹤，和異端教主斷了聯繫，在皇室也沒了地位，他搭上這艘全是我手下的船，居然還毫無危機意識地進入我的房間送我禮物。

『哈哈，哈哈哈哈哈。』

我真的只能笑了，早知如此，我根本不必花大把鈔票買什麼能完全不留證據的麻藥，即便我現在刺死這傢伙，他應該在明白我為什麼刺他之前就死了吧？

其實一點也不愉快，但我笑了，我心情爛成這樣居然還笑得出來，來羅希爾走一遭真是多了不少新體驗呢，真是趟物超所值的旅行。

『……皇兄？』

我從秕子給的枴杖裡拔出劍，抵著馬利烏斯的胸口，往前刺。對方驚慌失措地徒手握住劍，手掌流出鮮血滴落在地。他是不是真的笨蛋啊？

『皇兄，等一下，好痛啊，皇兄……』

當然痛啊，我起身把劍更往他體內推，鋒刃劃破他的肌肉，刺穿肉體的感覺鮮明地傳到我手上。

『我不懂……皇兄為什麼要這樣做？』

這就是你的問題，都幾次了，為什麼，你每次，都只會對更委屈的我，狡辯著你不懂呢？

這世界上沒有只要說不懂就能解決的事，你有太多事情必須了解了。

『皇兄，拜託，請饒了我……拜託饒了我吧……』

馬利烏斯沒有抵抗。他是不反擊，還是沒辦法反擊呢？他不斷哀求著要我饒命，最後吐出一口鮮血。

雖然我有必須殺死你的理由，但你也不必知道吧。

那個身為我母親，也就是那個殺了我親生父親的女人，我擔心她向你吐露一切，所以必須將你滅口。

雖然我能這麼向你解釋，但因為你這輩子都是一無所知地活著，最後也該一無所知地離開，而且我也不想講。

因為，我真的太討厭你了，從第一次見到你開始就討厭你。

從來沒有對我笑過的母親抱著你，露出彷彿擁有全世界的笑容時，從那時候開始，我就對你厭惡至極。

我用盡一輩子的力氣，再怎麼努力和企盼也得不到的愛，你卻理所當然地把這些當成自己的東西，全盤接受了。

『馬利烏斯，我，對你……』

很羨慕。

直到最後一刻，母親都還在擔心你，即便她都要死在我手中了，還不停拜託我至少要饒你一命。

雖然我知道一切，但我不會告訴你的。即使我非常清楚，人體流了這麼多血肯定是死路一條，我也沒打算放下這把劍。

這個跟我非常相像的弟弟漸漸不再說話，他握著劍的手掌失去力氣，腦袋無力地垂落，最後終於支撐不住自己的身體，癱倒在地。

不用特別確認也能知道他死了，我用這雙手殺過的人不計其數，怎麼可能不知道呢。

我抽出劍，塞回楞杖隨便一丟。今晚不能睡這了，正當我要離開房間時，踢到了某個東西。

我看了那個亮晶晶的物體一眼，是馬利烏斯買回來當紀念品的珊瑚砂。

『……』

我一腳踩碎玻璃瓶，玻璃碎成好幾片，沙子也全撒在地上。

居然買這種東西回來說要和我分享，我想，我永遠都無法理解的那傢伙吧。

——《敢動我弟弟就死定了03》完

SU008

敢動我弟弟就死定了 03

내 동생 건들면 너희는 다 죽은 목숨이다

作　者　몰포 (Morpho)
譯　者　黃千真
封面設計　MOBY
封面繪者　haero
責任編輯　林紓平

發　行　深空出版
出版者　星巡文化有限公司
地　址　臺北市中正區重慶南路一段 57號 7樓之 5
法律顧問　泓準法律事務所 孫瀅晴律師
電　話　(02)7709-6893
傳　真　(02)7736-2136
電子信箱　service@starwatcher.com.tw
官網網址　www.starwatcher.com.tw
初版日期　2024年 10月

總經銷　聯合發行股份有限公司
地　址　新北市新店區寶橋路 235巷 6弄 6號 2樓
電　話　(02)2917-8022

國家圖書館出版品預行編目 (CIP) 資料

敢動我弟弟就死定了 / 몰포 (Morpho) 著 .
-- 初版 . -- 臺北市 :
星巡文化有限公司出版 : 深空出版發行 , 2024.10
冊 ;　公分
ISBN 978-626-74124-1-1(第 3 冊 : 平裝). --
862.57　　113013879